# SOBRENATURAL

# PAIGE MCKENZIE
## com ALYSSA SHEINMEL

# SOBRENATURAL
## The Haunting of Sunshine Girl

História de
Nick Hagen e Alyssa Sheinmel
Baseada na série do YouTube
criada por Nick Hagen

Tradução de Edmundo Barreiros

**FÁBRICA231**

Título original
THE HAUNTING OF SUNSHINE GIRL
Book One

Copyright © 2015 by Paige McKenzie, Nick Hagen e Alyssa Sheinmel

Todos os direitos reservados.

Nenhuma parte desta obra pode ser reproduzida no todo ou em parte sob qualquer forma, sem a permissão escrita do editor.

PROIBIDA A VENDA EM PORTUGAL

FÁBRICA231
O selo de entretenimento da Editora Rocco Ltda.

Direitos para a língua portuguesa reservados
com exclusividade para o Brasil à
EDITORA ROCCO LTDA.
Av. Presidente Wilson, 231 – 8º andar
20030-021 – Rio de Janeiro – RJ
Tel.: (21) 3525-2000 – Fax: (21) 3525-2001
rocco@rocco.com.br/www.rocco.com.br

*Printed in Brazil*/Impresso no Brasil

Preparação de originais: GUILHERME KROLL

CIP-Brasil. Catalogação na fonte.
Sindicato Nacional dos Editores de Livros, RJ.

| | |
|---|---|
| M429s | McKenzie, Paige<br>Sobrenatural: the haunting of sunshine girl / Paige McKenzie, Alyssa Sheinmel; tradução de Edmundo Barreiros. – 1ª ed. – Rio de Janeiro: Fábrica231, 2015.<br><br>Tradução de: The haunting of sunshine girl: book one<br>ISBN 978-85-68432-39-6<br><br>1. Romance norte-americano. I. Sheinmel, Alyssa. II. Barreiros, Edmundo. III. Título. |
| 15-25498 | CDD-813<br>CDU-821.134.3(81)-3 |

Este livro é dedicado aos sunshiners em todo o mundo.
Se você está nessa desde o começo ou
se é novo no clube, este livro é para você,
bem como todos os livros de Sunshine.

# Dezessete velas

*Ela fez 16 anos hoje.*

*Eu vi acontecer. Katherine, a mulher que a adotou, preparou-lhe um bolo: um de cenoura; uma espécie de cor laranja queimada com cobertura branca espalhada por cima. Uma garota chamada Ashley foi até a casa dela e levou velas, que acenderam apesar do calor tórrido do Texas. Então cantaram "parabéns para você". Nossa espécie não comemora aniversários. Exceto, claro, quando um de nós faz 16 anos. Assim como ela fez hoje.*

*Exatamente na hora de seu nascimento – às 19:22, horário do Texas, do dia 14 de agosto – eu senti a mudança na garota chamada Sunshine. Senti no instante em que o espírito a tocou. Katherine tinha acabado de pôr o bolo na mesa diante dela: 16 – não, 17... por que 17? – velas. Sunshine sorriu e franziu os lábios, preparando-se para apagar as chamas. Mas aí, num instante de hesitação, o sorriso desapareceu de seus olhos.*

*Claro, ela não fazia ideia do que estava sentindo ou por que estava sentindo aquilo. O momento em que o espírito a tocou, sua temperatura caiu de 37 para 33 graus. Sua pulsação saltou de 80 para 110 por minuto. Ela levou a palma da mão à testa como uma mãe verificando uma febre. Talvez tenha achado que estava começando a ficar doente: um resfriado, uma gripe, uma dessas coisas das quais as pessoas sofrem. Eu reconheci o responsável imediatamente: um homem de 29 anos que tinha morrido em um acidente de carro a cerca de um quilômetro algumas semanas antes, o sangue em suas feridas ainda fresco, o vidro do para-brisa ainda cravado em seu rosto. Mais tarde, eu iria ajudá-lo a seguir em frente: suas feridas iam se curar, sua pele ficaria lisa. Mas, por enquanto, mantenho a concentração em Sunshine.*

*Contei os segundos até seu ritmo cardíaco voltar ao normal: onze. Impressionante.*

*Ela respirou fundo e soprou suas velas. Katherine e Ashley bateram palmas. Sunshine se levantou da mesa e fez uma reverência elaborada, conquistando mais aplausos. Seu sorriso estava de volta, plantado com firmeza em seu rosto. Seus olhos verdes brilhantes cintilavam. Quase como se ela não tivesse sentido nada.*

*A temperatura de meu último aluno levou 24 horas para voltar ao normal. Mas Sunshine já havia voltado ao normal no momento em que sua mãe cortou o bolo.*

*Claro, aquele era apenas um espírito de passagem. Logo ela teria de lidar com muito mais.*

CAPÍTULO UM

# É assustador, sim

– *Mãe, a casa é assustadora.* Estamos apenas a meio caminho da entrada de carros de cascalho de nossa casa nova e já posso dizer. Até a entrada de carros é assustadora: longa e estreita, com arbustos altos dos dois lados, de modo que não posso ver o jardim da frente dos vizinhos.

– Eu prefiro *assustástica* – minha mãe responde com um sorriso. Não sorrio de volta. – Ah, vamos lá – geme ela. – Não ganho nem um sorrisinho por dó?

– Não dessa vez – digo, sacudindo negativamente a cabeça.

Mamãe alugou a casa pela internet. Ela não teve tempo para escolher muito, não depois de receber a proposta de emprego de enfermeira-chefe da nova unidade neonatal do Ridgemont Hospital. Ela mal teve tempo de perguntar à filha única como ela se sentia em relação a ser tirada da cidade onde passara toda a vida e a ser levada para o canto mais noroeste do país, onde mais chove do que qualquer outra coisa. Claro, eu disse que iria apoiá-la em qualquer circunstância. Era uma grande oportunidade para ela, e eu não queria ser a razão para ela não assumir o emprego. Só não tenho certeza se mudar do Texas para o estado de Washington é uma grande oportunidade para *mim*.

Minha mãe estaciona o carro e olha para a casa através do para-brisa. Dois andares, uma varanda na frente e um balanço de varanda com aparência antiga que parece não ter condições de aguentar o peso de um bebê. Nas fotos online, a casa parecia branca, mas na vida real é cinza, exceto pela porta da frente, que alguém resolveu pintar de vermelho forte. Talvez tenham achado que o contraste iria parecer alegre, algo assim.

— Você não pode dizer que uma casa é assustadora de fora — acrescenta minha mãe, esperançosa.

— Posso, sim.

— Como?

— Do mesmo jeito que posso dizer que aquele jeans que você comprou antes de deixarmos Austin vai acabar pendurado no meu armário em vez de no seu. Sou muito, muito intuitiva.

Minha mãe ri. Nosso cachorrinho branco, Oscar, gane do banco de trás, implorando para ser solto para explorar sua casa nova. Assim que mamãe solta seu cinto de segurança e abre a porta, ele sai correndo. Fico por mais um tempo no carro, respirando o ar úmido que está ventando.

Não é apenas a casa. Desde que atravessamos a divisa do Estado, o mundo ficou cinza, envolto em neblina tão densa que mamãe precisou acender os faróis apesar de estarmos no meio do dia. Eu não imaginava nossa vida em Washington tão sem cor. Para ser honesta, não cheguei a visualizá-la muito. Em vez disso, meio que fingi que a mudança não estava acontecendo, mesmo enquanto nossa casa em Austin se enchia de caixas, mesmo enquanto minha melhor amiga, Ashley, ia nos ajudar a embalar a mudança. Só quando estávamos mesmo na estrada eu realmente *acreditei* que estávamos nos mudando.

Nossa casa nova fica em uma rua sem saída. Nos fundos, há um campo encoberto por neblina. Todas as casas pelas quais passamos antes de entrarmos na nossa eram cerca de duas vezes menores que o tamanho de seu terreno; acho que são do tipo de vizinhos que não querem ter nada a ver uns com os outros. Não havia uma única criança brincando no jardim em frente às casas, nem um pai se aprontando para fazer o churrasco do jantar, e a rua estava cheia de agulhas de pinheiros dos enormes abetos do Oregon, que bloqueiam qualquer visão da luz do dia. Um alambrado feio e enferrujado cercava nosso jardim.

A julgar pelo pouco que vi até agora, tenho quase certeza de que toda a droga da cidade de Ridgemont, Washington, é assustadora. Quero dizer, o que poderia ser mais assustador que um lugar ao pé de uma montanha, onde o céu é cinza mesmo nos dias do auge do verão? E se parece que estou exagerando no uso da palavra assustador, não é porque não tenho acesso a um dicionário de sinônimos como todo mundo que use um celular: é porque nao há outra palavra que se encaixe.

Eu me sacudo como Oscar faz depois do banho. Não é de meu feitio ser tão negativa e estou determinada a acabar com isso. Respiro fundo e abro a porta do carro. A casa, provavelmente, é adorável por dentro. Mamãe não teria alugado um lugar que não tivesse algumas qualidades para compensar. Viro-me para o banco de trás e pego a caixa de transporte com nosso gato, Lex Luthor. Depois apanho meu telefone e o ergo para tirar uma foto minha com Lex e a casa ao fundo e a envio para Ashley. Prometemos uma à outra não nos afastarmos, mesmo eu morando aqui em cima em Washington, e ela, lá no Texas. Quero dizer, somos melhores amigas desde o segundo ano. Se nossa amizade conseguiu sobreviver à formação de panelinhas no ensino fundamental alguns anos atrás, tenho quase certeza de que pode sobreviver a alguns milhares de quilômetros.

Meu tênis All-Star Chuck Taylor pisa ruidosamente no cascalho da entrada de carro enquanto caminho até a porta da frente. Mamãe e Oscar já estão lá dentro. Podia ser agosto, mas isso não impedia que fizesse frio em Ridgemont, mais frio que Austin na época do Natal, e infelizmente eu ainda estava usando o short jeans rasgado que vesti antes de deixarmos o motel em Boise, Idaho, naquela manhã. O cavalo selvagem colorido na camiseta velha do colégio da mamãe, minha favorita atualmente, parece deslocado na neblina, o oposto de camuflagem.

Eu paro na entrada.

– Mãe! – grito. Nenhuma resposta. Só o ranger da porta de tela em suas dobradiças enquanto eu a seguro aberta, depois o assovio de uma lufada de vento às minhas costas como se estivesse tentando me empurrar para dentro.

– Mãe! – repito. Finalmente grito o nome dela completo. – Katherine Marie Griffith! – Ela odeia quando a chamo pelo primeiro nome, mas garante que isso nada tem a ver com o fato de que sou adotada. Isso nunca foi importante para nós, nunca tivemos uma grande conversa na qual minha mãe, tipo, revelou a notícia para mim. A verdade é que não me lembro de alguma época em que eu não soubesse. Há momentos em que me pergunto quem são meus pais biológicos e por que eles me abandonaram, mas nem mamãe sabe de todos esses detalhes. Ela era uma enfermeira pediátrica no hospital em Austin onde fui encontrada, deixada enrolada no pronto-socorro: sem pais, sem papéis, sem nada, e assim que pôs as mãos em mim, diz, ela soube que nunca ia me abandonar. Fomos feitas uma para outra, diria, simples assim.

Minha mãe e eu rimos quando estranhos comentam o quanto somos parecidas, porque não somos. Só *agimos* de modo parecido, às vezes parecido demais. Mas, diferente de mim, ela é ruiva de pele clara, olhos quase cinza, pele pálida e sardas. Eu tenho cabelo castanho comprido, que normalmente fica localizado em algum ponto entre o ondulado e o crespo. E meus olhos são verdes, não cinza como os de minha mãe. Ashley diz que parecem olhos de gato. Você sabe como os olhos de algumas pessoas mudam de cor dependendo da luz ou do que estão vestindo? Os meus, não. Eles são sempre do mesmo verde leitoso e claro. E mesmo no escuro minhas pupilas nunca crescem. Eu, na verdade, nunca vi ninguém com olhos que pareçam com os meus. Eles são tão diferentes que tenho quase certeza de que qualquer um com olhos iguais aos meus provavelmente teria alguma relação de parentesco comigo. Tipo parentesco de verdade, de sangue.

Enfim, adotada ou não, sou mais próxima de minha mãe do que qualquer outra garota de 16 anos que conheci. Ou, pelo menos, tenho quase certeza de que somos mais próximas do que qualquer dos pares mãe e filha que eu via caminhando juntas pelo shopping em Austin. Se não estavam discutindo, mal estavam conversando. Ashley costumava pegar o telefone e fingir que estava em uma conversa profunda quando a mãe perguntava sobre seu dia. Quero dizer, quantas garotas dessa idade você conhece capazes de passar três dias direto trancadas em um carro com a mãe atravessando o país?

Apesar de, agora, eu ter 16 anos há apenas uma semana.

De algum lugar no interior da casa, ouvi o som de uma descarga.

— Onde você achou que eu estivesse, Sunshine? — pergunta minha mãe, voltando à porta da frente.

— Meu nome nunca soou tão irônico no Texas — resmungo, tremendo ao atravessar a porta, que bate às minhas costas, me assustando.

— É só o vento, querida.

Mamãe está com um brilho no olhar, como se estivesse fazendo força para não rir de mim.

— Na verdade, acho que está mais frio dentro que fora da casa.

— Acho que nunca senti um frio desses, nem mesmo quando tinha 9 anos e mamãe me levou para esquiar no Colorado, onde a temperatura estava literalmente congelante. *Este* frio é uma coisa completamente diferente. Ele penetra por baixo de minhas roupas e cobre minha pele de arrepios. É como se estivesse com febre e tremendo, apesar do fato de sua temperatura estar subindo e você estar envolta em camadas de cobertores na cama. O tipo de frio úmido, como se a casa inteira precisasse passar por uma secadora. É... certo, tudo bem, eu admito: é *assustador*. Eu digo isso em voz alta, e mamãe ri.

– Essa é sua nova palavra favorita? – pergunta ela.

– Não – respondo com delicadeza. Não me lembro de usá-la tanto antigamente. Mas nunca senti isso antes.

– Há meses ninguém vive nessa casa. Ela só está vazia há tempo demais. Assim que botarmos todas as nossas coisas aqui, vai ficar mais aconchegante. Vai ficar *ótima*, prometo.

Mas nossas coisas – o caminhão de mudança cheio com nossos móveis e meus livros e minhas coisas e roupas – não iam chegar lá até o dia seguinte. Acho que os motoristas que vinham do Texas não estavam com tanta pressa de chegar quanto nós. Mamãe e eu subimos a escada que rangia e exploramos rapidamente o segundo andar, dois quartos e um banheiro com uma tranca defeituosa na porta.

– Vou pedir ao senhorio para consertar – promete mamãe. Mas é difícil imaginar como nossas coisas vão ficar nos quartos quando a maioria de nossos pertences ainda está a cem quilômetros de distância. Entro no quarto que vai ser meu e estremeço ao ver o papel de parede e o carpete rosa. Não sou o tipo de garota que gosta de rosa. Decidi que ia botar minha cama no canto à direita da porta; e a mesa, diante da janela, em frente a ela. Caminhei até a janela estreita e olhei para fora, mas os galhos de um pinheiro em nosso jardim dos fundos bloqueavam quase completamente minha vista da rua. Mesmo que o sol estivesse brilhando, duvido que entrasse muita luz. O quarto de mamãe dá para o jardim da frente, mas galhos bloqueiam a maior parte de suas janelas, também.

Enchemos nosso colchão tamanho *queen* no chão de madeira da sala e o cobrimos com cobertores para que o gato não o fure acidentalmente com suas garras quando subir em cima dele, coisa que, é claro, ele faz imediatamente. Vamos de carro à cidade comprar uma pizza. O som das agulhas de pinheiro atingindo o teto de nosso carro faz coro com o som das gotas de chuva. A rua principal está quase vazia, nada como as multidões do centro de Austin.

— É pitoresco — disse mamãe esperançosa, indicando a charmosa farmácia local e a lanchonete que não pertencem a nenhuma rede, e balanço a cabeça, forçando um sorriso. A caminho de casa, a pizza esfriando no banco de trás, passamos pelo hospital, e minha mãe para no estacionamento. Não passava ali desde que fora até lá de avião para a entrevista de emprego alguns meses antes. O hospital é pelo menos metade do tamanho do que ela trabalhava em Austin. Ela solta o cinto de segurança, mas não se move para sair do carro, por isso, eu também não.

— Acho que eles não têm tantas pessoas doentes em Ridgemont quanto tinham lá na nossa cidade — digo, gesticulando para o estacionamento vazio.

— É uma cidade pequena. — Mamãe dá de ombros, mas parece cautelosa. Ela vai ter muito mais responsabilidade no novo emprego do que tinha no Texas e, apesar de não ter dito isso, sei que ela está nervosa.

— Não se preocupe. Você vai arrasar.

Mamãe olha para mim e sorri.

— Essa é minha Sunshine. — Ela estende o braço e aperta meu ombro, depois prende o cinto de segurança e religa o carro. Está fazendo a volta quando o som de sirenes enche o ar. Uma ambulância chega em alta velocidade ao estacionamento, correndo na direção da entrada da emergência.

Acho que, afinal de contas, há pessoas doentes em Ridgemont.

\* \* \*

Comemos nossa pizza de pijamas, sentadas no colchão de ar como se estivéssemos em uma festa do pijama.

— Essa pizza é melhor do que qualquer uma em Austin — diz mamãe enquanto discutimos sobre o último pedaço.

— Quem diria? — digo, pegando o pedaço de borda de suas mãos e rindo. — Ridgemont, Washington, capital da pizza dos Estados Unidos.

— Viu? Eu disse que você ia gostar daqui.

— Eu gostei da *pizza*. Não é a mesma coisa que gostar do *lugar*.

— Talvez quando você ama a pizza já esteja perto de amar o lugar — rebate mamãe com esperança. Eu suspiro. A verdade é que mal tínhamos chegado, e ainda era cedo demais para ter qualquer tipo de opinião.

— Tem um cheiro engraçado aqui — digo, retorcendo o nariz.

— Tem cheiro de pizza aqui — diz mamãe, apontando para a caixa cheia de bordas de pizza entre nós.

Sacudo a cabeça. O cheiro é de outra coisa, um tipo de cheiro úmido, bolorento, como se alguém tivesse deixado o ar-condicionado ligado por tempo demais, não que seja preciso um ar-condicionado aqui.

— Enfim, assim que nossas coisas chegarem, essa casa vai cheirar como nós — promete minha mãe, mas não estou tão certa de que o cheiro de mofo e umidade vá embora com tanta facilidade.

Lemos antes de ir para cama. Mamãe está encarando o último thriller a entrar nas listas de best-sellers; ela adora esse tipo de livro, apesar de eu implicar com ela por causa disso. Eu estou lendo *Orgulho e preconceito* pelo que deve ser a décima quinta vez. É impossível sentir saudade de casa com o peso familiar do livro em minhas mãos. Gosto de todas as palavras que as pessoas não usam mais: *palpita-*

ção, *perturbação* e *interrogações*. Às vezes, eu me vejo falando como uma das irmãs Bennett. Superidiota, eu sei.

– Será que posso ter sido Jane Austen em uma vida passada? – pergunto sonolenta quando finalmente apagamos as luzes. Deve ser mais de meia-noite.

Oscar arranjou um cantinho entre nós na cama, mas não me importo, porque apesar dele ocupar metade da área do colchão, fico muito mais aquecida com ele enrolado ao meu lado.

– Claro que não – diz mamãe. Ela não acredita em coisas como vidas passadas. Ela acredita em lógica e medicina, coisas que podem ser provadas por meio de química orgânica.

– Certo, mas estou dizendo que se você *acreditasse* nesse tipo de coisa...

– Coisa em que não acredito...

– Certo, mas se *acreditasse*...

– Se eu acreditasse, *então* será que também acreditaria que você teria sido Jane Austen em uma vida anterior?

– Exatamente.

– Não.

– Por que não? – digo com escárnio, fingindo estar ofendida. Posso sentir mamãe dar de ombros de seu lado da cama, como se a resposta fosse realmente óbvia.

– Estatística. Matematicamente, as chances são infinitesimais.

– Você está aplicando estatística para minha vida passada hipotética?

– Os números não mentem, meu Estado do Sol. – Minha mãe às vezes me chama assim, apesar de nós nunca termos ido à Flórida, o verdadeiro Estado do Sol. Tenho quase certeza de que Washington é o mais distante que você pode ficar da Flórida sem deixar os Estados Unidos continental. Mas mamãe sempre diz que, enquanto estiver comigo, ela estará sempre sob a luz do sol. Diz que sentiu

isso desde o instante em que me pegou quando eu era um bebê recém-nascido. Foi por isso que ela resolveu me chamar de Sunshine.
— Boa-noite, querida — diz ela no escuro.
— Boa-noite.

O barulho me acorda. Não tenho certeza da hora quando o escuto. Quando *os* escuto. Passos. Vindos do andar acima. Eu não estava mesmo dormindo muito profundamente. Normalmente, quando pego no sono depois de ler *Orgulho e preconceito*, sonho sobre o sr. Darcy, mas essa noite estava tendo sonhos muito estranhos. Vi uma garotinha chorando no canto de um banheiro, mas não importava o que dissesse ou fizesse, suas lágrimas não paravam de correr. Tentei abraçá-la, mas ela estava sempre fora de meu alcance, mesmo quando eu estava bem ao seu lado.
— Que negócio é esse? — sussurro, rolo e procuro por Oscar. A audição dos cães supostamente é muito boa, então, se ele não ouviu nada, sinal que é definitivamente apenas minha imaginação, certo? Mas Oscar não está mais na cama, e ali está um breu, por isso não consigo ver nada. Ele não pode estar muito longe, porque posso sentir o cheiro de cachorro molhado de seu pelo, que não secou totalmente desde que chegamos. De repente, os passos param.
— Mãe — murmuro, sacudindo seu ombro com delicadeza. — Mãe, você ouviu isso?
— Hummm? — responde ela com voz embargada pelo sono. Ela estava muito cansada depois de dirigir uma distância tão grande. Eu devia deixá-la dormir. Mas aí os passos recomeçam.
Oh, Deus, talvez a casa não pareça assustadora porque esteja desabitada há meses. Talvez pareça assustadora porque houvesse um assassino louco escondido no andar de cima, esperando que alguma família inocente se mudasse para lá para que pudesse estrangulá-la

dormindo. Meu coração está batendo forte, e começo a respirar fundo, tentando desacelerá-lo. Mas ele só fica mais rápido. Os passos, porém, não soam como os de um louco assassino. Eles são leves, meio travessos, como se houvesse uma criança saltitando pelos quartos acima de nós.

– Mãe – repito, dessa vez com mais urgência. Talvez realmente haja uma criança lá em cima. Talvez ele ou ela tenha se perdido de casa.

– O que é? – pergunta sonolenta minha mãe.

– Você está ouvindo isso?

– Ouvindo o quê?

– Esses passos.

– Só estou ouvindo sua voz me mantendo acordada – diz ela, mas sei que está sorrindo. – Provavelmente é só o gato – acrescenta, rolando para o lado e me abraçando. – Volte a dormir. Prometo que esse lugar não vai parecer tão assustador de manhã. – Ela põe ênfase na palavra *assustador* como se fosse alguma espécie de brincadeira.

– Não é engraçado – protesto, mas a respiração de minha mãe retomou seu ritmo regular, ela já voltou a dormir. – Não é engraçado – repito, sussurrando as palavras na escuridão.

A última coisa que espero é uma resposta, mas quase imediatamente depois que falo, a escuto, nítida e suavemente como se houvesse alguém sussurrando ao meu ouvido. Não passos dessa vez, mas um riso de criança: uma risada, leve e clara como cristal, viajando pela escuridão.

Fecho e aperto os olhos, forçando-me a pensar em qualquer outra coisa: Elizabeth Bennett e Fitzwilliam Darcy, Jane e o sr. Bingley, até Lydya e o sr. Wickham. Tento visualizá-los dançando no baile de Netherfield (apesar de saber que o sr. Wickham na verdade não estava lá naquela noite), mas, em vez disso, tudo o que posso ver é a garotinha de meu sonho, seu vestido escuro em farrapos pela idade, brincando de amarelinha no chão acima de mim. E outra vez escuto riso. Um riso de criança nunca soou tão assustador.

Antes que perceba o que estou fazendo, saio da cama e sigo na direção da escada. Se há uma garotinha lá em cima, ela provavelmente está tão assustada quanto eu, certo? Apesar de ela não parecer assustada. Quero dizer, ela estava rindo.

Ponho o pé no primeiro degrau e olho para o alto. Não há nada além de escuridão acima de mim. Oscar surge ao meu lado, apoiando o corpo quente contra minha perna.

– Bom garoto. – Minha voz sai sem fôlego, como se eu estivesse correndo.

Ponho o pé no segundo degrau, e ele range. Então não há nada além de silêncio, nenhum riso, nenhum passo, nenhum saltitar. Meu coração está batendo forte, mas respiro fundo e ele volta a um ritmo regular.

– Talvez tenha terminado – digo. Oscar arfa concordando. Além de nossas respirações, a casa está em silêncio. – Vamos voltar para a cama – suspiro por fim, fazendo a volta.

Oscar se enrosca do meu lado sobre o colchão de ar e passo os dedos para cima e para baixo por seu pelo quente. Espero ficar horas acordada, olhando para o teto. Em vez disso, minhas pálpebras ficam pesadas, minha respiração torna-se mais lenta até entrar no ritmo da de minha mãe.

Mas juro, quando estou perdendo consciência, naquele ponto em que você já está mais dormindo que acordado, ouço outra coisa. Uma frase pronunciada com voz infantil, não mais que um murmúrio:

*Boa-noite.*

## CAPÍTULO DOIS

## Ironia cor-de-rosa

– O *quão rosa ele pode ser?* – Ashley parece tão cética em relação à cor de meu novo quarto quanto minha mãe em relação à possibilidade de que aquela casa seja assombrada.

Apesar de Ashley não conseguir me ver pelo telefone, sacudo a cabeça. A companhia de mudança saiu tem uma hora, e mamãe e eu desde então estamos desempacotando. Meu quarto novo é uma espécie de retângulo torto. Achei que seria capaz de ver como nossa vida iria se encaixar naqueles quartos assim que nossos pertences estivessem ali conosco, como minha vida iria se encaixar em meu quarto novo. Mas não tenho certeza se jamais vou me encaixar em um quarto com *essa* aparência.

– Juro, Ashley. – Deixo meu telefone no viva-voz enquanto mexo nas coisas que embalei com tanto cuidado apenas alguns dias antes, em Austin: minha máquina de escrever antiga, que agora está em minha mesa ao lado do laptop, minha coruja empalhada, o Dr. Hoo, atualmente empoleirada em uma prateleira acima da mesa como se estivesse prestes a voar e capturar minha coleção de bonequinhos de vidro. – Você nunca viu um quarto tão rosa. Você nunca viu um *rosa* tão rosa. – Ashley ri, mas eu estou totalmente séria. O rosa em meu quarto novo está por toda parte: nas rosas do papel de parede, no carpete felpudo no chão. Até o interruptor de luz é pintado de rosa.

Quando acordei esta manhã, imediatamente corri até a escada em busca de algum vestígio de uma criança escondida ali em cima.

Mas não havia nada. Nenhuma pegada, nenhum rastro de terra no tapete, nenhuma marca de dedo nas janelas, e com certeza nenhuma garotinha escondida nos armários nem no banheiro. Mamãe disse que o que quer que eu achei ter ouvido na noite anterior provavelmente não passou de um sonho ruim, mas sacudi a cabeça. Sei o que ouvi. Além disso, está ainda mais frio no segundo andar da casa do que no primeiro. Talvez aqui o ar seja úmido demais para se mover; o cheiro bolorento é ainda mais forte no segundo andar; o carpete, quase úmido, como se houvesse se encharcado alguns meses atrás e nunca tivesse tido a oportunidade de arejar.

– Meu quarto antigamente era rosa – diz Ashley. Sem dúvida ela ainda não percebe a gravidade da situação.

– É, até você fazer 13 anos e passar dessa fase.

– Vocês não viram fotos da casa antes de mudar?

– Obviamente eles deixaram de fora as fotos deste quarto.

– Então vá para o outro quarto.

– Não tem outro quarto. Tem o da minha mãe e esse aqui, e um banheiro no meio.

– E um quarto de hóspedes para quando sua melhor amiga for visitar?

Eu rio.

– Não. Você vai ter de ficar comigo dentro desse vidro gigante de antiácido de bebê.

Pego o que talvez seja meu objeto mais precioso e o removo de um casulo de plástico bolha: a câmera Nikon F5 que minha mãe me comprou de presente no meu aniversário de 16 anos. Eu a ponho cuidadosamente sobre a cama. Ashley achava que eu devia ter pedido um carro. *Todo adolescente nos Estados Unidos pede um carro quando faz 16 anos*, dissera ela. Ela ganhou um, um híbrido azulão, reluzente de quatro portas que dirigia orgulhosamente com as janelas abaixadas e a música alta. Mas o que eu realmente queria era uma câmera antiga para fotografar com filme de verdade. E, nossa, minha mãe caprichou.

Minha escola em Austin tinha aulas de fotografia, e eu me inscrevi no primeiro dia em que entrei no ensino médio, com uma câmera emprestada da professora de fotografia, a sra. Soderberg. Ela me ensinou pacientemente a revelar filme no laboratório da escola no subsolo. Quase todo o restante das pessoas usava câmeras digitais, mas aquelas fotos nunca pareciam tão verdadeiras para mim quanto as tiradas com filme.

Ashley sempre me provocava porque eu preferia passar horas no laboratório com uma professora em vez de diante de uma tela conferindo as atualizações de status de pessoas que eu vejo na escola todo dia de qualquer jeito. Ela disse que essa era a razão por eu não ter mais amigos. E ela comentou que minha coleção de aves empalhadas também não ajudava. *Garotas normais acham bichos mortos nojentos.*

*É só uma ave empalhada*, insistia eu. Mamãe e eu tínhamos encontrado o Dr. Hoo em uma loja de antiguidades perto de Austin. Não posso explicar, mas, no instante que o vi, soube que precisava tê-lo. Ele era branco como neve, com manchas negras na cabeça e nas asas macias e, apesar de estar morto havia um bom tempo, *parecia* muito vivo para mim.

Não é que eu precisasse de mais amigos. Ashley e eu éramos diferentes, mas desenvolvemos uma ligação no segundo ano devido a um amor comum por papel de carta colorido e cola com purpurina e ficamos íntimas desde então. Além disso, ela e minha mãe sempre me pareceram suficientes no departamento de amigas. Mamãe sempre dizia que eu era tudo de que ela precisava. E, verdade seja dita, entre mim e o trabalho dela, nunca parecia que mamãe tinha tempo para muito mais coisa. Enfim, por que ia querer amigos diante dos quais eu ia ter de agir com falsidade? Não quero fingir ter medo de coisas mortas e preferir digital a filme. Não me importo em ser antiquada.

– Só prometa que você não vai ser tão antissocial em Ridgemont quanto era em Austin.

– Moro em Ridgemont há menos de vinte e quatro horas. Ainda não tive tempo de ser antissocial.

– Você pelo menos promete usar alguma coisa *normal* no primeiro dia de aula?

Cruzo os braços sobre o peito.

– Defina normal.

– Não é normal para uma garota da sua idade ter pijamas com pés.

– Isso foi uma vez que dormi na sua casa, e estávamos no oitavo ano!

– Você ainda tem aquilo? – pergunta Ashley, sabendo a resposta.

Rio e fecho os olhos. Posso visualizar Ashley agora, seus belos olhos azuis brilhando, seus cabelos louros, secos e alisados, escorridos sobre suas costas. Ela provavelmente está plantada ao lado da saída do ar-condicionado em seu quarto (de cor normal), usando short jeans normal e uma camiseta normal. Ela sempre se recusava a me acompanhar quando eu ia a algum brechó em busca de blusas, botas e bolsas antigas. Não me visto como uma maluca nem nada assim; só também não me visto como a maioria das outras garotas que conheço. Gosto de chapéus e cachecóis de crochê, camisetas com estampas divertidas e mangas compridas que cubram minhas mãos.

– Talvez o pessoal da Ridgemont High se vista como eu.

– Talvez – concorda Ashley, apesar de eu saber que ela na verdade não acha isso. – Ou talvez eles achem que seu estilo é algo descolado vindo de fora da cidade. Você podia fingir ser de Nova York. Ou Londres!

– Quem iria acreditar que eu sou de Londres?

– Você podia imitar um sotaque britânico. Garotos adoram sotaque britânico.

Sacudo a cabeça.

– Se vou ser britânica, vou fazer isso por coisas britânicas, como o chá da tarde e passeios pelos jardins do castelo.

– Então você não vai ser apenas britânica, vai ser da realeza, também?

– Já que é para inventar uma nova realidade, posso fazer como eu quiser.

– Você vai ser logo a garota mais popular da escola.

Balanço a cabeça, concordando.

– Os garotos vão se apaixonar por mim no instante em que eu der meu primeiro "bom-dia" com sotaque.

Ashley ri.

– E agora, o que é tão engraçado? – pergunto.

– Nada – diz ela, mas seu riso só fica mais alto. Aposto que seu rosto ficou quase tão rosa quanto meu carpete. Quando ela fala, mal consegue pronunciar as palavras. – Estou só tentando imaginar você tentando levar um garoto para seu quarto, o que seria mais embaraçoso, a ave morta ou as paredes cor-de-rosa?

– Ele ia sair correndo daqui o mais rápido que pudesse – concordo e começo a rir também. A mera ideia de um garoto no meu quarto por si só é um absurdo. Ashley sabe muito bem que eu nunca sequer beijei um rapaz.

Do andar de baixo, a voz de minha mãe chama meu nome.

– Ash, tenho de ir – digo. – Minha mãe precisa de mim.

– Diga a Kat que mandei um alô.

– Digo – prometo. – Estou com saudade.

– Eu também – diz Ashley antes de desligar.

Saio no corredor. O carpete ali é de uma bela cor neutra: caramelo. Nada como a monstruosidade rosa que acontece em meu quarto.

Espere. *O corredor é acarpetado.* O quarto de minha mãe, também. O meu, também. Ando de um lado para outro, depois dou uns pulinhos, tentando imitar os sons que ouvi na noite anterior.

– Ei, mãe, está ouvindo isso? – grito.

– Ouvindo o quê?

Saltito um pouco mais, até meu quarto, depois vou ao de minha mãe, em seguida volto para o corredor. O carpete é tão grosso que posso sentir sua maciez até de sapatos.

– Ouviu isso!

– Escutei sua voz, gritando comigo! – responde ela, um eco do que ela disse quando a acordei no meio da noite. Agora desço correndo as escadas, dois degraus de cada vez. Minha mãe está na cozinha, debruçada sobre a bancada enorme no centro do ambiente, cercada por caixas semiabertas de panelas, caçarolas e tupperwares. O gato mia a seus pés, querendo saber em qual das caixas está sua comida. A bancada provavelmente foi branca um dia, mas assumiu uma tonalidade cinzenta, como o exterior da casa. Mamãe acendeu todas as luzes, mas ainda parecia escuro ali. A chuva bate contra a janela acima da pia. Trovões ecoam a distância.

– Estou fazendo uma lista de compras – diz mamãe. – De que você precisa?

– O chão é acarpetado – respondo.

– O quê?

– Lá em cima. Aqui embaixo, é taqueado, mas todo o segundo andar é forrado de carpete. – Lex mia insistentemente, esfregando-se contra minhas pernas. Eu me abaixo para acariciá-lo. Ele tem uma faixa de pelo branco no peito e na cara, mas o restante é todo escuro. Ter um gato preto nunca pareceu azar, antes.

– Eu sei. – Mamãe dá de ombros. – Dizia isso no site em que encontrei a casa.

– Dizia também que a cor rosa quase certamente teve origem no segundo quarto?

Mamãe torce o nariz. Ela odeia rosa tanto quanto eu.

– Vou perguntar ao senhorio se podemos pintar por cima desse papel de parede.

– Por que alguém ia querer pintar por cima de rosas cor-de-rosa do tamanho de minha cabeça? – brinco.

– Agradeça por não serem do tamanho de sua cabeça com seu cabelo.

– Agora você está sendo má. – Mamãe sabe que tenho inveja de seu cabelo, que é sempre perfeitamente liso, diferente do meu, que se eriça todo no instante em que um milímetro de umidade tem a coragem de entrar na atmosfera. – Esse clima não está ajudando em nada meu cabelo.

– Querida, você vai ter de escolher uma coisa para reclamar de cada vez. Não consigo acompanhar tudo.

– Não estou reclamando – digo, mas projeto meu lábio inferior em um biquinho infantil, e minha mãe ri. Estou reclamando e sei disso. O clima, os ruídos, o ambiente assustador, o rosa.

– Espere – interrompo minha própria linha de raciocínio. – Quero lhe falar sobre o carpete.

– O que tem o carpete?

– O segundo andar é acarpetado. Você não me ouviu saltitando lá por cima, ouviu?

– Não.

– Então como eu ouvi aqueles passos ontem à noite?

Mamãe sorri, atravessa a cozinha e passa o braço em torno dos meus ombros.

– Sunshine, sei que você acha ter ouvido alguma coisa ontem à noite...

– Eu *ouvi* alguma coisa.

– Está bem – admite ela. – Você ouviu alguma coisa. Mas você não acha mais provável ter sido apenas um galho batendo em uma janela lá em cima ou o vento soprando através das árvores ou...

— Eu sei a diferença entre galhos e passos. Entre o vento e uma voz de verdade.

— Está bem — diz mamãe com paciência. — Mas, como você disse, seria quase impossível ouvir passos vindos do segundo andar.

— Exatamente — balanço a cabeça afirmativamente, estalando os dedos e girando, em uma tentativa não muito graciosa de fazer uma dança da vitória.

— Exatamente o quê?

Paro de girar.

— Estou dizendo desde que chegamos aqui. Esta casa é simplesmente estranha.

— Eu sei que esta é uma transição difícil para você. — Mamãe estende a mão e esfrega minhas costas para cima e para baixo. — Ontem à noite foi sua primeira noite vivendo em um lugar diferente de nossa casa em Austin. Vai ser preciso um tempo de adaptação.

Sacudo a cabeça em uma negativa. Não é como se eu nunca tivesse dormido em outro lugar além de nossa antiga casa. Perdi a conta de quantas vezes dormi na casa de Ashley. Mamãe e eu saímos de férias e dividimos quartos de hotel. O que senti na noite passada não foi saudade de casa. Saudade de casa deixa a pessoa *triste*, não *com medo*.

— Eu *ouvi* alguma coisa. E não só passos. Eu já disse: também ouvi risos. Havia uma garotinha lá em cima. Eu sei.

— Uma garotinha?

— Bem, talvez o fantasma de uma garotinha.

Mamãe sacode a cabeça. Ela não acredita em fantasmas. Eu também não tinha certeza se acreditava neles. Até agora.

— Vou provar isso para você — prometo.

— Como?

Não tenho ideia de como provar que uma casa é assombrada, por isso torço o nariz como ela fez alguns minutos antes.

Por fim, minha mãe dá um suspiro e diz:
– Quer vir ao mercado comigo?
– Ainda tenho muita coisa para desempacotar. – Meu desejo de botar tudo no lugar vence meu medo. Além disso, como eu ia provar a ela que havia algo estranho acontecendo ali se eu não estivesse em casa para ter a experiência?
– Tem certeza de que se sente segura em ficar sozinha numa casa assombrada? – pergunta minha mãe ao pegar as chaves do carro.
– Mhhuuuuuuaaaaaaaa – acrescenta em uma voz grave boba como se fosse o Conde de *Vila Sésamo*, agitando os dedos a sua frente.
– Não estou sozinha – digo, tentando ignorar o fato de que minha voz está trêmula. – Tenho Oscar e Lex para me proteger.

Minha mãe me dá um beijo no alto da minha cabeça antes de sair pela porta. Oscar e eu subimos a escada e vamos para meu quarto, onde fecho a porta ao entrar. Você pode achar que todo esse rosa faria o quarto parecer menos assustador, mas, na verdade, tem o efeito contrário. Troveja de novo, dessa vez mais perto. Viro-me para minha mesa, de costas para a janela. Em Austin, guardava meus unicórnios de vidro alinhados em ordem de tamanho, o mais alto à esquerda, o menor à direita. Aqui decido arrumá-los por cor. Coleciono unicórnios desde que tenho 5 anos de idade e minha professora de jardim de infância leu para nossa turma um livro chamado *O último unicórnio*. Mamãe me compra um bonequinho todo Natal. Tenho onze, no total, e isso sem contar os que quebraram ao longo dos anos. São feitos de vidro e todos de cores diferentes, do roxo ao verde, do azul ao transparente, e, sim, tem até um rosa. Ponho esse na frente e no centro.

De repente, sinto um calafrio na espinha, como se uma brisa estivesse entrando pela janela atrás de minha mesa. Porém a janela está fechada. Não só fechada, trancada. Aperto as mãos contra o vidro:

está congelante, mas não está passando nenhum ventinho. Acho que com um clima como o de Ridgemont, uma casa tem de ser bem isolada.

— O que acha, Oscar? — digo, conversando com nosso cachorro como se ele pudesse me entender. E como se ele não fosse daltônico. Volto a me concentrar na prateleira acima de minha mesa. — Você acha que o roxo deve ficar ao lado do rosa ou do vermelho? Do rosa? Está bem, se você acha...

De novo, um calafrio. Dessa vez, a brisa é tão forte que sopra levemente o cabelo da frente de meu rosto.

— De onde você acha que isso está vindo, Oscar? — Estou tentando parecer animada quanto estava com meus unicórnios. Não quero que o pobre do Oscar fique com medo. — É uma casa velha, certo? Talvez haja uma corrente de vento, algo assim. Você já ouviu falar de casas antigas com vento encanado. *Casas antigas com vento encanado* parece algo que Jane Austen diria. Isso não é tão mau. Imagino que Oscar esteja balançando a cabeça concordando.

Arrumo o unicórnio rosa, tentando ignorar o fato de que minhas mãos estão tremendo. A brisa volta, dessa vez mais forte, levantando meu cabelo de meus ombros. Afasto-me de minha cadeira, largando o unicórnio. Seu chifre quebra na hora, com o som de um *tilim* baixo e triste.

— Oh, não — lamento. Ele fez toda a viagem desde Austin inteiro, e eu tinha de deixá-lo cair. De repente, Oscar mergulha embaixo de minha cama.

— Você também sente, não é, rapaz? — pergunto, mas Oscar apenas dá um ganido. Baixo as mangas por cima dos pulsos, cobrindo os arrepios que pontilham a pele de meus braços.

*Bang*. Eu me viro. Minha porta se abriu. O *bang* foi da madeira acertando a parede atrás dela.

— Nossa! — grito, cruzando os braços sobre o peito e cerrando os punhos. Meu coração está acelerado. Outro calafrio percorre minha espinha, depois outro e mais um, até parecer que jamais vou me sentir aquecida outra vez. Sento-me na cama e tremo, com o coração batendo forte.

A sra. Soderberg costumava dizer que você podia capturar coisas em filme que são impossíveis de detectar a olho nu. Lentamente, para não assustar o que quer que esteja no quarto comigo – não posso fotografá-lo em filme se eu o assustar e ele se for – pego minha câmera. Botei filme preto e branco nela antes de sair de Austin, empolgada por ter um novo lugar para fotografar. Agora aperto meu olho contra o visor e ajusto as lentes para obter o foco perfeito. Tiro fotografias metodicamente, ajustando a velocidade do diafragma para uma exposição lenta, tomando cuidado para manter as mãos firmes.

*Clique, clique, clique.* Os sons que faz a câmera são de algum modo reconfortantes. Até Oscar põe a cabeça para fora de baixo da cama.

Mamãe estava só me provocando quando perguntou se eu me sentia segura em ficar sozinha em uma casa assombrada. Mas agora eu sei: depois que você se muda para uma, você nunca mais fica sozinha.

## CAPÍTULO TRÊS

## Torpor escolar

*Na hora que começa a escola,* estou totalmente exausta. Não dormi uma noite inteira nem uma vez desde que nos mudamos para cá há uma semana. E tivemos literalmente um dia de sol! Estou pensando em pedir a mamãe para me comprar uma dessas luzes UV que servem para simular o sol no Natal, apesar de isso parecer estar a um milhão de anos de distância. E nem me fale sobre o que toda essa neblina está fazendo com meu cabelo. Nunca entendi as garotas que reclamam de ter cabelo liso. Tente viver com cabelo crespo por um dia e você vai mudar de ideia. Com o ninho de ratos em minha cabeça e com olheiras, nesses dias não ando com um aspecto muito atraente.

Toda noite vou deitar com esperanças renovadas. Talvez esta seja a noite em que eu não vá ouvir passos nem risos nem uma voz de criança me desejando boa noite. Talvez amanhã seja a noite em que eu não sinta uma brisa fantasma soprando em meu quarto, baixando a temperatura, fazendo com que sinta frio, não importa quantos cobertores eu empilhe na cama.

Até agora, não tive essa sorte.

Nunca me importei de ficar sozinha em casa quando morávamos em Austin, mas, desde que nos mudamos para Ridgemont, fico nervosa sempre que mamãe sai de casa, como se eu fosse uma criança pequena que ainda precisasse de babá. Dois dias atrás, ela teve de trabalhar em um turno na madrugada. Eu me deitei na cama dela com a porta fechada para que Oscar e Lex tivessem de ficar no quarto comigo. Liguei para ela às, tipo, três da manhã para contar as novidades, mas não consegui falar porque ela estava com um paciente. Quando ela finalmente me ligou de volta, parecia mais desesperada que preocupada. Disse que o ranger de uma porta abrindo era "apenas a casa velha se assentando em suas fundações", que passos eram "provavelmente galhos batendo nas janelas", que o riso era "só o vento uivando através das árvores".

"*Fantasmas não existem, Sunshine*" está se transformando rapidamente em seu mantra. Ela deve ter dito isso mais de dez vezes só na semana passada. Está bem, sei que ela é cética, mas não faz o gênero dela simplesmente me ignorar assim. Quando eu era pequena, ela ficava acordada comigo depois de todo pesadelo que eu tinha, me ninando até eu voltar a dormir, quando eu me convencia de que não havia monstros embaixo de minha cama, e deixava que eu dormisse em seu quarto quando estava assustada demais para ficar sozinha no meu.

Agora ela justifica todo som, toda brisa, toda queda de temperatura. Estou começando a me preocupar que seja apenas questão de tempo até ela chegar à conclusão de que enlouqueci e me mandar sentar no divã de algum psiquiatra. Até Ashley acha que eu estou perdendo a cabeça; primeiro, ela ria sempre que eu mencionava nossa casa assombrada, mas na noite passada ela disse que eu estava parecendo uma completa doida.

Mas não acho que esteja louca. E estou determinada a provar.

Tenho usado bastante minha câmera, tirando fotos da brisa que agita as cortinas de meu quarto quando a janela está fechada. Há alguns dias, fotografei a porta se abrindo, duas noites atrás, dormi com a câmera na cama para que, quando ouvisse o riso, pudesse tirar uma foto de meu quarto; o flash era claro demais, por isso estava com a velocidade do obturador na posição mais lenta possível, na esperança de que uma exposição longa conseguisse captar algo que não conseguisse ver apenas com meus olhos.

Nesta manhã, estou a caminho da escola com dois rolos de filme na bolsa. Só preciso do laboratório e, talvez, finalmente tenha alguma prova para mostrar a minha mãe. Minha mochila parece pesar um milhão de quilos.

A neblina está tão densa que, de nossa entrada de carros, mais ou menos na metade da rua, não consigo ver seu fim a minha direita nem a saída a minha esquerda. As luzes dos postes em nossa quadra são mais espalhadas que as casas. Isso, com a chuva quase constante e as sombras dos abetos espalhados aleatoriamente por toda parte, faz com que aqui seja sempre escuro. Nenhuma das outras casas em nossa rua parece tão assustadora quanto a nossa, nem mesmo as duas vazias em frente. Moramos perto do hospital, e tenho quase certeza de que sou a única pessoa com menos de 30 vivendo em nossa quadra. Não há velocípedes nos jardins diante das casas, nenhum balanço. Só as agulhas de pinheiros cobrindo toda a superfície e o som ocasional de sirenes de ambulância chegando e saindo do hospital onde minha mãe passa a maioria de seus dias (e noites). Uma sirene toca, agora, tão alto que eu literalmente pulo de susto.

— Isso, para mim, não é a vizinhança mais aconchegante dos Estados Unidos – digo em voz alta, chutando o chão com meus tênis.

Pelo menos algumas casas são pintadas de cores bonitas: pêssego e amarelo e até azul-claro ou, melhor ainda, madeira crua ou tijolos aparentes. As outras casas são cercadas, como a nossa, por árvores de aspecto antigo, como se há muito tempo tivessem aberto aquela rua no meio de uma floresta de pinheiros. Mamãe acha que a maioria dos sons que estou escutando provavelmente vem de galhos baixos que batem no telhado quando sopra o vento. Caminhando por nossa rua, na verdade posso ver por que ela pensa isso. Mas sei a diferença

## Torpor escolar

entre um galho e passos, e sem dúvida sei a diferença entre o vento e risos.

Para ser honesta, fico meio chateada por minha mãe não estar levando isso mais a sério. Eu literalmente nunca menti para ela. Sei que isso é superbobo para uma adolescente dizer, mas é a verdade. (Viu, eu nunca minto!)

Ao me aproximar da Ridgemont High, mais carros surgem nas ruas. Alguns garotos de bicicleta passam correndo por mim. Todo mundo parece muito empolgado com o primeiro dia de aulas, se cumprimentando com abraços, usando roupas novas e coloridas que praticamente brilham na neblina. Pode ser o primeiro dia de aula, mas sou sem dúvida a única garota nova. Todo o restante parece se conhecer, e ninguém parece tão incomodado pelo frio quanto eu. Todos estão de camiseta e jeans, nada como eu em minha saia comprida e suéter, mas também não havia ninguém que se vestisse como eu em minha escola antiga. Aperto meu cachecol azul com uma estampa de coruja em volta do pescoço e puxo as mangas por sobre as mãos, alisando o cabelo para ficar como algo que pareça menos com um capacete de frizz. Ashley me diria para sorrir, então armo um sorriso no rosto.

No encontro com os alunos antes do início das aulas, o professor me faz ficar de pé diante da sala e me apresentar. Eu provavelmente enrubesço e fico rosa como o carpete de meu quarto. A maioria das pessoas na sala nem tira os olhos de seus celulares quando digo meu nome. É o penúltimo ano do ensino médio, parece que todo mundo tem há tempos o mesmo grupo de amigos, e ninguém está interessado em fazer amizade com a garota nova. As pessoas não são más nem nada assim, quero dizer, um grupo de garotas tipo líderes de torcida nem mesmo registra minha presença, mas algumas meninas sorriem e acenam antes de se virarem para outro lado, e pelo menos dois garotos piscam para mim. Ashley diria para eu piscar de volta, mas só a ideia me dá vontade de me esconder atrás do meu cabelo.

A primeira aula é matemática, não exatamente minha matéria favorita, mas fico aliviada ao descobrir que a professora está dando equações que foram ensinadas no ano anterior em minha escola, por isso eu me permito desligar um pouco e contar os minutos até a terceira aula, a única pela qual realmente me interesso: artes visuais.

Finalmente entro em uma sala que parece mais uma tenda de acampamento de artesanato do que uma sala de aula em uma escola. Há três mesas de madeira compridas atravessadas no centro da sala; manchas de tinta salpicam o chão de linóleo. Vários projetos de alunos estão pendurados nas paredes, tudo, de colagens a desenhos em carvão a uma colcha de retalhos enorme. Mas nenhuma fotografia.

Examino a sala com ansiedade, à procura da porta negra que indica haver um laboratório fotográfico do outro lado; a luz vermelha indicativa que os fotógrafos instalam no exterior para informar aos visitantes se o local está em uso.

Mas as únicas portas na sala estão escancaradas: uma que dá para um armário de materiais e outra que leva para o que deve ser o escritório da professora de arte, uma saleta atulhada com uma mesa bagunçada no interior.

— Droga! — digo em voz alta.

— O que foi, querida? — Uma voz feminina soa atrás de mim clara como um sino. Eu ajusto meu cachecol.

Eu me viro e dou de cara com uma mulher que impressiona de tão pálida e com cabelo comprido tão escuro que é quase preto. Não fossem pelas olheiras, ela seria até bem bonita. Mas em vez disso parece só que não dorme o suficiente. Suas roupas são tão escuras quanto o cabelo, uma espécie de caftan comprido e preto sobre uma saia preta comprida. Se ela fosse aluna e não professora, ela ia se dar bem com os garotos góticos.

– Me chamo Sunshine Griffith. Sou nova aqui. Estava só procurando o laboratório fotográfico... – Minha voz se eleva com esperança no final da frase.

A mulher me olha com atenção. Eu digo a mim mesma que não há nada assustador nisso. Normalmente, professores de arte também são artistas, então talvez essa seja apenas sua forma de olhar para as pessoas. Caso ela queira desenhá-las um dia, ou algo assim.

– Sinto muito, querida, mas não temos laboratório fotográfico aqui.

Aqui. *Nessa* sala.

– Existe um laboratório em algum outro lugar nessa escola? – pergunto, brincando com as alças de minha mochila, sabendo que o filme está no bolso da frente, esperando para ser revelado. Com certeza a escola tem um laboratório fotográfico *em algum lugar*, certo?

– Sinto muito, querida – repete ela, sacudindo negativamente a cabeça. Ela realmente parece chateada. – Ridgemont High não tem laboratório fotográfico.

Por um segundo, fico congelada no lugar. Como vou revelar meu filme? Todo o tempo que perdi tirando fotos tinha sido desperdiçado? Cerro os punhos e os enfio dentro das mangas. Está quase tão frio ali quanto em casa.

Outros alunos passam por mim, e percebo que estou parada no meio da sala. Obrigo meus pés a me levarem até a mesa comprida perto do centro da sala e afundo em um dos bancos. Há garotos espalhados nos bancos por toda a sala de aula; estão conversando satisfeitos; botando a conversa em dia depois de passar o verão separados ou apenas fofocando sobre que professor têm em matemática e que garoto ganhou o melhor carro de aniversário. Nitidamente nenhum deles liga para o fato de sua escola não oferecer aula de fotografia, e nenhum deles tem ideia de que estou ali sentada me sentindo arrasada por causa disso. Há muito espaço à mesa, por isso ninguém se senta do meu lado. Finalmente, o sinal toca, avisando que o terceiro tempo começou, e a mulher de olhos tristes caminha até a frente da sala e anuncia:

– Sou sua professora de artes visuais, Victoria Wilde. Vamos fazer um pouco de arte, certo?

Todos vão até o armário de material. Espere, é isso? *Vamos fazer um pouco de arte, certo?* Mais nenhuma orientação, nenhuma tarefa de verdade? Só ir ao armário de material, pegar seu material favorito e começar?

A srta. Wilde olha para mim. Ela parece estar esperando para ver o que vou fazer antes de tornar a desaparecer na saleta onde fica sua mesa. Seus olhos escuros têm uma espécie de foco a laser que me faz sentir seu olhar como verdadeiras impressões digitais em minha pele. Aposto que ela é o tipo de pessoa que também consegue ver com a parte de trás da cabeça.

Olho ao redor. Na minha escola antiga, artes visuais era meio que um negócio sério. Quero dizer, não éramos futuros Picassos e Ansel Adams, mas pelo menos levávamos nosso trabalho a sério. Mas os desenhos nessas paredes são pouco mais que rascunhos; as colagens não parecem ter nenhum nexo ou sentido. As luzes na sala de aula são fracas, nem de perto claras o suficiente para permitir que os alunos se concentrem realmente em suas pinturas e desenhos. Na Ridgemont High, artes visuais são, aparentemente, uma matéria totalmente ignorada.

– Está tudo bem? – pergunta uma voz grave. Giro para trás em meu banco e descubro um garoto alto e magro parado ao meu lado.

– Estou no seu caminho? – pergunto, empurrando meu banco ainda mais para baixo da mesa e conseguindo bater com o joelho na mesa ao fazer isso. – Ai!
– Você está bem?
– Só desastrada. – Balanço a cabeça, esfregando o joelho. Mais tarde, vou descobrir um grande hematoma roxo desabrochando sob minhas roupas. – Eu sou capaz de tropeçar nos meus próprios pés – acrescento. O rapaz inclina a cabeça de lado, quase exatamente do mesmo jeito que Oscar faz quando está tentando entender as bobagens que saem de minha boca. Isso é uma coisa que minha mãe diz.

O garoto sorri, depois dá a volta na mesa e se joga no banco na minha frente. Ele ajusta a jaqueta marrom de couro. Ela na verdade não cabe direito nele e parece velha, o couro rachado e desbotado, o tipo de coisa que sempre esperei encontrar em algum brechó em Austin. Mas ninguém nunca dava algo tão legal assim. Ele põe o material que pegou no armário a sua frente: uma cola em bastão, limpadores de cachimbo, papel colorido. Como se fosse uma aula de jardim da infância. Estreito os olhos para dar uma olhada na porta do armário de material, desejando que ele se transformasse em um laboratório fotográfico.

– Eu sei, está bem? – reage o rapaz a meu olhar. – Eu podia estar fazendo literatura e redação avançadas agora, mas minha mãe insistiu para que eu fizesse esta aula. Ela acha que eu preciso ampliar meus horizontes, sabe? – Ele tem cabelo louro liso repartido ao meio, e percebo que os olhos são de um tipo de castanho âmbar. Ele é bonitinho de um jeito nerd, como se tivesse saído direto de um filme dos anos 1980, ou algo assim. Se Ashley estivesse aqui, estaria me chutando por baixo da mesa, tentando me fazer dar mole para ele. Mas fazer isso para mim nunca foi tão fácil quanto é para ela.

– Minha escola antiga tinha aulas de fotografia – digo pegando dentro da minha mochila os dois rolos de filme. O que, afinal, eu achava que ia acontecer? Que ia revelar esse filme e ver algo que não era capaz de ver na vida real? Que ia voltar correndo para casa e mostrar as fotos para minha mãe, e depois ela ia se transformar de cética em verdadeira crente? Envolvi as latas de filme nas mãos e estremeci. Eram como blocos frios de gelo, não simples pedaços velhos de plástico.

Tiro a câmera da bolsa. Eu tinha planejado mostrá-la para minha nova professora de fotografia para que ela soubesse como eu era séria.

– Uau – diz o garoto. – Isso é uma Nikon F5?

Percebi que me sentia estranha e maravilhosamente aquecida. Olhei ao redor. Se estava aquecida, então o restante das pessoas na sala devia estar morrendo de calor. Mas meus novos colegas de turma pareciam completamente normais: nenhum dos garotos estava esfregando suor da testa; nenhuma das garotas estava puxando o cabelo para trás em rabos de cavalo. O que quer que fosse, ninguém mais estava sentindo. Era minha onda de calor particular. Pela primeira vez em duas semanas, pude literalmente sentir meu rosto ganhar cor. Mas não sinto calor, eu me sinto apenas *confortável*.

– É – respondo com um sorriso. – Foi meu presente de aniversário.

– Sensacional. – Ele sorri e revela dentes que são apenas levemente desalinhados. Ele tira um par de óculos redondos de armação de metal do bolso e os coloca, apesar de eles escorregarem rapidamente para a ponta do nariz, então parece que ele está usando bifocais. – Meu nome é Nolan, por falar nisso – acrescenta enquanto se debruça sobre o papel colorido, passa a cola em bastão nos limpadores de cachimbo inteiros, dobra-os em formas estranhas e irregulares até parecerem estar rindo. – Nolan Foster.

Sentindo-me ainda mais aquecida, tiro o cabelo dos ombros e o enrolo em um nó malfeito.

– Eu sou Sunshine.

Desenrolo o cachecol azul e sigo na direção do armário de material, tentando ignorar o modo como a srta. Wilde me olha fixamente quando retorno com uma braçada cheia de limpadores de cachimbo.

## CAPÍTULO QUATRO

## Hora de brincar

— *Ele é bonitinho?*

Posso ouvir o sorriso de Ashley pelo telefone. Eu reviro os olhos.

— A questão não é se ele é bonitinho ou não.

Ashley dá um suspiro.

— Eu sei. Eu sei. A questão é que estar perto dele a deixa aquecida, assim como ficar nesta casa assustadora a deixa gelada, blá-blá-blá. — Ashley parece ainda mais cansada que minha mãe de me ouvir falar sobre sensações assustadoras. Eu a imagino enrolando desinteressadamente o cabelo castanho-avermelhado. Tinha enviado a ela quatro mensagens de texto antes que ela respondesse, hoje. E ela não me ligou até ser quase meia-noite em Austin. Enquanto estávamos no telefone, vesti o pijama (com estampa de cachorrinho, mas sem pés) e entrei na cama. — Pelo menos o cheiro está melhor? — pergunta ela.

— Não. Ainda cheira a mofo.

— Que nojo.

— Eu sei.

— A essa altura, era de se esperar que ela já tivesse seu cheiro e o de Kat.

— Já era de se esperar — concordo.

— Mas vamos voltar ao garoto. Talvez você tenha se sentido assim perto dele porque ele era, você sabe, *um gato*.

— O quê?

— É por isso que chamam de *gato*, Sunshine! Se eu contar a você como eu me senti sentada ao lado de Cory Cooper no carro dele ontem...

Cory Cooper é o garoto por quem Ashley passou quase todo o ano apaixonada, e sei que ela espera que eu dê um gritinho de prazer: *Você andou de carro com Cory Cooper ontem!?* Mas não posso dar um gritinho porque acabei de perceber que o Dr. Hoo não está na prateleira onde estava quando saí para a escola de manhã. Em vez disso, está no batente da janela, com a cara virada para fora, como se estivesse examinando o jardim abaixo.

— Ashley... – digo em voz baixa, sussurrando como se estivesse com medo que o que quer que tivesse mexido com o Dr. Hoo pudesse me ouvir.

— Sunshine... – responde ela, tentando sussurrar de volta, mas rindo, em vez disso.

Eu quero rir com ela. De verdade, eu quero. Mas não consigo parar de olhar para minha coruja empalhada. Ninguém estava em casa hoje. Minha mãe saiu para o trabalho antes que eu fosse para a escola, e ainda não chegou em casa. Ela me mandou uma mensagem há cerca de uma hora dizendo para não a esperar acordada.

Mamãe adora seu emprego novo. E, de qualquer modo, esse trabalho extra é temporário. Só até ela organizar as coisas direito, só até seus chefes verem como ela é importante e maravilhosa.

— Sério – diz Ashley agora. – Sunshine, o que está acontecendo?

— Não tenho certeza – digo, saindo da cama. Pego Dr. Hoo e o ponho de volta em sua estante, e nesse momento percebo que, abaixo dele, meus unicórnios foram movidos. Alguém não gostou do jeito que eu os arrumei por cor e em vez disso os rearrumou por tamanho, do jeito que eles eram em Austin.

Puxo bruscamente a mão como se tivesse tocado em algo quente.

Tudo bem: no pior dos casos, um fantasma entrou no meu quarto e mexeu nas minhas coisas enquanto eu estava na escola.

No melhor dos casos... um ladrão invadiu a casa, não roubou nada, mas só mudou coisas de lugar? Ou o cachorro desenvolveu polegares opositores e ergueu-se nas patas traseiras para mover coisas de lugar? Ou eu mesma movi o Dr. Hoo e os unicórnios e não lembro porque estou ficando louca?

Espere, qual é o melhor dos casos aqui?

Pego os dois filmes na minha mochila e os ponho lado a lado em minha mesa.

— Ei, Ash — digo esperançosa. — Se eu mandar uns filmes, você podia pedir para levar para revelar no Max para mim?

O Max é uma loja de fotografia no centro de Austin. No verão, quando eu não tinha acesso ao laboratório da escola, os empregados lá me deixavam usar o deles.

— Por quê? Deve haver um estúdio em Ridgemont que você possa usar.

Eu sacudo a cabeça.

— Não — digo com firmeza. — Tem de ser no Max. — Só confio no pessoal de lá para revelar o filme. — É importante.

— Por quê? Tem fantasmas no filme?

Quando não respondo, Ashley cai na gargalhada.

— Espere aí, Sunshine. Você acha mesmo que tem prova fotográfica de fenômenos paranormais? Cara, vamos vender pela melhor oferta. Vamos ganhar uma fortuna!

— Isso não é piada, Ashley — digo.

— Escute. Eu sei que você deve estar com saudade daqui...

— O quê? — pergunto, girando o corpo defensivamente como se eu talvez achasse que Ashley estivesse atrás de mim e precisasse encará-la de frente. Claro que sou totalmente desajeitada, perco o equilíbrio no processo, mas consigo ficar mais ou menos reta. — Por que você acha isso?

— Ah, não sei, talvez porque você esteja convencida de que sua casa é assombrada e você nem se incomoda em perceber se o garoto que sentou do seu lado na aula de arte é *bonito*? Se você está tentando convencer Kat a mudar de volta para Austin, você provavelmente vai ter mais sorte com algo mais prático. – Ashley sabe tão bem quanto eu que minha mãe prefere ciência aos contos de fadas.

– Não estou tentando fazer com que minha mãe mude de volta para Austin – digo.

– Então o que exatamente você está tentando fazer, Sunshine?

– Ashley nunca pareceu tão impaciente comigo, nem mesmo quando eu tentei comprar uma camiseta branca normal na Gap e em vez disso comprei uma blusa antiga em um brechó, nem quando a arrastei para uma loja de antiguidades em busca da primeira edição de *Orgulho e preconceito*, nem mesmo quando a enganei para assistir comigo ao filme *A princesa e o plebeu* dizendo a ela que queria ver o mais novo lançamento no cinema.

A temperatura no meu quarto rosa cai cerca de vinte graus. Estou literalmente tremendo, e, quando expiro, posso ver minha respiração. Viro-me para tornar a olhar para minha mesa; as latinhas de filme que eu tinha posto lado a lado agora estavam uma em cima da outra. Meu coração começou a bater tão forte que eu podia ouvir seu ritmo em meus ouvidos.

Tudo bem, aquilo sem dúvida não é um ladrão, e não são os bichos, e acho que tecnicamente eu posso estar enlouquecendo, mas, na verdade, *na verdade*, acho que não.

– Só prometa que vai levar o filme no Max – imploro finalmente a Ashley.

– Está bem – diz ela, mas percebo que está contrariada.

– E me conte tudo sobre Cory Cooper – digo expirando. Viver na Estação do Terror não é desculpa para ser uma amiga ruim. Apesar de ser uma desculpa para pelo menos sair daquele quarto. Eu desço as escadas, saúdo Oscar e Lex na cozinha, pego um pouco de sorvete no freezer e o ponho na bancada da cozinha, e me concentro no som da voz de Ashley me contando que Cory pôs a mão em sua coxa quando a levou de carro da escola para casa.

— Ele ainda não me beijou — diz Ashley. — Mas sei que falta pouco. Às vezes dá para perceber, sabe?

Lambo o sorvete da colher como uma criança com um picolé.

— Não — digo, com um suspiro dramático. — Na verdade, não.

— Ah, pobre Sunshine — ri Ashley. — Espere aí, o que você está comendo?

— Sorvete.

— Que sabor?

— Baunilha.

— Sem graça.

— Clássico — retruco com um sorriso.

— Você pelo menos botou alguma calda e chantilly?

Sacudo a cabeça, sorrindo, Ashley sabe que a resposta vai ser não, mas ela gosta quase tanto de me provocar quanto mamãe.

— Por que mexer com a perfeição? — digo, e Ashley ri. Ouço o som da chave de minha mãe na fechadura. — Tenho que ir, Ash. Me mantenha informada sobre Cory e o beijo com B maiúsculo.

— Pode deixar.

— E você vai levar o filme no Max para mim?

Ashley resmunga.

— Nossa, tá bom, já disse que levo.

— Boa-noite — digo. — E obrigada.

— Boa-noite — responde Ashley. — Diga *olá* para o fantasma por mim.

Estou guardando o sorvete quando minha mãe entra na cozinha. Ela parece surpresa em me ver ali.

— Sunshine, o que você está fazendo acordada?

— Ashley e eu estávamos botando a conversa em dia. Primeiro dia de aulas, essas coisas.

Espero que ela me pergunte como foi na escola, peça muitos detalhes sobre os garotos de Ridgemont High, como eles se vestem, com quem eu me sentei no almoço, como foram minhas aulas, esse tipo de coisa que ela costumava me perguntar. Lá em Austin ela perguntava até como eram os dias mais sem graça.

Mas em vez disso, ela tira um calhamaço de papéis da bolsa e diz:

– Na verdade, você não devia estar acordada até tão tarde em dia de aula.

– Você está acordada até tarde e tem que acordar ainda antes de mim – digo. Faço uma pausa, certa de que ela vai me provocar em resposta, fazer uma observação melosa sobre como eu ainda sou uma criança em crescimento, não uma adulta como ela. Mas, em vez disso, ela senta à mesa da cozinha e encara seus papéis.

– Mãe? – insisto.

– Hum? – diz ela, olhando para mim como se já tivesse esquecido que eu estava no mesmo ambiente que ela. Ela não chegou nem a dizer oi para Oscar e Lex, que estão circulando ansiosamente seu banco.

– É tarde. Você devia mesmo ir para a cama.

Não digo em voz alta porque eu ia parecer uma criancinha chorona, mas não quero ir para cama. Quero ficar ali embaixo e contar a ela sobre o Dr. Hoo e os unicórnios. Não quero voltar para o quarto com eles.

– Paciente novo? – pergunto apontando para os papéis que mamãe está estudando.

Ela sacode a cabeça.

– Orçamentos – diz ela com indiferença, como se eu não pudesse compreender aquilo. Penso sobre seu rosto em nossa primeira noite ali em Ridgemont, em como ela parecia nervosa quando sentamos no estacionamento do hospital.

– Então está bem – digo, dando lhe as costas. – Boa-noite.

Mamãe ergue os olhos por um segundo e sorri.

– Desculpe, querida. Acredite em mim, eu preferia muito mais estar com você do que ficar trabalhando nesses orçamentos.

– Não se preocupe com isso.

– Vou chegar em casa mais cedo amanhã. Quero saber tudo sobre como você impressionou todo mundo em sua escola nova.

– Não impressionei tanto quanto esbarrei em todas as mesas e quinas, o que produziu alguns hematomas novos fabulosos.

– Tenho certeza de que você vai disfarçá-los com acessórios incríveis – diz minha mãe, depois volta os olhos para os papéis espalhados na frente dela. Tenho quase certeza de que na verdade ela não vai chegar em casa cedo amanhã.

A situação vai melhorar assim que ela tiver tempo para se ajustar ao novo emprego. E vai melhorar depois que eu revelar o filme e puder mostrar a ela que alguma coisa assustadora está acontecendo naquela casa. Vou tirar mais fotos esta noite antes de mandar o filme para Ashley; vou fotografar os unicórnios e o Dr. Hoo e as latas de filme em minha mesa. Alguma coisa vai aparecer. Alguma coisa que não pode ser vista a olho nu. Mamãe vai se desculpar por me ignorar, mas não vou ficar com raiva. Afinal de contas, não posso culpá-la por não acreditar em fantasmas. A maior parte das pessoas não acredita.

Quando abro a porta do meu quarto, sinto-me muito melhor. Até animada. Quem sabe Ashley tenha razão – talvez possamos vender essas fotos pela melhor oferta e eu fique famosa: *A garota que descobriu os fantasmas*. Meu rosto vai ser estampado na capa das revistas. As crianças vão começar a se vestir como eu. Blusas bufantes e cachecóis estampados vão esgotar nos brechós.

Mas, do outro lado da porta, meu quarto está uma bagunça. Os bichos de pelúcia que estavam cuidadosamente arrumados em uma prateleira acima de minha cama, meus ursos de pelúcia e meu

## Hora de brincar

cachorro de pelúcia favorito agora estão jogados em cima da cama; a girafa de pelúcia que mamãe me deu quando fiz seis anos está em pé em cima de meus travesseiros. Os jogos de tabuleiro que eu havia deixado em uma caixa em meu armário, Lig 4 e Jenga, damas e Banco Imobiliário – ainda não tinha conseguido desembalá-los –, estão espalhados pelo chão.

Abro a boca para gritar por minha mãe. Ela não pode explicar aquilo com galhos na janela e sons que uma casa faz ao se ajustar. Mas então fecho a boca antes que qualquer som escape. Ela não vai precisar explicar nada. Ela simplesmente não vai acreditar em mim.

Entro em meu quarto, o carpete rosa grosso está mais frio sob meus pés. O que tudo aquilo significa? Pego minha câmera e tiro fotos. Olhar para o mundo através do visor costuma ser reconfortante, mas nessa noite não consigo ter ideia do que estou vendo.

Lentamente começo a guardar os brinquedos, primeiro os jogos de tabuleiro, depois os bichos de pelúcia. Escovo os dentes e empilho cobertores extras em minha cama para afastar o frio. Quando estou prestes a apagar a luz, percebo que o Dr. Hoo está de volta à janela, novamente olhando para fora. Eu me descubro e atravesso o quarto para virá-lo de volta. Gosto da ideia de seus olhos de plástico concentrados em mim enquanto durmo, como se ele estivesse de guarda, ou algo assim.

Eu estendo os braços para pegá-lo, meus dedos loucos para tocar suas penas macias. E então eu sinto. Ele está *molhado*. Não completamente. Não inteiro, mas há algumas faixas de umidade em sua fronte, como se alguém tivesse estendido dedos para acariciar seu tufo macio de penas.

Deixo minha coruja junto da janela. Evidentemente alguém a quer daquele jeito.

## CAPÍTULO CINCO

## Casacos de couro

*Apesar da falta de fotografia*, a aula de artes visuais logo se tornou minha parte favorita da vida em Ridgemont High. Não por causa de minha colagem cada vez mais boba – estou adicionando uma camada de purpurina e confete à esquerda dos limpadores de cachimbo – e com certeza não por causa da tutela da srta. Wilde. Ela talvez fosse a figura mais estranha em toda a minha escola nova.

Não, gosto da aula de artes visuais porque Nolan Foster sempre senta bem a minha frente. E por alguma razão – por ser um gato, como diz Ashley, ou por algo completamente diferente – continuo a me sentir aquecida quando estou perto dele. Ou pelo menos, não com tanto frio.

Na verdade, tenho quase certeza de que Ashley não acharia Nolan nada demais. Ele não se parece em nada com Cory Cooper, que tem um carrão vermelho reluzente e um casaco esportivo oficial da escola. Todo dia Nolan usa o mesmo casaco de couro que usou no primeiro dia de aula. Talvez se eu fosse sua namorada ele me emprestasse. Só a ideia me faz revirar os olhos. Você não devia querer sair com um garoto só por acesso a uma jaqueta. Não que a jaqueta seja a única razão pela qual eu talvez quisesse sair com Nolan. Não que eu queira sair com Nolan. Quero dizer, *não* quero sair com ele... oh, meu Deus. Sunshine, controle-se.

Nolan usou apenas limpadores de cachimbo em sua colagem, saqueando o armário de material à procura de todos os brancos, cinza e cor de creme. Eles estão torcidos em um milhão de formas diferentes na mesa diante dele. Quando a srta. Wilde se debruça sobre mim para estudar a criação de Nolan do outro lado da mesa, a franja de seu xale preto rendado cai em meus olhos.

Sei que não estou em posição de julgar, não é como se alguma outra pessoa na cidade se vestisse como eu, mas sério, tenho quase certeza de que a professora de arte é a única pessoa em Ridgemont que se produz como uma bruxa pela manhã.

Afasto a franja de meus olhos enquanto a srta. Wilde diz:
– Que trabalho *intenso*, Nolan. De onde você tirou sua inspiração? – Sem esperar pela resposta, ela continuou a falar. – É tão claro o que você está comunicando sobre nossa mortalidade, todo esse negro, toda essa morte, com apenas toques de algumas peças brancas no meio, imagino que simbolizando esperança, não?

Nolan balança a cabeça afirmativamente.
– É claro – diz ele, com voz baixa e séria. O que poderia ser mais esperançoso do que limpadores de cachimbo brancos? – A srta. Wilde não tira os olhos de sua colagem, por isso Nolan pode piscar para mim sem que ela veja.

– Toda essa morte – repete ela em voz baixa, girando a colagem de Nolan em círculos sobre a mesa. – Você sempre se viu atraído pela morte?

– O quê? – diz Nolan, pego de guarda baixa por uma indagação tão bizarra. Cara. Essa professora é esquisita. Tenho quase certeza de que você não deve perguntar a seu aluno de 16 anos uma coisa como essa.

– Quero dizer, você se sente atraído por relíquias de tempos antigos? Ferramentas usadas por povos extintos, tecnologias de décadas passadas, roupas usadas por pessoas que agora estão mortas?

Nolan não responde a ela. Em vez disso, fica pálido. Eu olho para sua jaqueta obviamente antiga. Assim que a srta. Wilde se afastar, vou dizer a ele que também gosto de roupas antigas.

Mas a srta. Wilde não se afasta. Em vez disso paira sobre nossa mesa, à espera de uma resposta.

Do outro lado da sala, uma aluna grita:
— Srta. Wilde, acabou o carvão? — Mas nossa professora nem tira os olhos da colagem de Nolan. — Srta. Wilde? — repete nossa colega de classe, dessa vez mais alto. Em vez de responder, ela se debruça para mais perto da colagem de Nolan.

— Srta. Wilde? — insisto. Ela se vira bruscamente da colagem de Nolan para mim, como se percebendo minha presença ali pela primeira vez. — Eu acho que, uhmmmm... — Não sei o nome da garota do outro lado da sala. — Acho que ela precisa de você, ali.

— Tabitha Chin — completa Nolan. — Tabitha estava pedindo mais carvão.

A srta. Wilde sacode a cabeça. Fico com a ideia de que ela não está particularmente interessada no que seus alunos estão pedindo, mas Tabitha se levanta e caminha até nossa mesa. Ela dá um tapinha no ombro da srta. Wilde, finalmente forçando-a a tirar seus olhos de mim.

— Sinto muito interromper, mas eu queria mesmo terminar esse esboço antes da próxima aula. Não consegui encontrar nenhum carvão novo no armário de material. — Tabitha puxa algumas mechas de seu cabelo escuro para trás da orelha.

Do outro lado da sala, alguns alunos em sua mesa riem. Posso não ter falado com ninguém naquela turma além de Nolan, mas tenho quase certeza de que todos concordávamos em uma coisa: a srta. Wilde era a professora mais esquisita que já tivéramos. Talvez fosse a professora mais esquisita que qualquer pessoa jamais teve. Ela solta um suspiro enquanto atravessa a sala com Tabitha, em busca de carvão para desenhar.

— Sortuda — murmura Nolan assim que ela não pode mais nos ouvir.

— Eu?
— É, você.

– Por quê, isso?
– Tabitha a distraiu antes que a srta. Wilde pudesse comentar seu projeto.
– Ela provavelmente não teria gostado dele, mesmo. – Toda essa purpurina e confete não são nem de perto mortais o suficiente para o seu gosto.
Nolan balança a cabeça afirmativamente. Agora a srta. Wilde estava com o desenho de Tabitha nas mãos, um vaso, perguntando se ele tinha a intenção de ser uma metáfora para os recipientes em que vivemos, como nossos corpos são passageiros, frágeis como vidro.
– Não. – Tabitha sacode a cabeça. – Eu só achei que era um vaso bonito.
Parecendo desapontada, a srta. Wilde devolve o desenho à mesa e segue em frente.
– Acho que ela não está interessada em coisas bonitas – digo. Alguma purpurina de minha colagem deve ter grudado em seu xale quando ela debruçou sobre mim; ela está praticamente cintilante sob as luzes fluorescentes enquanto segue de aluno em aluno.
– Aquela mulher procura morte em tudo. – Nolan dá de ombros. – Dê tempo a ela. Ela vai encontrar um jeito de dizer que sua purpurina simboliza alguma coisa lúgubre. – Ele aponta para o lado esquerdo de minha colagem e faz uma voz aguda. – Nós nascemos jovens e brilhantes, mas a passagem do tempo acaba conosco, até desaparecermos. – Ele aponta para o outro (até agora) lado sem purpurina de meu projeto.
– Bem, não vou ouvir isso – digo brincando, virando o vidro de purpurina em cima de todo o outro lado da colagem. Eu me abaixo para soprar o excesso.
E provoco uma tempestade de purpurina sobre Nolan.
– Minhanossa, minhanossa – balbucio, levantando. – Eu sou mesmo uma idiota. Não botei cola antes de jogar a purpurina.

– Não se preocupe com isso – diz Nolan, levantando para esfregar a purpurina de sua jaqueta.

Corro até o fundo da sala e pego uma pilha de toalhas de papel.

– Me desculpe, mesmo. *Sunshine ataca outra vez* – lamento, correndo para seu lado. O restante da aula parece totalmente alheio à emergência ocorrendo no nosso lado da mesa.

– Sério, Sunshine, está tudo bem. Essa jaqueta já passou por coisas piores que uma bomba de purpurina.

– Mas ela é literalmente a jaqueta mais legal no mundo inteiro, e eu tinha que ir e...

– Verdade? – Nolan sorri. – Você gosta?

– Você tá falando sério? – pergunto, estendendo a mão para limpar um pouco da purpurina. O couro é quente sob meus dedos, rachado e enrugado pelo que parecem décadas de uso. Aposto que tem aquele cheiro maravilhoso de velho, do tipo que você normalmente só encontra nas lombadas de livros velhos ou dentro de móveis antigos. Debruço mais para perto, só para dar uma cheirada, apesar de isso me fazer parecer a garota mais estranha em todo o mundo, mais estranha até que a srta. Wilde.

Mas antes que eu possa inalar, eu recuo. Afasto-me dele e volto para meu lado da mesa.

– Aqui – digo oferecendo as toalhas, longe o suficiente dele para ter de estender o braço para que ele consiga alcançá-las.

Tudo bem, sério, que droga acabou de acontecer? Em um segundo eu era a garota mais esquisita do mundo porque queria sentir o cheiro de um casaco velho, e *agora* eu sou a garota mais esquisita do mundo porque assim que cheguei perto o suficiente para cheirar a dita jaqueta, senti uma necessidade irresistível de me afastar.

Há alguma coisa muito errada comigo.

Eu nunca fui louca por garotos como Ashley. Nunca fui nem meio doida por garotos. Lá em Austin, alguns dias depois de meu aniversário, Ashley me arrastou para uma última festa suarenta do Texas. Ela disse que eu tinha de dar meu primeiro beijo enquanto ainda estava em solo sulista. Acabei dançando com Evan Richards, um garoto que conhecia da aula de história. Ele era perfeitamente simpático, bonito e disponível, e no fim da noite suas mãos estavam em meus quadris, e eu sentia um nó no estômago e estava excitada; seu rosto se aproximou do meu. Eu estava pronta. Quero dizer, pelo menos achei que já devia resolver logo meu primeiro beijo, como sugeriu Ashley. Mas, no último segundo, desisti. Não pareceu certo.

Ashley disse depois que minhas expectativas eram altas demais; ela acha que quero que o beijo me faça flutuar como se eu fosse uma heroína de Jane Austen.

– É só um beijo, Sunshine – resmungou ela. – Você provavelmente é a última garota de 16 anos nos Estados Unidos boca virgem.

Talvez ela estivesse certa. Talvez eu espere demais. *Não seja ridícula*, diria Ashley se estivesse aqui. *Pare de perder seu tempo com fantasmas e assombrações e sensações estranhas, Sunshine,* acrescentaria. *Em vez disso, concentre-se naquele garoto.*

E é por isso que nunca vou dizer a Ashley que quando estou perto de Nolan sinto-me como um ímã pressionado contra o lado errado de outro ímã.

– Sunshine? Terra para Sunshine?

Olho para cima. Nolan pegou as toalhas de papel que eu lhe estava oferecendo. Eu deixo a mão cair e cruzo os braços a minha frente.

– Desculpe – digo rapidamente. – Só viajei aqui um segundo.

– Sem estresse. – Nolan dá de ombros. – E, sério, não se preocupe com a jaqueta. Como eu disse, ela já passou por coisa muito pior, acredite. Você não chega a uma idade dessa sem passar por alguns percalços. – Ele tira a jaqueta e a levanta girando as mangas para que eu possa ver uma mancha marrom escura do lado esquerdo. – Está vendo? É uma marca de quando meu avô literalmente queimou fora o cotovelo esquerdo deixando suas coisas perto demais da fogueira do acampamento. – Ele joga a jaqueta sobre a mesa, estendida aberta para que eu possa ver o forro sedoso marrom no interior. – E está vendo isso? – diz ele, apontando para uma costura perto da gola. – Foi onde minha avó teve de costurar um forro todo novo quando o cachorro do meu avô comeu o velho.

– Ela era do seu avô? – digo, estendendo a mão para passar o dedo pelo forro. Os pontos da avó dele são perfeitos, apertados e precisos.

Nolan balança a cabeça afirmativamente, baixando a voz para que a srta. Wilde não escute.

– Me assustou quando ela perguntou sobre roupa de pessoas mortas. Talvez ela possa ler mentes, ou algo assim.

– Não deixe que a srta. Wilde assuste você – digo. – Ela é só nossa professora de arte esquisita, não uma sensitiva.

Nolan balança a cabeça afirmativamente, mas não parece convencido.

– Muita gente veste roupas usadas – acrescento rapidamente, desenrolando meu cachecol do pescoço. – Comprei esse em um brechó lá em Austin. – Eu o mostro. – Quem sabe o que aconteceu com a pessoa que foi dona dele antes de mim, certo?

Nolan balança a cabeça afirmativamente, puxando a jaqueta da mesa e tornando a vesti-la. Ele volta a se sentar em seu banco, então eu me sento no meu, também.

– Na verdade, depois que meu avô morreu, minha avó mandou metade das roupas dele para um brechó.

– O que aconteceu com a outra metade?

Nolan sorri.

– De um jeito ou de outro, tudo foi parar no meu armário, apesar de eu nunca usar nada, só a jaqueta.

– Por que não?
– Não tenho certeza. Acho que nada serve assim tão bem.
Eu sorrio.
– Então por que guardar tudo?
Nolan sorri.
– Meu avô era a pessoa de quem eu mais gostava. Eu fiquei bem arrasado quando ele morreu. Acho que estava só tentando me agarrar a ele, entende?

Balanço a cabeça em concordância, mas a verdade é que não entendo. Os pais de minha mãe morreram muito antes de eu aparecer, e literalmente nunca conheci ninguém que tenha morrido, sem dúvida não bem o suficiente para que sentisse falta. Eu nunca pensei muito no que acontece depois que morremos. Bem, não até mudarmos para Ridgemont e eu começar a dividir o quarto com uma presença fantasmagórica que, tenho quase certeza, gosta de brincar com meus brinquedos.

– Como ele era? – pergunto.
– Ele era um velho meio estranho, mas eu o amava. – Nolan dá um sorriso meio triste, depois ergue os ombros. – Não sei. Ele era só meu avô. Viveu no estado de Washington a vida inteira, e podia traçar as origens de nossa família por doze gerações. Seu próprio bisavô atravessou o país na trilha do Oregon.
– Uau.
– Eu sei. Tem até uma rua com o nome dele em Portland. Meu avô tinha um porta-retratos com a foto da placa com o nome da rua em sua mesa. – Ele faz uma pausa. – Eu na verdade nunca falei sobre isso com ninguém. Ele morreu faz só seis meses.
– Sinto muito – digo com delicadeza.
– Perguntei a minha avó se eu podia ficar com a foto, mas ela disse que não. Na verdade, basicamente a única coisa das quais ela estava disposta a se desfazer eram suas roupas.

— Então você pegou a única parte dele que conseguiu.

Nolan dá de ombros.

— Eu acho. Não sei. Talvez. Ou talvez... Eu sei que parece loucura, mas talvez parte de mim tenha pensado que ele um dia fosse aparecer procurando por suas coisas.

Concordo com a cabeça, sorrindo. Nesse exato momento, isso não parece tão louco para mim.

## CAPÍTULO SEIS

## Terrores noturnos

*Já está escuro* quando volto a pé para casa (não que, para começo de conversa, houvesse tanta luz assim antes), e as casas mais próximas da escola brilham e cintilam sob uma camada de decorações de Halloween. Mas quanto mais perto chego de nossa casa, menos se viam decorações. Acho que não há necessidade de fantasmas infláveis e esqueletos iridescentes quando o lugar já é tão assustador.

Enfim, não acho que haja muitas crianças por perto que saiam atrás de doces. Pensei em pendurar um gato preto em nossa porta, mas pareceu meio inútil. Nossa entrada de carros é tão comprida e cercada por arbustos que ninguém o conseguiria ver além de mim e de mamãe, e não preciso exatamente de um lembrete de que falta menos de uma semana para o Halloween. Além disso, mamãe está tão ocupada que provavelmente nem ia perceber.

Lex e Oscar me recebem quando abro a porta. Vejo se tem água em suas tigelas e digo a eles que está quase na hora do jantar antes de subir a escada até meu quarto. Eu me preparo antes de abrir a porta, me perguntando que tipo de desastre me aguarda do outro lado, mas, hoje, meu quarto está na mesma condição em que o deixei pela manhã.

Bem, quase na mesma condição. Quando entro e tiro a mochila, vejo que alguém tirou o tabuleiro de damas do armário e o montou no centro da cama, as peças negras arrumadas de um lado; as vermelhas, do outro.

Por alguma razão, ver só um jogo organizadamente arrumado sobre a cama é mais assustador do que quando abri a porta e encontrei todos os brinquedos que eu possuía espalhados pelo quarto. Isso é muito mais *específico*. Respiro fundo. O ar frio gela meus pulmões. Isso é alguém me convidando para jogar com ela. Resolvi que o fantasma deve ser uma menina de 10 anos. Quero dizer, não em anos reais. Pelo que sei, deve fazer 100 anos desde que ela morreu, então talvez tecnicamente tenha 110 anos de idade. Mas acho que devia ter por volta de 10 quando morreu. Ela parece querer brincar principalmente com jogos de tabuleiro – eles estão no alto das pilhas de brinquedos espalhados em meu quarto – e eu sinto que é o tipo de coisa de que você gosta quando está nessa idade, certo?

Tudo o que eu preciso fazer é dar alguns passos pelo quarto, estender o braço e mover uma única peça, e o jogo vai começar, né? Mas e depois? Será que uma mão invisível iria mover uma peça do outro lado?

Antes que eu possa fazer qualquer coisa, ouço o barulho da porta da frente se abrindo e se fechando e os latidos de excitação de Oscar. Eu me viro e corro do meu quarto. O tabuleiro de damas fica quase esquecido na cama. Porque, honestamente, minha mãe chegar em casa a uma hora razoável pode na verdade ser mais milagroso do que um fantasma tentando brincar comigo.

– As alegrias nunca terminam! – grito, correndo para a cozinha e jogando meus braços em volta dela.

– Estou tirando a noite de folga – diz mamãe com um sorriso.

– Faz muito tempo que não temos uma noite só de garotas. – Ela põe uma bolsa de compras sobre a bancada da cozinha.

– Você vai *cozinhar*? – Desde que mudamos para Ridgemont, temos pedido muita comida e feito refeições congeladas.

– Frango assado – diz ela com um sorriso.

– Senhoras e senhores, esta é Katherine Griffith! – grito com uma voz em um estilo *game show*. – Ela é mãe, enfermeira... e uma chef cinco estrelas!

Mamãe faz uma reverência.

— Sou uma mulher de muitos talentos, Sunshine, o que posso dizer?

Faço rápido as lições de casa, sentindo-me grata pelo sistema escolar de Ridgemont estar cerca de seis meses atrasado em relação ao sistema escolar de Austin, por isso pelo menos metade dos trabalhos é moleza, e termino a tempo de colocar a mesa e amassar as batatas. Depois do jantar, empilhamos os pratos na mesa.

— Vamos lavar a louça de manhã — diz mamãe, e nos enroscamos juntas no sofá, discutindo sobre quem vai ficar com o cobertor. Estamos assistindo ao *Tonight Show* quando acontece. Primeiro, não parece muita coisa: as luzes piscam, a TV desliga e liga.

— Isso foi estranho — diz mamãe, e dou de ombros, tentando ignorar o fato que, de repente, estou congelando, apesar de eu ter vencido nossa anterior batalha pelo cobertor. Deslizo para o outro lado do sofá e descanso a cabeça em seu peito como se eu mesma tivesse 10 anos de idade, e imploro em silêncio para que minha amiguinha não faça nenhuma de suas brincadeiras essa noite.

*Por favor*, imploro. *Por favor, só me deixe ter esta única noite agradável com minha mãe.*

Mas aí as luzes piscam outra vez, mas agora não voltam a acender.

*Por favor*, imploro de novo. *Prometo jogar damas, Banco Imobiliário, cartas ou o que você quiser amanhã.*

— Uma tempestade deve ter derrubado as linhas de transmissão — disse mamãe sentando.

— Que tempestade? — digo. Está chovendo, mas não há trovões nem raios. — Não tem nem vento esta noite.

— De novo não, Sunshine! — resmunga ela, com o mais leve dos sorrisos divertindo-se nas extremidades de seus lábios.

Cruzo os braços sobre os peitos e bufo.

— De novo não o quê?

— Eu sei que você está morrendo para botar a culpa disso em seus fantasmas. Mas você sabe tão bem quanto eu que apagões acontecem o tempo todo.

— Fantasmas, não – resmungo no escuro. – Fantasma. Um fantasma. Eu contei para você. Eu acho que é uma menininha.

— Eu sei, uma garotinha risonha de uns 10 anos.

— Ela não fica só rindo, mãe, eu juro. Ela quer brincar comigo.

— Querida, sei que você está solitária. Mas acredite em mim, você vai fazer amigos logo na sua escola, e a ideia dessa companheira de brincadeiras fantasma vai desaparecer.

Olho sério para ela.

— Ela é um fantasma, não minha amiga imaginária.

— Não quero discutir com você, querida. Vamos procurar umas velas.

Mamãe pega minha mão no escuro e vamos juntas na direção da cozinha. O cobertor desliza para o chão, e eu estremeço.

— Ai! – grito de repente quando bato com a canela.

— Você está bem?

— Mesa de centro.

— Tem certeza de que não foi seu fantasma?

— Muito engraçado.

Damos mais um passo. O luar entra pelas janelas da cozinha, de modo que a bancada parece brilhar. Oscar e Lex estão enroscados no chão, dormindo profundamente.

— Pelo menos para eles o apagão não está incomodando – diz mamãe.

Ela pega velas e uma caixa de fósforos de uma gaveta de quinquilharias na cozinha e começa a acendê-las. Mas não importa quantas vezes ela tente, os fósforos não acendem.

— O que é isso?

– Deixe que eu tento – ofereço, estendendo o braço para pegar os fósforos, mas assim que estão em minhas mãos, sei que não há esperança porque eles estão molhados.

– Deve haver um vazamento ou algo assim – diz mamãe, dando de ombros. Ela pega os fósforos de minha mão e retoma suas tentativas inúteis de acendê-los. Como se em resposta, uma gota de água cai em meu nariz.

– De onde veio isso? – pergunto olhando para cima. Estamos no térreo. Mesmo que haja um vazamento no teto, não devíamos poder percebê-lo aqui embaixo. Peguei o celular do bolso e apontei sua lanterna para o teto.

– Mãe? – pergunto. – Você deixou a água ligada lá em cima ou algo assim?

Minha mãe olha para o alto e leva um susto. O teto acima de nós está encharcado. Há gotas de água brotando por toda a pintura creme e pingando no chão.

– Você tomou banho quando chegou em casa da escola? – Estamos exatamente embaixo do banheiro. – Talvez você tenha deixado a água ligada.

Sacudi a cabeça em uma negativa. Não estive no andar de cima desde que ela chegou em casa, não queria ver o tabuleiro de damas esperando por mim.

Então eu ouvi um som vindo lá de cima.

– Mãe – sussurro com urgência, mas ela estava congelada no lugar. – Mãe – repito, mas ela sacode a cabeça, seu cabelo roçando em meu rosto enquanto sua cabeça se move para frente e para trás.

– Você está ouvindo isso? – murmura ela, e eu balanço a cabeça afirmativamente.

É o som mais terrível que eu já ouvi. Não é uma risada. Não é um *boa noite*. Não é o som de minhas coisas sendo arrumadas no quarto acima de nós. Nem mesmo o som de água correndo. Em vez disso, é o som de choro. Mas diferente de qualquer choro que eu já havia ouvido antes.

Ela não está chorando, percebo surpresa. Ela está *implorando*. E, de repente, ela grita.

Mamãe vira da cozinha e corre para a escada.

– Tem uma garotinha lá em cima! – grita ela, e eu sigo. – Precisamos ajudá-la!

Mamãe abre primeiro a porta do meu quarto. Por causa da árvore que bloqueia a janela, só uma pequena faixa de luz da lua penetra. Na verdade, espere, não da lua. Vou até a janela e olho para o exterior através dos galhos: as luzes de nossos vizinhos estão acesas.

– Mãe – digo com delicadeza. – Não acho que seja um apagão... Mas ela só faz a volta e corre até o próprio quarto.

– Onde ela está? – grita mamãe em desespero. – Ela não está em nenhum dos nossos quartos.

Os gritos ficam mais altos, e ainda mais altos. *Por favor. Por favor. Por favor.*

À medida que os gritos se tornam mais altos, fica claro: os sons estão vindo do banheiro.

Mamãe e eu nos agachamos junto ao chão e engatinhamos até a porta do banheiro. Minha mãe estende o braço, segura a maçaneta e começa a girá-la. Eu me preparo para o que vamos ver do outro lado.

Talvez não seja tão ruim. Talvez seja como *Alice no País das Maravilhas*. Talvez o fantasma esteja gritando tanto que esteja se afogando nas próprias lágrimas, inundando o chão aos seus pés.

Mas será que fantasmas conseguem chorar?

– Está trancada. – Minha mãe larga a maçaneta.

– O quê? – Eu estendo a mão e tento também a maçaneta. O metal está frio e escorregadio pela condensação. – Como pode estar trancada?

– Quem quer que esteja aí dentro deve ter trancado – diz mamãe, ficando de pé. Ela empurra o corpo contra a porta como se achasse que pudesse derrubá-la.

Eu sacudo a cabeça.

– Essa fechadura está quebrada, lembra? Você ia ligar para o senhorio e pedir a ele para consertar.

Viro a luz de meu celular para seu rosto. Sua pele está cerca de três tons mais pálida que o normal, praticamente azul.

Um ruído me faz deixar o telefone cair, mergulhando-nos na escuridão.

Água espirrando. Mas não o barulho de uma garotinha jogando água em uma banheira se divertindo.

Do outro lado da porta do banheiro, alguém está tentando manter sua cabeça fora da água, tentando sem conseguir.

*Splash. Splash. Splash.*

Mamãe tenta outra vez a maçaneta, botando seu peso contra a porta.

– Me ajude, Sunshine! – grita ela, então pego o celular, levanto e fico ao lado dela, empurrando a porta com toda a minha força.

Algo empurra do outro lado, e nós duas pulamos para longe.

*Splash. Splash. Splash.* E no meio disso o ruído de alguém tossindo, engasgando, tentando respirar. Uma voz de criança dizendo: *por favor!*

Fecho os olhos. Não quero imaginar o que está acontecendo do outro lado daquela porta, com a garotinha que só queria brincar. Talvez se eu tivesse apenas brincado com ela...

Pulo quando uma coisa fria toca meus pés calçados com meias. Aponto a luz do meu celular para o carpete. Há alguma coisa vazando por baixo da porta do banheiro. Eu me agacho para ver mais de perto. Não acho que seja apenas água.

O que quer que seja é de um marrom avermelhado, mais escuro que o castanho claro do carpete. Respiro fundo. Torço para não ser sangue. Não sou muito boa com sangue.

– Mãe? – digo, enquanto me afasto da porta. – O que é isso?

Mamãe não responde. Em vez disso, bate com os punhos contra a porta, fazendo com que eu sobressaltasse de novo.

– Seja lá quem você for, não machuque essa garotinha! – grita ela.

– Você disse que não havia nenhuma garotinha.

Mamãe me ignora.

– Não a machuque! – grita ela novamente, dessa vez mais alto.

– *Não* a machuque!

*Splash. Splash. Splash. Por favor!*

Começo a gritar também.

– Não a machuque! – repito. – Não faça mal a essa garotinha!

– Levanto os punhos e começo a socar a porta com toda a minha força. E entre os golpes de nossos punhos, procuro ouvir o barulho de água. Enquanto estiver jogando água, ela ainda tem vida suficiente para conseguir lutar.

*Por favor, não faça isso de novo*, eu a ouço implorar, sua voz embargada pelo esforço.

*De novo?* O que ela quer dizer com *de novo?* Quantas vezes isso aconteceu?

*Splash. Splash. Splash.* Mais água marrom escorre por baixo da porta do banheiro, encharcando o carpete, molhando a barra do meu jeans.

Bato com ainda mais força, e mamãe, também. Nós duas decidimos que vamos derrubar a porta, não vamos desistir.

De repente, o som de água se espalhando para. O banheiro fica súbita e horrivelmente silencioso. Mamãe e eu olhamos uma para outra no escuro.

Nesse exato instante, a luz volta. A porta abre de repente. Eu estava no meio de um soco, por isso caio de cara dentro do banheiro, batendo o nariz no piso, com a cara em uma poça de água suja. Começo a tremer descontroladamente.

– É só ferrugem, Sunshine – explica sem fôlego mamãe. Ela sabe que sou meio fóbica em relação a sangue.

– Ferrugem? – repito.

– Dos canos – diz ela apontando para a banheira. Concordo com um balanço de cabeça, fazendo um esforço para me recompor e olhando para o banheiro ao meu redor. Não fazia sentido: a água daqueles canos nunca tinha saído com ferrugem antes. Talvez aquela água fosse diferente. Mais antiga. Podre. Eu a cheiro: o odor de bolor é tão forte que quase sinto seu gosto.

O banheiro é uma área de calamidade pública. Apesar de a torneira não estar ligada, a banheira está transbordando de água, como se estivesse se enchendo por baixo. Os azulejos ao redor da banheira estão todos arranhados, como se alguém tivesse se agarrado aos dois lados, lutando para viver.

Eu fico de pé. Está tão frio ali que me surpreendo por haver até mesmo água. Era de se pensar que ela estivesse totalmente congelada.

Meu coração está batendo rápido demais, mal consigo respirar. Não há mais ninguém ali. Só minha mãe e eu: nenhuma garotinha, nenhum homem mau parado acima dela, forçando-a a implorar pela vida.

Mas por que um fantasma iria implorar pela sua vida, afinal?

Mamãe enfia a mão na banheira e retira a tampa; a água começa a desaparecer pelo ralo. O espelho acima da pia está quebrado, rachado bem no meio, e está todo embaçado, por isso levo um segundo para ver meu próprio reflexo.

Estou encharcada e tremendo. Minha camiseta branca está manchada de marrom, com ferrugem.

— Mãe? — digo, virando para olhar para ela. Minha mãe simplesmente sacode a cabeça. Diferente de mim, ela está coberta de suor, com calor pelo esforço de bater na porta.

— Mãe? — digo outra vez, mas ela ainda não responde. Em vez disso, volta para o corredor, deixando pegadas no carpete com os sapatos ensopados.

— Mas que droga aconteceu aqui? — pergunta ela por fim. Olha para mim como se achasse que eu tivesse a resposta, como se talvez toda a minha obsessão por fantasmas nas últimas semanas tivesse me dado alguma compreensão, algum entendimento do que está acontecendo na casa.

Acho que nunca reclamei de algumas rajadas de vento e um chão bagunçado. O que foi tudo aquilo? Só um aquecimento para o que aconteceu essa noite, o *grand finale*?

— Sunshine? — insiste minha mãe. — Isso foi seu fantasma?

# Estou observando

Sunshine não tem ideia de que a estou observando. É uma primeira vez para mim, normalmente observo espíritos, e espíritos normalmente sentem quando estão sendo observados. Na verdade, é quase impossível se esconder de um espírito, apesar de ser uma habilidade útil de vez em quando.

É fácil, porém, esconder-se de uma garota, mesmo de uma garota como ela. Para ela, sou apenas mais um carro no estacionamento da escola; talvez o vidro de minhas janelas seja um pouco mais escuro do que o de seus colegas de turma, mas não o suficiente para chamar atenção. Sou um estranho no corredor do supermercado, procurando o abacate mais maduro. E agora mesmo, sou o homem fazendo uma caminhada matutina em sua vizinhança, aproveitando uma breve pausa da chuva.

Percebi a chegada da criatura ontem à noite, mesmo do outro lado da cidade. Estava ainda mais poderosa agora do que era antes, roubando energia da chuva e da umidade, com uma trilha longa e molhada de desgraça em seu rastro. Deixei meu motel e fui de carro até a casa e estacionei bem em frente. Não me preocupei que Katherine ou Sunshine me vissem. Elas estavam muito ocupadas com o que estava acontecendo lá dentro para perceber o estranho no carro preto olhando para a porta de sua casa, esforçando-se para ouvir os sons de seus gritos.

Tentei tocar Sunshine primeiro. Queria saber se percebeu, preocupada como estava com o sofrimento da garotinha do outro lado da porta. Ela ainda não lapidou suas habilidades, não sabe como perceber o toque de um demônio. A criatura recuou como se a carne de Sunshine a queimasse.

Ela se conectou a Katherine com facilidade, envolvendo-se ao seu redor, penetrando através de sua pele. Será que ela percebeu a camada de umidade que se formou em seu corpo? Provavelmente, não. A maioria não percebe. Como sua filha adotiva, ela reservou sua concentração para os gritos do outro lado da porta. Vai levar horas para a mudança ocorrer em seu corpo e sua mente, dias para seus olhos se turvarem de maneira quase imperceptível, semanas para que seu cabelo perca o brilho e sua pele fique pálida. A criatura não tem pressa. Ela sabe exatamente de quanto tempo dispõe.

Fui embora pouco depois da meia-noite, mas agora, algumas horas depois, estou de volta. Há outro trabalho do qual eu devia estar cuidando, mas digo a mim mesmo que nenhum de meus trabalhos é mais importante que este. Que ela.

E então estou observando.

CAPÍTULO SETE

A manhã seguinte

*Mamãe e eu dormimos na sala.* Bem, *dormir* talvez não seja a palavra certa para o que fizemos. Primeiro, esfrego e limpo o rosto e as mãos, usando a pia da cozinha porque não suporto ficar no banheiro nem mais um segundo, perguntando que tipo de monstro podia segurar uma garotinha embaixo d'água mesmo enquanto ela fazia tanta força a ponto de deixar marcas de arranhões no azulejo. Discutimos se devíamos chamar a polícia.

– E dizer o quê? – pergunto. – Que temos um banheiro inundado com uma fechadura quebrada? – Então nós nos jogamos no sofá da sala. Não apagamos as luzes. Não me sinto especialmente disposta mesmo a mergulhar outra vez na escuridão. Só ficamos ali sentadas, de mãos dadas, olhando para a parede a nossa frente. Em determinado momento, acho que devo ter pegado no sono, porque quando dou por mim, é de manhã, e o cheiro do café de mamãe vem da cozinha, e eu estou esticando os braços acima da cabeça, alegre naquele breve momento entre estar dormindo e estar totalmente acordada quando ainda não lembro que a coisa mais assustadora que jamais aconteceu com qualquer pessoa aconteceu conosco na noite passada.

Tudo bem, talvez não a coisa mais assustadora que aconteceu com qualquer pessoa. Mas deve estar em um lugar bem alto nessa lista. Sem dúvida é a coisa mais assustadora que já aconteceu *comigo*.

– Mãe? – digo, caminhando para a cozinha.

– Bom-dia, querida – diz mamãe enquanto se serve de café. – Meu Deus, que noite.

— Eufemismo do ano.
— Meu pescoço está me matando — diz ela, inclinando a cabeça para frente e para trás. — Será que hoje depois do trabalho você pode me fazer uma massagem?
Dou de ombros.
— É a última vez que durmo no sofá — disse mamãe com um suspiro.
Sacudo a cabeça negativamente.
— Eu não vou subir essas escadas tão cedo.
— Está planejando ir para a escola com as mesmas roupas com que dormiu? Muito glamoroso.
— Não ligo. — Quem se importa com o que eu uso para ir para a escola? Percebi que ela já está toda vestida, com o cabelo secando às costas. — Você tomou um *banho*? — Eu sinto um calafrio, tentando não imaginá-la tendo de passar por cima de uma poça de água suja para chegar ao chuveiro.
— Claro que tomei banho — responde ela. — Tomo banho todo dia. E você devia começar mesmo a se mexer se está planejando tomar banho antes de ir para a escola. Hoje posso lhe dar uma carona se você se apressar.
Sacudo a cabeça, pego uma caneca e sirvo café. Ponho uma tonelada de açúcar (não estou exatamente com vontade de encher minha boca com nada amargo esta manhã; ainda posso sentir o gosto do mofo da noite de ontem) e sigo na direção da escada. Fecho os olhos, e uma imagem do que aconteceu à noite enche minha imaginação. Sacudo a cabeça. Mamãe tem razão. Não posso usar essas roupas para ir à escola hoje. Olho para baixo e vejo que minha blusa está imunda: manchada de marrom com água ferruginosa.
Lembro-me do medo que senti quando caí dentro dela, aterrorizada que pudesse ser sangue. Nunca fui boa com sangue. Quando tinha 6 anos e perdi o primeiro dente ao morder uma maçã, minha

boca se encheu de sangue, e eu acabei desmaiando. Mamãe adora contar às pessoas essa história. *A filha de uma enfermeira com medo de um pouquinho de sangue*, ela ri.

Aparentemente, também não sou muito boa com ferrugem. Lentamente, agarrada à caneca de café para me esquentar, subi a escada, concentrada em botar um pé na frente do outro. Tenho que passar pelo banheiro para chegar ao meu quarto, e mamãe deixou a porta aberta, as luzes acesas. Quero passar sem olhar, mas não consigo evitar. Antes que perceba o que estou fazendo, virei a cabeça e olhei para o interior. Eu me preparo para manchas marrons de ferrugem no chão, o espelho quebrado, os arranhões no azulejo.

Mas o que vejo é ainda mais assustador.

– Mãe! – grito, minha voz tão alta que me assusta.

– O quê? – grita em resposta, subindo as escadas correndo. – Você está bem?

Sacudo a cabeça.

– Claro que não estou bem – respondo. Minhas mãos estão tremendo tanto que estou derramando café pelas bordas da minha caneca. Ela a pega de mim, depois me olha como se estivesse tentando encontrar um corte ou osso quebrado, procurando descobrir o que podia ter feito com que eu gritasse por ela como eu fiz.

– Você está derramando isso por todo lado.

– Você... você limpou tudo? – pergunto, mas então sacudo a cabeça. Ela podia ter limpado a água, mas você não pode esfregar marcas de arranhão. Não pode substituir um espelho quebrado às sete da manhã. Sob meus pés, o carpete que estava molhado apenas poucas horas antes está seco. O odor de mofo paira no ar, mas afinal, aquela casa fede a umidade.

– Eu vou tentar, mas, sério, Sunshine, café mancha. Ainda bem que esse tapete é marrom...

– Do que você está falando?

– Você derramou café no tapete inteiro – disse mamãe, apontando para o chão bem diante da porta do banheiro. Eu na verdade ainda não tinha entrado.

Sacudo a cabeça.

– Não, quero dizer... como o banheiro ficou assim?

Ela dá um suspiro.

– Ficou como? Escute, querida, sei que disse que podia levar você para a escola, mas você precisa se apressar, ou eu vou me atrasar. Do jeito que você gritou, minha nossa, achei que você devia estar morrendo, alguma coisa assim. Não me assuste desse jeito.

– Não – respondi lentamente. – Não era eu quem estava morrendo.

– Do que você está falando? O cachorro está machucado?

Minha pele formiga, dando vontade de me coçar.

– Do que *você* está falando? – Minha mãe não responde. Em vez disso, ela se agacha e começa a limpar as manchas frescas no carpete com uma toalha de papel. Um calafrio gélido faz minha pele dos braços e das pernas se arrepiar.

– O que você se lembra da noite passada?

Sem olhar para mim, ela responde:

– Comemos frango assado e purê de batata todo empelotado. Fizemos sundaes e você derramou calda de chocolate na blusa, e pegamos no sono no sofá assistindo a *The Tonight Show*, e agora acordei com um torcicolo no pescoço tão ruim que acho que vou ter de procurar um quiroprático.

Dou um passo para trás, para longe do banheiro, para longe dela.

– Isso é tudo o que você lembra? – pergunto com voz trêmula. – Mais nada? Nada mesmo?

– Tem alguma coisa que você acha que eu estou esquecendo?

*Sim.*

# A manhã seguinte

Um grito de gelar tanto o sangue que ainda o estou escutando ecoar em meus ouvidos.

A voz de uma garotinha implorando piedade.

Uma escuridão tão negra que parecia que jamais tornaríamos a ver o sol.

Mamãe para de limpar, ergue o corpo sem se levantar do chão e olha para mim.

— Você teve algum outro pesadelo, ou algo assim?

Se eu tive um pesadelo? Não. Foi real. Eu tenho a camisa destruída para provar. Mas ela diz que a mancha na camiseta é calda de chocolate. Uma de nós está ficando louca. Uma de nossas mentes inventou memórias do que aconteceu ontem à noite.

Fecho os olhos em um esforço para manter a calma. *Respire fundo, Sunshine. A resposta está bem na sua frente.*

Ou em você, penso, olhando para minha blusa. Odeio calda de chocolate. Eu nunca, nunca mesmo, ponho no meu sorvete. Gosto de baunilha simples. Sem graça, como diz Ashley. Mamãe sabe disso. Então não há como a mancha em minha camiseta ser calda. Ela nem parece calda. Ela parece exatamente o que é: uma mancha seca de água ferruginosa.

Foi *ela* quem inventou memórias, não eu.

Mas e agora? Não vou conseguir fazer com que ela acredite em mim. Todas as minhas provas desapareceram: os arranhões no chão, os cacos de vidro na pia do espelho acima dela. Eu devia ter pegado minha câmera ontem à noite, devia ter tirado fotos. Em meu terror, acho que nem passou pela minha cabeça que eu poderia precisar de mais provas. Pensei que ela ia finalmente acreditar em mim. Essa foi a única parte da noite que não foi assustadora. Na verdade, eu me senti melhor, mesmo com tudo acontecendo, sabendo que finalmente ela estava do meu lado.

Preciso de tempo para pensar. Para entender isso. Sozinha.

Por isso digo:

— Você tem razão. Hoje de manhã estou muito devagar. É melhor você ir sem mim. Posso ir andando para a escola.

— Tem certeza?

Balanço a cabeça afirmativamente.

— Tudo bem — diz ela, pressionando as mãos sobre as coxas e fazendo um esforço para ficar de pé. Ela se inclina e me dá um beijo no alto da cabeça. — Sei que você está com dificuldades para se ajustar, Sunshine. Talvez... não sei. Talvez se as coisas não melhorarem para você em alguns meses, nós devamos pensar em voltar para Austin.

A voz dela parece tão triste ao dizer isso que nego com a cabeça.

— Vou ficar bem — digo e não a vejo descer as escadas. Em vez disso, me viro e sigo para meu quarto, fechando bem a porta às minhas costas antes de desabar no chão em posição fetal, apertando os joelhos junto ao peito.

Foi a primeira vez que eu menti para minha mãe.

CAPÍTULO OITO

## Uma boa assombração à moda antiga

*Eu me visto sem pressa*, apesar de isso significar perder o primeiro período, a primeira vez que matei aula na vida. Está virando um dia cheio de primeiras vezes. Ashley ficaria muito orgulhosa de mim, fazendo coisas normais de adolescente como mentir para minha mãe e matar aula. Quero dizer, ela ficaria orgulhosa de mim *se* soubesse, mas não sabe porque não respondeu nenhuma de minhas mensagens. Não cheguei ao ponto de dizer que era uma emergência, porque ela poderia ter ligado para minha mãe, o que não teria me ajudado em nada. Então eu disse apenas que precisava muito, muito, muito conversar. Eu meio que esperava que ela pensasse que era sobre *aquele cara gato* (como ela se refere a Nolan) e ligasse de volta imediatamente, mas até agora não tive essa sorte.

Antes de sair pela porta, confiro o celular para ver a temperatura lá fora: está na casa dos dez graus, supostamente subindo para os 15. Há possibilidade de chuva à tarde, mas qual a novidade?

– Vou precisar de um cachecol – digo em voz alta, perguntando quem mais estaria na casa para me ouvir. A garotinha tinha ido embora? Ela não podia ter sido morta ontem à noite, não se já estava morta, mas talvez ela tivesse sido... não sei, *destruída*, ou algo assim? Só a ideia me faz estremecer.

Subo correndo as escadas e entro no quarto, à procura de meu cachecol favorito azul-coruja. Nesse momento, percebo o tabuleiro de damas, exatamente onde estava quando eu cheguei em casa da escola ontem, na cama onde não dormi na noite passada.

— Acho que só tem um jeito de saber se você ainda está aqui — disse eu com tristeza. Debrucei-me sobre o tabuleiro e movi uma das peças negras para frente. Eu devia esperar que, ao voltar da escola, as peças não tenham se movido. Se elas estiverem exatamente como as deixei, então talvez a garota fantasma tenha desaparecido. Mas parte de mim torce para que encontre um movimento de resposta.

— Aberração — murmuro para mim mesma ao fechar a porta do quarto às minhas costas.

Caminho lentamente para a escola, repassando os acontecimentos das últimas vinte e quatro horas na cabeça.

*Splash, splash.*

Quando tínhamos 9 anos, a mãe de Ashley nos levou à piscina no centro de recreação local. Havia um garoto mau, violento e intimidador, e Ashley e eu sabíamos que não devíamos chegar perto dele. Mas um menino menor, sem querer, entrou na frente dele na fila do banheiro, e o valentão ficou com tanta raiva que pegou o menor e o jogou na parte funda da piscina antes que qualquer um pudesse fazer algo rápido o suficiente para impedi-lo. A salva-vidas mergulhou e o salvou, mas, antes que ela conseguisse chegar a ele, o menininho se debateu desesperadamente, tentando manter a cabeça acima d'água, lutando para respirar. Nunca esqueci daquele som. Esperava nunca ouvi-lo outra vez. E nunca ouvi.

Até a noite passada.

*Splash, splash.*

Chego na escola bem a tempo da aula de artes visuais, segundo período nas sextas-feiras. Eu me sento em frente a Nolan, especialmente grata quando o calor de estar perto dele emana sobre mim.

— Você está bem? — diz ele, erguendo os olhos de sua colagem.

— Você não parece muito bem.

Eu devo ter ficado vermelha de vergonha. Quero dizer, tudo bem, sei que não pareço bem, mal dormi ontem à noite e, depois que minha mãe saiu, ainda estava evitando o banheiro. Escovei os dentes na pia da cozinha e pulei totalmente o banho, depois corri para a escola através de uma nuvem de chuva fina. Meu cabelo provavelmente está eriçado como o cartum de alguém sendo eletrocutado. Bem, acho que isso é apropriado. Quero dizer, eu certamente sofri um choque. Mesmo assim, odeio que Nolan me veja assim. Quero dizer, sei que tenho coisas muito, muito mais importantes com que me preocupar, mas ele é um garoto, e eu sou uma garota, e...

– Sunshine? – insiste. – Você está bem?

– Desculpe – digo, balançando a cabeça freneticamente. – É. Claro. É. Só que. Não dormi muito essa noite. Acontece, não é? Bah!
– Rio nervosamente. Por que sinto a necessidade de falar sem parar quando Nolan só fez uma pergunta simples? Fiz isso no dia em que nos conhecemos, quando ele perguntou se eu estava bem depois que esbarrei na mesa.

– Bah? – repete Nolan.

– É. Às vezes digo isso. Quando não consigo pensar em mais nada para dizer.

Espero que Nolan ria de mim, mas, em vez disso, ele diz:

– Supercalifragilisticexpialidocious.

– O quê?

– Você sabe, de *Mary Poppins*. Uma palavra para dizer quando você não consegue pensar em mais nada para dizer?

– Exatamente! – Eu dou um sorriso. Passei a maior parte do jardim de infância carregando um DVD de *Mary Poppins* como se achasse que fosse uma bolsa. – Uau, não acredito que não pensei em dizer isso em vez de *bah*!

– Ponha a culpa na noite maldormida – sugere Nolan.

– Boa ideia.

Uma voz atrás de mim diz:

– Oh, eu também não consegui dormir. Tive os piores pesadelos. – Levo um susto e me viro. A srta. Wilde está parada junto de mim. Sua saia é tão comprida que parece que está flutuando. Suas olheiras estão ainda mais pronunciadas que o normal; sua pele, um tom mais pálido, tão azul quanto a de minha mãe parecia ontem à noite. E seus olhos estão injetados, como se ela tivesse chorado. Na verdade, como se ela ainda estivesse chorando, só um pouquinho.

Uau, eu mal posso acreditar, mas acho que a srta. Wilde está em pior forma que eu.

– O que a manteve acordada, Sunshine? – pergunta ela.

– Pesadelos? – tenta Nolan, mas sacudo a cabeça. Não vou contar a eles o que realmente aconteceu, mas também não vou mentir. Já fiz isso o suficiente por um dia.

– É... complicado – respondo. A srta. Wilde debruça sobre mim, por isso tenho de esticar o pescoço para olhar para seu rosto. Ela aperta os olhos.

– Você tem olhos... muito raros.

– Eu sei – digo, baixando o olhar.

– Não sei como eu não tinha percebido isso antes. – Sua voz, normalmente melódica, está uma oitava abaixo do normal, como se talvez estivesse se recuperando de um resfriado.

Viro-me em meu banco, fingindo me concentrar em minha colagem, mas a verdade é que quero que a srta. Wilde me deixe em paz. Estou cansada demais para ficar de papo sobre meus olhos estranhos. Depois do que parece uma eternidade, ouço o farfalhar de suas saias quando ela se afasta.

– Ela é a professora mais estranha de todas – sussurra Nolan, e balanço a cabeça concordando.

Durante o almoço, em vez de comer, corro para a biblioteca. Talvez consiga encontrar alguma coisa online, em um livro, em algum lugar, que me ajude a explicar isso tudo para minha mãe, para me ajudar a convencê-la. Sento-me diante de um computador e pesquiso no Google por casas assombradas, possessão demoníaca, poltergeists e assombrações, mas 90% dos resultados são anúncios e resenhas de filmes de terror. Planto os cotovelos na mesa e apoio a cabeça nas mãos, fechando os olhos cansados. Isso não está me levando a lugar nenhum.

– Tem uma queda por fantasmas?

Pela segunda vez hoje, uma voz às minhas costas me assusta. Bem, desculpe por ser tão atrapalhada. Se as pessoas soubessem o que está acontecendo comigo, mal iriam me culpar por isso.

Dessa vez, quando me viro, não é uma professora parada atrás de mim, mas Nolan, com os lábios curvados em um sorriso como se tivesse acabado de ouvir a piada mais engraçada na história das piadas engraçadas.

Ótimo. Mais alguém que acha que fantasmas são tão absurdos quanto mamãe e Ashley.

Sacudo a cabeça.

– Não exatamente. Quero dizer. Nunca me interessei. Quero dizer... – Eu perco as palavras. – É complicado – suspiro.

– Claro que é complicado. – Nolan puxa uma cadeira para sentar ao meu lado. Sinto-me só um pouquinho mais quente com ele perto e resisto à vontade de me encostar nele, como se fosse uma velha cabana, e ele, a lareira.

– Claro que é?

Ele sorri.

– Claro. Só um tolo poderia esperar que o mundo paranormal fosse simples.

Não sei dizer se ele está zombando de mim ou não, por isso fico com a boca fechada.
— Quero dizer, meu avô...
Oh, meu deus. Que idiota. Eu, quero dizer, não ele. Aqui estou eu, conversando sobre fantasmas com alguém cujo avô amado morreu poucos meses atrás. Ele deve me odiar.
— Nolan, desculpe, eu não quis...
— Não quis o quê?
— Não, você sabe, brincar com... não sei. Sabe, morte. — Sinto palpitações no estômago ao dizer a palavra *morte*. Devo ter me referido à morte mil vezes antes: tipo "Nossa, mãe, você quase me matou de susto" (quando ela veio escondida por trás de mim uma vez em Austin). Ou então, "Meu Deus, Ashley, estou morta de tédio" (sempre que ela me fazia ir ao shopping com ela). Não acho que jamais tenha refletido a fundo sobre seu significado antes. Agora me parece que é o tipo de palavra que deve provocar uma onda de adrenalina quando dita em voz alta.
— O quê? — pergunta Nolan, estreitando os olhos em confusão. Eu não respondo, apenas sacudo a cabeça, e de algum modo Nolan parece entender. — Ah, não quis dizer nada disso — acrescenta rapidamente. — Quis dizer que meu avô costumava me contar essas histórias de fantasmas maravilhosas. Histórias que o pai dele tinha contado a ele, e assim por diante, até onde lembrava. Histórias de espíritos e demônios passadas de geração em geração, de um lado a outro do país. — Ele dá um sorriso melancólico, e de repente eu o visualizo como um menininho, com o mesmo tipo de assombro na expressão de olhos arregalados, sentado diante de uma velha lareira de pedra na casa do avô, ouvindo uma história atrás da outra.
Eu me pergunto como eram os pais de minha mãe. Talvez eu tivesse sido próxima deles. Talvez eu tivesse reclamado de ser força-

da a visitá-los todo verão como Ashley fazia com seus avós. De qualquer modo, só agora, ali com Nolan, eu entendo que tinha perdido algo importante por não ter tido avós.

– Parece legal – digo para Nolan.

– Legal? – repete ele e começa a rir. – Você está falando sério? Era assustador! – Logo estou rindo também, tão alto que a bibliotecária vem nos pedir silêncio. Nolan continua em voz baixa. – A maioria das crianças são criadas com contos de fadas, mas não eu. Minhas histórias para dormir tinham mais sangue e tripas e violência do que belas donzelas e príncipes encantados.

– Acho que você teve sua cota de pesadelos.

Ele dá de ombros.

– Na verdade, não. Quero dizer, como eu disse, fui criado com essas histórias. Sei que parece estranho, mas sempre achei que elas eram meio reconfortantes.

– Além disso, você sabia que elas não eram reais – acrescento. Do mesmo jeito que eu sabia que os contos de fadas que minha mãe me contava não eram reais.

– De jeito nenhum. – Nolan sacode a cabeça em uma negativa.

– Eu acreditava em todas elas. Meu avô acreditava nelas também, não importava o quanto o resto da família implicava com ele. Acreditou durante a vida inteira. Minha mãe costumava se referir a ele como "aquele velho maluco". – Sua boca forma uma linha reta quando ele lembra das palavras da mãe, como se, mesmo agora, meses depois da morte do avô, ainda não suportasse saber que as pessoas falassem sobre ele desse jeito. É claro que Nolan nunca achou que o avô era nada além de perfeitamente são.

Espere um minuto... será que isso significa que Nolan acredita em fantasmas? O que ele diria se eu contasse a ele o que está acontecendo na minha casa, as histórias que não fazem nada além de entediar Ashley e irritar minha mãe?

— Na verdade, estou escrevendo um trabalho extra para minha aula de história; sobre fantasmas dessa região. Pensei que, se conseguisse documentar com algumas histórias, tirar um A, talvez pudesse... não sei...

— Fazer com que sua mãe parasse de chamá-lo de maluco?

Nolan balança a cabeça afirmativamente.

— Basicamente isso. Neste fim de semana eu ia visitar alguns lugares em que meu avô jurava ter visto espectros. Está interessada?

Eu me aprumo na cadeira. *Se estou interessada?* Ele perguntou se eu quero ir com ele, certo? Se Ashley estivesse aqui, eu teria de pisar em seu pé para evitar que ela gritasse. Ela ia dizer que uma caça a fantasmas, mesmo que, em sua opinião, fosse totalmente falsa, podia ser um primeiro encontro perfeito. Tantas oportunidades para segurar a mão de um garoto (*Oh, não, você também ouviu isso?*) e trocar abraços cálidos (*Estou com tanto medo que estou tremendo*).

— Terra para Sunshine, Terra para Sunshine — repete Nolan. Pisco e olho para ele. — Revistar casas velhas assombradas em ruínas não é exatamente sua onda?

— Se você soubesse... — murmuro.

— Se eu soubesse o quê? — diz Nolan, com os olhos se arregalando um pouco.

Eu hesito. Será que deveria contar a esse garoto o que está acontecendo? Quero dizer, é ótimo que ele acredite em fantasmas e tudo mais, mas isso não significa que ele vai acreditar em *mim*. Talvez, como minha mãe, ele dê uma olhada em nossa casa e diga que os sons que estou ouvindo são provavelmente apenas galhos batendo nas janelas, agulhas de pinheiros caindo no teto. Talvez ele ache que eu sou apenas doida e não vai mais nem sentar perto de mim na aula de artes visuais e vou voltar a me sentir congelando em absolutamente todos os lugares.

Mas... e se ele acreditar em mim? E se ele não der justificativas para os sons e cheiros e ainda lembrar o que aconteceu na manhã após a noite mais assustadora de minha vida? Aí eu teria um aliado. Alguém com quem conversar sobre como aquilo tudo é apavorante. E talvez alguém para me ajudar a descobrir como prová-lo.

Então, lentamente, conto a Nolan sobre nossa casa. Conto a ele sobre a sensação assustadora que baixou sobre tudo desde que nos mudamos, sobre os risos e os brinquedos, sobre o filme que mandei para revelar em Austin, sobre o frio no ar (deixo de fora o fato de que o frio diminui quando ele está perto). Finalmente conto sobre o que aconteceu na noite passada e a coisa ainda mais assustadora que aconteceu de manhã, quando minha mãe acordou mais uma vez sem lembrar de nada.

– Uau – assobia Nolan. – Parece que você tem uma boa assombração à moda antiga nas mãos.

– Não sei o que tenho nas mãos.

O sinal toca, avisando que o horário do almoço acabou e é hora de voltar às aulas. Eu me viro e fecho a janela no computador. Todas as minhas pesquisas sobre fantasmas no Google desaparecem. Pego minha mochila no chão e levanto para ir para aula, mas Nolan não se mexe.

– O que está fazendo? – pergunto a ele.

– Esperando – responde ele.

– Esperando o quê?

– Esperando que você me convide para ir à sua casa hoje depois da aula para que possa ajudar a tentar descobrir o que está acontecendo por lá. Eu poderia me convidar, mas não quero ser mal-educado.

Eu sorrio. Em toda minha vida, nunca fiquei tão aliviada por emitir um convite (e, sim, eu sei, *emitir um convite* é uma fala totalmente Jane Austen).

Quando Ashley finalmente me escreve de volta – *tudo bem?* –, eu respondo: *Desculpe. Alarme falso.* Não há razão para contar a ela o que aconteceu ontem à noite, não quando ela não vai acreditar em mim. Não quando há alguém tão mais perto de casa que realmente acredita em mim.

Apesar de tentada a pedir seu conselho sobre receber um garoto em casa pela primeira vez.

CAPÍTULO NOVE

Fotografia

*Em casa mais tarde*, hesito antes de abrir a porta do meu quarto. Nolan só vai chegar às cinco horas, e estou tentada a esperar até que ele chegue antes de conferir o estado de meu tabuleiro de damas. Mas me obrigo a girar a maçaneta e entrar.

As peças estão exatamente no lugar onde as deixei de manhã. Talvez tenha convidado Nolan para nada, afinal. Largo a mochila no meio do quarto com um suspiro e giro para fechar a porta atrás de mim.

Nolan bate à porta da frente exatamente às cinco horas. Sugeri que voltássemos a pé para casa da escola, mas ele disse que tinha um trabalho que queria fazer primeiro. Na verdade, o trabalho era pesquisa. Sobre nossa casa. Ele entrou pela porta sacudindo a cabeça negativamente.

– Não consegui achar nada incomum sobre essa casa ou a vizinhança. Nenhum relato de assombração, nenhum desaparecimento misterioso e nenhuma garotinha assassinada no banheiro.

Sinto um calafrio à mera menção de uma garotinha assassinada no banheiro enquanto o conduzo até a cozinha. Ele mal botou o pé em casa e já está tão cético quanto mamãe e Ashley.

Ótimo.

– Pensei que todas as coisas assustadoras acontecessem lá em cima, não? – pergunta ele, apesar de se sentar à mesa da cozinha.

Envergonhada, balanço a cabeça afirmativamente. Quero dizer, não é como se minha mãe jamais tivesse me dado uma lista de regras sobre estar sozinha com um garoto em casa ou se ele pode ir ao meu quarto. Mesmo assim, não consigo evitar pensar no que Ashley disse algum tempo atrás: *O que seria mais vergonhoso: a ave morta ou as paredes cor-de-rosa?*

Não importa. Ou, de qualquer modo, *não deveria* importar. Nolan não está aqui por *mim*. Ele está aqui pelo fantasma, e, é claro, agora que está aqui outra pessoa que acredita, não tenho nem certeza se ela ainda está lá. Não há risos, nenhum passo rangendo, nenhum choro.

Sinto um calafrio. Será que o fantasma realmente se afogou na noite passada? Quero dizer, sei que fantasmas já estão mortos, mas talvez possam... não sei, morrer uma segunda morte. Uma morte *horrível*, eu acho, lembrando-me dos sons de sua luta.

Seguro um suspiro. Talvez eu deva apenas admitir que estou enlouquecendo, como diria Ashley. Talvez devesse deixar que minha mãe me mandasse a um psiquiatra em seu hospital todo dia depois da escola. Pelo menos assim eu teria uma chance de vê-la antes de anoitecer.

– Uhmmm – digo finalmente, apoiando-me na bancada no centro da cozinha. – Você quer beber alguma coisa? Posso fazer café.

– Não, obrigado – diz Nolan, se levantando.

Ótimo. Ele vai embora. Ficou aqui menos de cinco minutos. Mas, em vez disso, se apoia na bancada diante de mim e sorri.

– Não se preocupe, Sunshine. Só porque eu saí de mãos vazias não significa que não acredito em você.

Agora eu dou um suspiro, um de alívio, sentindo-me tomada por aquele calor nolancêntrico familiar.

– Desculpe por não ter nada para mostrar a você. O fantasma não obedece exatamente às minhas ordens. Depois da noite passada, nem sei... nem sei mais se ela ainda está aqui.

– Tenho certeza de que ela tem uma agenda própria muito ocupada. Você sabe, lugares para ir, pessoas para assombrar. – Nolan sorri, por isso sorrio também.

# Fotografia

A campainha toca e me dá um susto. Rio ao ver como me assusto com facilidade.

– Já volto – digo, saindo da cozinha e me dirigindo à porta da frente. É o carteiro, entregando um envelope grande demais para caber na nossa caixa de correio. Olhei para o endereço do remetente ao pegá-lo, murmurando um *obrigada* quase inaudível: Max Produtos Fotográficos, em Austin.

Pego o telefone no bolso e mando uma mensagem para Ashley: *As fotos chegaram. Você é o máximo!!!* Depois girei, quase tropeçando ao fazer isso. Talvez eu tenha, afinal, algo para mostrar a Nolan. Rasgo e abro o envelope e volto correndo para a cozinha.

– Veja! – grito, erguendo as fotos no ar como se eu tivesse acabado de vencer alguma coisa.

– Essas são as fotos que você tirou?

Concordo com a cabeça, e Nolan estende a mão para pegá-las.

– Vamos dar uma olhada.

Parados lado a lado, espalhamos as fotos em preto e branco sobre a bancada da cozinha.

– Tem alguma coisa errada. – Mordo o lábio quando me debruço sobre elas para olhar mais de perto. Não sei o que é, mas há algo nas fotos que parece... meio lavado.

– Talvez eles tenham estragado o filme na revelação – sugere Nolan, mas sacudo a cabeça negativamente.

– Não. Mandei o filme para o Max por uma razão. Eles são os *melhores*. E você pode ver: não tem nada fora de foco, nada no filme está borrado. – Nolan concorda e se debruça sobre a bancada até nossas cabeças quase se tocarem. Rapidamente, tentando e sem dúvida não conseguindo ser sutil, baixo a cabeça e a aproximo ainda mais das fotos, com cuidado para que meu rosto não toque no dele.

– Veja – digo, apontando para uma das fotos de meu quarto. – Está vendo?

— O quê? – diz Nolan. Posso sentir seu hálito em minha nuca. Estar assim tão perto dele ainda não parece certo.

Está bem, sei que nesse exato momento estou pensando em fantasmas, mas há espaço suficiente em meu cérebro para também me preocupar que nunca vá ganhar meu primeiro beijo se não aguento nem ficar tão perto de um garoto, um garoto de quem realmente *gosto*, que está sendo muito legal comigo, que acredita em mim. Mas Nolan deve sentir como fico tensa, porque se afasta alguns centímetros de mim na bancada.

Sacudo a cabeça negativamente. Talvez seja impossível que qualquer coisa pareça certa quando você esteja literalmente vendo fotos de fantasmas.

Seria muito mais fácil acreditar nisso se eu não tivesse me sentido exatamente assim quando estava limpando purpurina de sua jaqueta em nossa sala de artes visuais.

— Essa sombra. — Eu aponto para uma forma cinza no centro da foto que tirei dos jogos de tabuleiro espalhados pelo chão do meu quarto. Fico de algum modo aliviada por as fotos serem em preto e branco e Nolan não poder ver que meu quarto na verdade é cor-derosa. — Não tem nenhum objeto acima dela. Nada para realmente fazer uma sombra. E apesar disso...

— Ela está aí – conclui por mim Nolan.

— Ela está aí – repito, estudando a sombra. Desse ângulo, ela meio que parece uma bolha. Podia ser qualquer coisa.

Nolan diz exatamente o que estou pensando:

— Não sei dizer o que é isso. — Ele parece tão frustrado quanto eu me sinto, passando cuidadosamente as fotos. — Talvez você tenha captado de outro ângulo em uma das outras fotos. Para que possamos ver melhor qual é a forma.

Examino as fotos com atenção: tudo está fora de sequência. As fotos dos brinquedos em meu quarto estão junto das fotos do quarto assim que chegamos, antes mesmo que tirasse meus bichos de pelúcia das malas. Acho que o pessoal do Max não se importava em manter as fotos na ordem. Nunca foi o tipo de coisa que importou para mim antes.

– Ali – exclamei assustada, apontando. Nolan ergueu a foto da bancada e a segurou a nossa frente, ao nível de nossos olhos. Pelo menos, ao nível de seus olhos.

– Uau – diz ele, e balanço a cabeça, concordando. Meu coração agora está batendo tão rápido que parece prestes a explodir. Estou respirando com tanta dificuldade quanto se estivesse correndo. Oscar anda em volta de minhas pernas, nervoso, como se soubesse haver algo errado.

Não posso acreditar. Quero dizer, não é que eu não achasse que estivesse certa sobre o que estava vendo e escutando, mas, mesmo assim, não sei se, na verdade, realmente *acreditava* que iria obter provas. Ou pelo menos, não uma prova como essa, não algo tão nitidamente visível a olho nu, algo que a pessoa parada ao meu lado pudesse ver com a mesma facilidade que eu.

No centro da foto, no centro do meu quarto, cercada por jogos de tabuleiro e bichos de pelúcia, há a sombra muito nítida, bem distinta, absolutamente inegável de uma garotinha.

Antes que eu possa detê-lo, Nolan começa a subir correndo a escada.

– O que você está fazendo? – grito enquanto saio correndo atrás dele.

– Quero dar uma olhada melhor! – grita em resposta. Ele abre bruscamente a porta de meu quarto e praticamente pula em cima da cadeira de minha mesa.

– Era aqui onde você estava quando tirou as fotos, certo?
Balanço a cabeça afirmativamente.

– Achei que conseguiria pegar o quarto inteiro daí.

– Você não estava errada – diz Nolan avaliando o local, segurando a foto a sua frente.

Eu sacudo a cabeça.

– Parece que não.

– Ela estava bem ali. – Ele aponta para o centro do quarto.

– Você não vai esquecer isso de manhã, vai?

– Eu *nunca* vou esquecer isso – responde solenemente Nolan, descendo da minha cadeira. Ele olha ao redor do quarto, piscando.

– Nossa, mas isso é muito rosa.

– É mesmo? – digo ofegante, fingindo surpresa. – Eu nem tinha percebido. – Finjo olhar ao redor pela primeira vez. Mas quando meus olhos caem sobre minha cama, congelo, sem me preocupar mais com o que Nolan pensa do rosa ou do Dr. Hoo ou de minha coleção de unicórnios. Em vez disso, levanto a mão e aponto para o tabuleiro de damas.

Alguém tinha feito o movimento seguinte.

CAPÍTULO DEZ

# Os olhos de Kat

*É noite quando minha mãe chega em casa*, e está começando a – qual a novidade? – chover. A combinação da chuva com a baixa temperatura do início de outono cria um tipo de frio úmido que nunca senti antes, de modo que quando o termômetro mostra que a temperatura está na casa dos dez, tremo como se estivesse congelando. Pelo menos estou usando todos os suéteres de vovô grandes demais; há anos eu os colecionava de brechós, apesar de Ashley ter observado corretamente que eu dificilmente ia precisar deles em Austin. Acho que parte de mim sabia que acabaria tendo utilidade para eles.

Nolan foi embora faz tempo para fazer sua lição de casa. Ele perguntou se podia levar as fotos, mas não deixei. Eu precisava delas, insisti. Não pretendia adiar a chance de mostrar minha prova à mamãe. Dispus as fotos sobre a bancada da cozinha e esperei.

Quando ela finalmente chega, tenho de correr para impedir que Lex fuja pela porta da frente.

– Isso é estranho – diz mamãe, e eu me animo. Talvez, afinal, aquilo não fosse ser tão difícil. Talvez ela já tivesse começado a aceitar que coisas estranhas estivessem acontecendo ali.

– Eu sei – concordo com entusiasmo. – Lex é um gato de casa. Além disso, está chovendo, e gatos odeiam chuva. Não sei por que ele teve vontade de fugir.

O rosto de mamãe está molhado de chuva, e as pastas de papel que ela sempre carrega com ela estão completamente encharcadas.

– Seu guarda-chuva quebrou, ou algo assim? pergunto, e mamãe parece surpresa com a pergunta. Ela enfia a mão na bolsa e tira a sombrinha, seca e perfeitamente dobrada.

— Acho que esqueci que tinha levado – diz ela distraidamente.

— Como você pôde esquecer com um tempo desses? – pergunto, porém mamãe não responde. Em vez disso, ela tira a capa de chuva, deixando-a cair no chão. Seu cabelo escorrido está torcido em um rabo de cavalo úmido, e seu uniforme cirúrgico cor pastel está molhado até os joelhos. Ela chuta para fora seus tamancos grandes e pretos, e eles aterrissam com um baque surdo em cima de seu sobretudo enquanto ela segue para a cozinha.

Sacudo a cabeça negativamente. Ela normalmente *me* dá a maior bronca por deixar uma trilha de roupas entre a porta da casa e meu quarto quando chego em casa. Talvez seja apenas porque estejam molhadas demais e ela não quisesse pendurá-las onde elas pudessem... Não sei... Secar?

Sacudo a cabeça em nova negativa. É o fim de um dia longo, ela está cansada e encharcada, então deixar a capa de chuva no chão não é nada demais. Todo mundo fica preguiçoso de vez em quando, até uma pessoa tão limpa e organizada quanto minha mãe.

Acendo todas as luzes da cozinha. Tinha disposto as fotos sobre a mesa perto da janela, a com a sombra da garotinha em destaque no centro da mesa, onde ela não pode deixar de vê-la.

— Tenho uma coisa para mostrar a você – começo.

Mamãe sacode a cabeça negativamente.

— Isso pode esperar? Eu ainda não consegui comer nada.

Nem menciono que eu tampouco jantei. Estava esperando que ela chegasse em casa. Em vez disso, digo:

— Vou preparar alguma coisa para você. O que você quiser. – Minha voz sai muito ansiosa. Mas não é por causa do jantar que estou agitada.

— Agora mesmo, eu só quero um banho quente e uma xícara ainda mais quente de café. – Minha mãe se dirige à cafeteira, com olhos semicerrados.

– Café? A essa hora?
– É, Sunshine. A *essa* hora. Ainda tenho trabalho a fazer, e passei o dia inteiro exausta.

Eu me inclino para trás, como se tivesse sido empurrada para longe dela. Não tenho certeza se alguma vez ela falou comigo de um jeito tão brusco. Eu me lembro de que não é culpa dela. Ela não sabe por que passou o dia inteiro tão cansada, e eu sei: ficamos metade da noite acordadas, aterrorizadas.

Mamãe enche sua caneca e segue para a mesa, os papéis encharcados pingando em seus braços. Ela está prestes a botá-los sobre a mesa, é como se ela não visse as fotos que estão ali em cima, e eu grito:

– Não!

Mamãe gira em minha direção.

– O que é, agora?

Sacudo a cabeça, imaginando minhas fotos manchadas com um círculo de café do fundo de sua caneca, salpicadas de água das bordas de suas pastas. Aí elas seriam inúteis. Ela diria que as sombras eram resultado desses danos.

– Você podia ter arruinado as minhas fotos – digo, realmente irritada. Podia tê-las estragado. Quero dizer, tudo bem, ela não sabe que são importantes.

– O quê? – diz mamãe, piscando como se as estivesse vendo pela primeira vez. – Ah, desculpe, querida. Eu não tinha visto.

Tudo bem, sei que elas são em preto e branco, e sei que mesmo com todas as luzes acesas, essa cozinha é bem escura, o que é patético, levando-se em conta que é o ambiente mais bem iluminado da casa, com um lustre de gosto muito duvidoso pendurado acima da mesa, mas isso é demais! Quero dizer, tem uma pilha de fotos ali. Como ela não pôde vê-las?

– Mãe, sei que você está cansada e sei que você está ocupada, mas tem uma coisa que quero muito mostrar a você. – Caminho até ela e tiro dela seus papéis, botando-os cuidadosamente sobre a bancada atrás de nós, onde eles podem escorrer à vontade sem causar nenhum dano.

– Olhe – digo, apontando para as fotos. – Só vai levar um segundo.

– Você tirou algumas fotos da casa. Ficaram ótimas, querida. E é tão bom ver você finalmente começar a gostar de sua casa nova desse jeito. – Ela baixa a cabeça para beber de sua caneca de café. Talvez seja apenas minha imaginação, mas daqui parece que o café está quente demais para beber. Não quero dizer que ainda está saindo fumaça; quero dizer que parece ainda estar borbulhando, fervendo.

Sacudo a cabeça negativamente enquanto minha mãe engole suavemente o café. Eu devo estar imaginando coisas.

– Veja – tento outra vez, apontando para a foto no centro. Aquela em que a sombra está mais nítida. – Veja *isso*.

Mamãe pega a foto na mesa e a ergue diante de seu rosto. Ela estreita os olhos.

– Sunshine, seu quarto está uma bagunça – diz ela por fim.

– O quê?

– Por que seus jogos e brinquedos estão espalhados por toda parte desse jeito? Espero que você guarde tudo.

Sacudo a cabeça.

– Não olhe para os brinquedos. Olhe mais de perto, para o centro do quarto. – Resisto à vontade de pegar a foto e segurar na frente dela. Nolan não precisou que eu dissesse a ele para ver mais de perto. Ele achou a sombra tão óbvia quanto eu.

– O que você quer que eu olhe? – pergunta mamãe, suspirando com impaciência. Ela baixou a foto da altura de sua linha de visão.

Hesito antes de responder. Talvez eu devesse esperar até amanhã. Talvez amanhã mamãe terá tido uma boa noite de sono e talvez o sol esteja brilhando; e a luz, melhor, aqui; e mamãe consiga ver.

O estrondo de um trovão soa ao longe, como se talvez o universo esteja rindo de mim por pensar que possa fazer sol de manhã.

— Você não vê? — pergunto, surpresa ao notar como minha voz soa infantil. Eu pareço ter metade de minha idade. — Você não vê a sombra no centro do quarto?

Mamãe sacode a cabeça negativamente.

— Não vejo nada.

Eu engulo em seco, retorcendo as mãos como uma velha preocupada com o clima. Quero dizer. Uma coisa foram todas aquelas noites em que ouvi passos e risos e mamãe disse que era apenas o vento, só galhos de abetos batendo nas paredes da casa – essa era mamãe em sua personalidade cética. Mas isso não é apenas um pouco de ceticismo. Foi bem assustador de manhã quando ela não se *lembrou* do que aconteceu, mas agora ela literalmente não *via* a mesma imagem que Nolan e eu vimos na fotografia que estava bem a sua frente.

Olhei para o teto, perguntando o que o fantasma está fazendo em nosso segundo andar, que tipo de truques fez com o cérebro de minha mãe para cegá-la daquele jeito.

— Mãe... — tento falar, mas ela me interrompe.

— Por favor, me diga que isso não é mais daquela bobagem de fantasmas.

— Não é bobagem — digo naquela voz infantil.

— É bobagem *sim*, Sunshine, e eu queria muito que você parasse com isso. — Diferente da minha, a voz de minha mãe está muito séria. — Sei que você não é louca por Ridgemont, mas já estou cheia de suas reclamações.

— Isso não tem nada a ver com eu gostar ou não de Ridgemont — digo, e agora soo ainda mais como a de uma criança, e da pior maneira possível. Respiro fundo e tento controlá-la. Preciso parecer calma, apresentar uma argumentação convincente, usando provas científicas, as fotos, o tipo de argumento que mamãe vai entender.

– Eu só queria lhe mostrar...

– Mostrar o quê? – diz mamãe, quase gritando, e ela larga a foto. Ela flutua até o chão, e eu a pego apressada, temendo que ela pisasse nela ou algo assim, aliviada por ela não tê-la rasgado ao meio antes de jogá-la fora.

– Sunshine – diz mamãe antes que eu possa responder. Ela não está exatamente gritando, mas ainda parece com raiva. Quando pôs a caneca sobre a bancada fez um barulho tão alto que fiquei surpresa por ela não ter quebrado em mil pedaços. – Já não aguento mais isso. Vá para seu quarto.

– Ir para o meu quarto? – repito. Ela literalmente nunca, nem uma vez, mandou que eu fosse para o meu quarto. – *É sério?*

– Preciso de um pouco de paz e tranquilidade, e está bem claro que não vou conseguir nada disso com você por perto. Vá para seu quarto – repete.

– Está bem – respondo. Recolho as fotos (quem sabe em que condições estariam pela manhã se eu as deixasse ali com ela) e subo as escadas pisando forte. Até bato a porta do quarto depois de entrar.

Sozinha em meu quarto, revejo as fotos, observando uma por uma. A sombra ainda está lá, clara como a luz do dia, e mamãe não pôde vê-la. E ela gritou comigo, ela nunca gritou comigo. Toda vez que discordamos, sempre acabava em discussão. E não me entenda mal, essas conversas podiam ficar acaloradas, mas nunca terminavam com ela me mandando para meu quarto como uma criança malcriada em um romance vitoriano, exilada em seu quarto, sem jantar. Ela não é assim. *Nós* não somos assim.

Coloco as fotos em minha mesa e me viro para olhar para minha cama. O jogo de damas está à minha espera, por isso faço o movimento seguinte, deslizando uma segunda peça para frente, depois me acomodo na cama, com cuidado para não bagunçar o jogo.

Apago as luzes. Raios tornam a brilhar lá fora, e dessa vez o trovão vem quase imediatamente em seguida; a tempestade está praticamente em cima de nós. No brilho da luz vejo que o fantasma já fez outro movimento: é minha vez novamente. Empurro outra peça sobre o tabuleiro e espero pela luz de outro relâmpago. O cheiro de mofo ali está mais forte que nunca; talvez a chuva o provocasse.

Ou talvez o fantasma tenha algo a ver com ele, acho, lembrando o banheiro molhado: os azulejos encharcados e as toalhas úmidas, a água escorrendo de todas as superfícies.

A luz de alguns relâmpagos passa, mas o fantasma não faz seu movimento seguinte.

— Sua vez — digo em voz alta, mas o brilho de outro raio revela que as peças não se moveram desde minha última jogada. O cheiro de mofo melhora, só um pouco. Com cuidado, levo o tabuleiro de damas até o chão para que não o derrube quando dormir. Acho que ela terminou de jogar.

Por enquanto.

# CAPÍTULO ONZE

## Sozinha em casa

Mamãe foi chamada de volta ao hospital para uma emergência no meio da noite. Ela me acorda para avisar que está saindo, e penso em implorar para que fique, mas meio que penso que não vai adiantar nada. Afinal de contas, ela não acha que valha a pena ficar. E deve ser uma emergência de verdade, se ela está sendo chamada para voltar ao trabalho àquela hora.

– Espero que tudo fique bem – grito para ela antes que ela saia. Ela sorri para mim. Acho que isso significa que nossa briga terminou. Pelo menos por enquanto. Tenho de me concentrar para ouvir além dos trovões, do vento e da chuva o barulho de seu carro sair pela entrada da garagem e dobrar a rua. Os raios e trovões agora estavam simultâneos. A tempestade tinha estacionado acima de nós com tamanha força que parecia que não ia parar nunca.

Em vez de voltar a dormir, repasso na cabeça os acontecimentos da noite: mamãe era mesmo *incapaz* de ver o que Nolan e eu vimos? Isso significa que tanto Nolan quanto eu somos loucos, e a sombra é alguma espécie de alucinação conjunta, ou que *mamãe* está louca, porque não consegue ver? Ou há algo nessa coisa sobrenatural que você não pode perceber após certa idade ou algo assim? Como se talvez você tenha de ser jovem e ter o coração puro, como em todos aqueles filmes e contos de fadas sobre crianças que caem em mundos encantados sem a supervisão de adultos?

Sacudo a cabeça. Não, uma fotografia é uma fotografia, e Nolan e eu não nos conhecemos por tempo suficiente para ter algum tipo de ilusão conjunta.

Após o estrondo de um trovão, Oscar salta em minha cama e se enrosca ao meu lado do mesmo jeito que fez em nossa primeira noite nessa casa.

– Qual o problema, parceiro? – pergunto, acariciando a sua cabeça entre suas orelhas. Ele adora ser acariciado assim. Se fosse um gato, estaria ronronando naquele momento. Mas, em vez disso, ele está tremendo, tentando esconder a cara embaixo de meu braço.

– Você nunca teve tanto medo de trovão, garotão – murmuro carinhosamente. Oscar é um cachorro pequeno, mas nós sempre o descrevemos como grande. De repente, ouvi outra coisa, abafada pelo ribombar dos trovões. Não são os trovões que deixaram Oscar tão assustado.

É o som de uma criança chorando.

Tudo bem, sei que, digamos, em um tribunal ou algo assim, um cachorro não vale exatamente como testemunha. Mas é impossível negar que Oscar é outra pessoa, bem, sabe, outra criatura viva, que *sente* que a casa está assombrada. Ele estava arredio e assustadiço desde que nos mudamos. E Lex literalmente tentou fugir pela porta essa tarde, coisa que ele nunca, nunca mesmo, tentou fazer em nossa velha casa. Então com isso somos quatro – Oscar, Lex, eu e Nolan, pelo menos um dos quais é uma testemunha imparcial, devo acrescentar – que sabem que há alguma coisa acontecendo aqui.

– Por que você está chorando? – pergunto a meu quarto vazio.
– Você não gostou de brincar comigo? Achei que era isso o que você queria. – Oscar se aninha sob meu braço. – Vamos, por favor, me responda! Você é a razão por esta casa ser tão fria e assustadora? Eu posso ajudar você? – Eu sacudo a cabeça: o que estou fazendo, perguntando a um fantasma se ele precisa de minha ajuda? Sou eu que

precisa de ajuda. Sou eu presa em uma casa assombrada, brigando com minha mãe pela primeira vez em 16 anos.

— Por que você está chorando? — imploro. Olho fixamente para o teto como se estivesse esperando que ele caísse em cima de mim.

— O que você está tentando me contar, do que você está tentando brincar? Você precisa de minha ajuda?

Um raio rasga o céu, iluminando o quarto mais uma vez. O que vejo me faz gritar. Oscar mergulha para o chão e entra embaixo da cama.

— Desculpe, rapaz — digo, mas agora estou sussurrando e não mais gritando, e, mesmo com sua audição de cachorro, duvido que ele possa me escutar. Mesmo que pudesse me escutar, tenho quase certeza de que eu não conseguiria fazer com que ele se sentisse nem um pouco melhor.

O Dr. Hoo está voando pelo quarto em círculos, pouco abaixo do teto, com água pingando das asas como se ele estivesse voando na chuva lá de fora — o Dr. Hoo, minha coruja há muito tempo morta e empalhada. Suas asas fazem tanto barulho que acho que talvez o quarto inteiro esteja prestes a levitar.

Estendo a mão para a luz ao lado da minha cama e a acendo, em seguida pego o celular. Talvez minha mãe consiga ver *isso*. Talvez a sra. Soderbergh e eu estivéssemos erradas: claro, o filme pode capturar coisas que não são visíveis a olho nu, mas quando o olho nu pode ver o que estou vendo agora, o digital deve funcionar muito bem.

Com a câmera do celular apontada para a coruja, aperto para gravar apesar de estar com as mãos tremendo, então o vídeo vai sair tremido também. Apesar do dispositivo não fazer nenhum ruído, nenhum clique, clique, clique como quando faço fotos com filme, o Dr. Hoo parece sentir uma mudança no ar. Abruptamente, ele para de voar em círculos e paira no lugar por um átimo, com as asas ainda batendo poderosamente. Ele olha ao redor, com seu pescoço de coruja girando quase 360 graus exatamente como diziam em todos aqueles programas sobre vida selvagem. Finalmente, ele fixa seu olhar em mim. Eu sacudo a cabeça; os olhos da coruja não são reais. Eles são feitos de vidro, há muito tempo substituídos pelo taxidermista. Mesmo assim, o Dr. Hoo parece me ver e mergulha em minha direção.

Oh, minha nossa, o Dr. Hoo vai me matar! Ashley tinha razão o tempo todo. Animais empalhados são assustadores. Eu devia ter ficado enojada por ele.

Eu grito de novo, desculpe, Oscar!, mas, no último segundo, o Dr. Hoo desvia e, em vez de me acertar, acerta o abajur em minha mesa de cabeceira, derrubando-o e jogando o quarto na escuridão. Eu deixo cair o celular. Escuto-o atingir o chão de carpete com um baque surdo e rolo para fora da cama para procurar por ele, mas não consigo encontrá-lo. Não há mais relâmpagos para iluminar meu quarto escuro; a tempestade seguiu em frente. O som de asas batendo para. Até a chuva caindo diminuiu e se transformou em apenas um leve gotejar escorrendo pelo vidro da janela. Oscar põe a cabeça para fora de baixo da cama e rasteja para meu colo, arfando como se ali estivesse calor.

Mas claro que não está calor. Está congelando.

Não sei quando peguei no sono. Para ser honesta, não sei *como* peguei no sono, depois de tudo o que aconteceu. Mas, quando percebo, é de manhã, e meu pescoço dói de dormir sentada com as costas apoiadas na armação da cama. Oscar não está mais no meu colo, e, apesar da árvore em frente a minha janela, há luz suficiente entrando para ver que o Dr. Hoo está de volta a sua prateleira, e meu telefone está ao meu lado no chão como se o tivesse colocado ali para pegá-lo com facilidade.

— Meu Deus — suspiro, envolvendo os dedos em torno do telefone e ficando de pé. Viro o pescoço de um lado para outro. Meus ossos estalam todos quando me mexo. — Estou me sentindo como uma velha — digo em voz alta.

— O que foi? — pergunta minha mãe, enfiando a cabeça pela porta.

— Quando você chegou em casa?

— Agora mesmo. Tenho exatamente três horas para cochilar antes de ter de voltar para meu próximo turno.

— Mas é sábado.

— Você acha que bebês não nascem aos sábados? — diz mamãe, mas ela está sorrindo. Toda minha vida, ela teve de trabalhar em fins de semana e feriados, apesar de sempre tentar não estar de plantão no Natal e no meu aniversário.

— Desculpe — resmungo.

— Ei, eu também queria ter os sábados livres. — Ela gesticula na direção do meu celular. — O que você tem aí?

Olho para baixo. Quando peguei o telefone, devo ter apertado o botão para exibir o vídeo que gravei na noite passada. O som de trovões e raios emana do pequeno alto-falante do telefone. Eu dou pausa. Vamos fazer mais uma tentativa com isso. Talvez o único jeito de mamãe olhar para isso com mente aberta seja eu não mencionar o fantasma.

— Uhmmm — digo devagar. — Fiz um vídeo da tempestade ontem à noite. Ela devia estar bem em cima de nós. Os raios iluminaram muito as coisas. — Atravesso o quarto e estendo o telefone a minha frente. Mamãe se abaixa para olhar para ele.

— Uau — murmura ela.

– Uau? – repito com esperança. Talvez ela esteja vendo o Dr. Hoo batendo as asas e voando. Talvez esteja ouvindo alguém chorar.

– Parece que foi uma tempestade e tanto. Os trovões devem ter sido ensurdecedores.

– Oscar se escondeu embaixo da cama. Achei estranho, porque raios e trovões nunca o assustaram.

Mamãe sacode a cabeça, tirando os olhos do telefone.

– Oscar é só um bebezão – diz ela, então me dá um tapinha no ombro. Eu praticamente dou um pulo.

Qual o problema? – pergunta mamãe.

– Sua mão está gelada – respondo. As costas de minha camiseta ficam molhadas onde ela me tocou. – Você acabou de sair do chuveiro ou algo assim?

– Do que você está falando? – Ela suspira, e sacudo a cabeça. Não quero começar aquele dia com uma briga.

– Nada.

– Por que não tomamos café da manhã juntas antes de eu cair na cama?

– Já vou em um minuto – digo com delicadeza enquanto ela deixa meu quarto e desce as escadas. Eu me sento na beira da cama, puxo a camiseta por cima da cabeça e a estendo à minha frente.

Tem uma marca de mão molhada e ferruginosa em minhas costas. A água fria se espalha pelas fibras da camiseta como uma mancha. Antes que perceba o que estou fazendo, amassei a camiseta em uma bola e a joguei embaixo da cama como se nunca mais quisesse tornar a vê-la.

Pego meu celular e vejo o vídeo mais uma vez, desde o começo. Além dos raios e trovões, ouço choro e o som das asas do Dr. Hoo. A coruja ocupa praticamente a tela inteira, voando em círculos ao redor do meu quarto até finalmente mergulhar direto em minha direção.

Fecho as mãos em punhos enquanto desço as escadas para que mamãe não perceba como estão tremendo. Alguma coisa aconteceu com ela que está impedindo que veja o que eu vejo e sinta o que eu sinto. Ela não consegue nem perceber que suas mãos estão frias e molhadas.

Molhadas com água cor de ferrugem. Igual à água do banheiro naquela noite.

## CAPÍTULO DOZE

## Trabalho extra

— *Acho que você não devia parar de gravar* — diz Nolan na segunda-feira.

— Por que não? — digo, chutando o chão. É hora do almoço, e Nolan sugeriu que déssemos uma volta em vez de conversar na cafeteria. Talvez estivesse com vergonha de conversar sobre isso na frente do restante do pessoal da escola, com suas panelinhas já tão firmemente estabelecidas, mas Nolan não parece ligar para esse tipo de coisa. Na verdade, ele viveu em Ridgemont a vida inteira e não parece ter uma turma como as outras pessoas têm, dos atletas aos excluídos. Talvez preferisse a companhia do avô, do mesmo jeito que eu sempre preferi a de minha mãe.

Estamos andando em círculos na pista atrás da escola. Imagino que a equipe de atletismo da Ridgemont High não seja exatamente uma grande maravilha, porque o solo a nossos pés está enlameado e rachado, como se a escola não achasse que valesse a pena mantê-lo em boa forma. Não está chovendo, mas está nublado e há um frio no ar, o que me dá vontade de caminhar ainda mais perto de Nolan, como se ele fosse uma lâmpada infravermelha de aquecimento, e eu fosse uma mosca atraída por sua chama. Mas não quero parecer a garota mais estranha no planeta Terra (mesmo que talvez seja), por isso eu me conformo em apenas andar ao seu lado.

— Minha mãe não consegue ver nada, não importa como eu tente, fotografias, vídeo... sem falar na vida real.

Nolan sacode a cabeça, e seus cabelos úmidos e compridos caem sobre seu rosto. Ele arregaça as mangas da jaqueta, que ficam enroladas perfeitamente em torno de seus cotovelos, como algo saído de um filme de James Dean, apesar de ele estar usando uma camisa de flanela por baixo da jaqueta e jeans que parecem ser ao menos um tamanho maior, além de tênis surrados que provavelmente um dia foram parcialmente brancos, o que não combina muito com o efeito da jaqueta.

– Ela não consegue perceber o fantasma. Talvez isso mude.
– Duvido – murmuro, olhando para o chão. Meus All-Stars estão cobertos de lama e sujeira desde que nos mudamos para cá.
– Posso ver que você está desanimada – começa Nolan, e eu rio.
– É mesmo? De onde você tirou essa ideia?
– Mas vamos lá, você devia se sentir bem. – Ergo as sobrancelhas, e ele dá de ombros. – Certo, talvez não *bem*, mas melhor, pelo menos. Quero dizer, agora você tem evidências. *Provas*. Meu avô passou a vida inteira falando de fantasmas e ele nunca encontrou uma prova, nem mesmo depois de 90 anos. Isso deve valer alguma coisa, certo?

Nolan não está de todo errado: eu *achei* que fosse me sentir melhor se conseguisse provas, mas elas parecem inúteis quando minha mãe não consegue vê-las. Nem percebê-las, como disse Nolan.

– Por que continuar a gravar, então? Eu já tenho prova, como você disse.
– Um pouco mais não vai fazer mal. E talvez vejamos algo em seu vídeo que você não tenha notado.
– Porque na vida real estou ocupada demais ficando apavorada para olhar de perto? – Sinto um calafrio quando lembro como o Dr. Hoo voou acima de mim. Parte de mim queria se esconder embaixo das cobertas até que aquilo acabasse.

Nolan dá um sorriso.
– Exatamente.

– Por falar em olhar de perto... – Aponto com o queixo para uma figura agachada nos bancos de madeira de aspecto decrépito na lateral da pista.

– Aquela é quem eu acho que é? – pergunta Nolan. Ele aperta os olhos e identifica os cabelos negros, a capa de bruxa e a pele pálida, muito pálida: a srta. Wilde.

– Meu Deus, que mulher assustadora – suspiro. – O que ela está fazendo aqui? – Cruzo os braços diante do peito e os esfrego para cima e para baixo.

Nolan dá de ombros.

– O que nós estamos fazendo aqui?

– Você está dizendo que não acha que ela parece assustadora?

– Psst. Ela pode conseguir nos ouvir.

Quero revirar os olhos, mas na verdade, parece que nossa professora está escutando o que estamos falando. Quero dizer, ela não tem nenhuma das distrações normais que as pessoas levam com elas quando se sentam sozinhas: nenhum sanduíche para comer, nenhum celular para checar, nenhum trabalho para corrigir, nenhum livro para ler. Ela deve nos ver encarando-a, porque baixa os olhos, e os cabelos caem diante do rosto como uma cortina. Nolan e eu saímos andando na direção oposta, nos afastando dela e, com sorte, de seu campo de audição.

– E se minha mãe perguntar por que estou fazendo vídeos pela casa?

– Só diga a ela que é um trabalho para a escola, ou algo assim.

Inclino a cabeça para o lado, pensando no assunto. Na verdade não quero continuar a mentir para ela. Não parece bom, não parece *natural*, como andar para trás ou tentar escrever com a mão trocada.

– Acho que isso não é uma mentira completa – digo lentamente. – Quero dizer, você *está* fazendo um trabalho extra sobre fantasmas. Será que não poderia usar isso tudo nele?

– Claro – diz Nolan, mas ele faz uma cara meio estranha que não consigo entender. Caminhar em círculos por uma pista faz com que eu me sinta como um hamster em uma gaiola, mas aperto o ritmo um pouco até ficar alguns passos à frente dele. – Além disso, você disse que sua mãe está ocupada demais, ela pode nem perceber, certo?

Balanço a cabeça lentamente.

– É claro. Boa lembrança. Certo.

Quando mostrei a ele o vídeo do Dr. Hoo mais cedo, Nolan praticamente saiu comemorando. Ele na verdade ficou empolgado, não horrorizado, por ter mais provas de meu fantasma. Ou talvez de fantasmas em geral. Não era surpresa que ele quisesse que eu fizesse mais vídeos. Eles são prova de que as histórias de seu avô eram verdadeiras, ou, pelo menos, poderiam ter sido verdadeiras. Prova de que seu avô não era o velho maluco que todo mundo achava que fosse.

– Ei! – Reduzo o passo para voltarmos a caminhar no mesmo ritmo. – E se... quero dizer, você conhece algum especialista?

– Especialista?

– Você sabe, gente que tenha experiência com esse tipo de coisa. Talvez eles possam me ajudar, ou algo assim.

– Você quer dizer como os Caça-fantasmas? – diz, rindo.

– Não, não estou querendo dizer como os Caça-fantasmas – respondo, franzindo o nariz igual a minha mãe. – Quero dizer... seu avô tinha algum amigo, pessoas que ele mencionou em alguma de suas histórias?

Dessa vez é Nolan quem caminha fora de ritmo, mas, em vez de acelerar, ele anda mais devagar. Na verdade, ele para completamente. Agora consigo ler a expressão em seu rosto, e não é boa. Ops, eu não devia ter mencionado o avô. Quero dizer, não acho que ele esteja prestes a chorar nem nada, mas parece tão triste que fico tentada a estender os braços e abraçá-lo. Mas claro que não faço isso. Em vez disso, digo:

– Desculpe, Nolan. Não quis parecer insensível.

Nolan sacode a cabeça.

– Não é isso. Eu só queria que meu avô ainda estivesse vivo. *Ele* provavelmente seria capaz de nos ajudar.

– Sinto muito – repito.

– A maioria de seus amigos está morta. Na verdade, só sobrou mesmo minha avó, e ela nunca prestou muita atenção a suas histórias de fantasmas.

– Foi uma sugestão boba.

– Não, é uma boa ideia. Quero dizer, se você está com a casa infestada de insetos, você chama um dedetizador, certo? – Eu concordo com a cabeça. – Se sua pia quebra, você chama um encanador – prossegue ele.

– Então você está dizendo que está na hora de chamar um especialista?

Nolan assente.

– Nós só temos de achar um, primeiro.

Não acho que vai ser tão fácil encontrar um especialista em fantasmas quanto um dedetizador ou encanador.

– Vou à casa de minha avó neste fim de semana. Acho que ela não tocou em nenhum dos papéis da mesa dele.

– Papéis? – repito. É estranho pensar em Nolan revirando a mesa do avô, como se as respostas de que precisamos fossem estar claramente identificadas em uma pasta.

Nolan balança a cabeça afirmativamente.

– Sei que ele escreveu algumas de suas histórias. Você nunca sabe o que mais pode haver ali.

Fico tentada a perguntar se posso ir com ele, mas posso dizer pela expressão no rosto de Nolan que isso é algo que ele prefere fazer sozinho. Além disso, como explicaria minha presença para sua avó? *Oh, oi, vovó, essa é minha colega de escola, Sunshine. Sei que ela não* conheceu o vovô, mas você se importa se ela me ajudar a revirar a mesa dele à procura de pistas sobre fantasmas?

Depois da escola, vou a pé para casa segurando meu telefone diante de mim, como os policiais fazem com suas armas nos filmes. Mas não estou tentando matar ninguém (é óbvio). Só quero pegá-los. Mamãe não está em casa (é claro); ela está no trabalho. Há um bilhete grudado na geladeira que diz: *Não espere acordada*. Não me dou ao trabalho de tirar o bilhete. Tenho quase certeza de que ele vai servir para amanhã à noite e para a noite seguinte.

Pego uma maçã e subo a escada para capturar o que quer que esteja do outro lado da porta do meu quarto antes de entrar. Mas com a maçã em uma das mãos e o celular na outra, fico sem mão livre para girar a maçaneta, por isso ponho a maçã na boca, segurando sua polpa com os dentes. Em seguida, estendo o braço, giro a maçaneta e me preparo.

O tabuleiro de damas está bem onde o deixei ao lado de minha cama, e vejo que alguém fez um movimento em resposta: é minha vez. Mas acho que damas não são mais suficientes para ela. Meu tabuleiro de Banco Imobiliário está armado no chão com todas as peças no lugar, as notinhas de dinheiro em cores pastel distribuídas cuidadosamente para dois jogadores.

Descalça, piso no cachorrinho do jogo de Banco Imobiliário e solto um grito. Eu me abaixo e o apanho, apertando-o na mão.

– Jogar damas não é mais suficiente, hein? – pergunto com um sorriso. Eu atravesso o quarto e jogo os dados.

– Seis e seis – grito em triunfo. – Quero ver fazer melhor! – Vou jogar com ela, se é isso o que ela quer. Se isso a mantiver fora do banheiro, vou jogar todos os jogos que tenho. Mas só até conseguir descobrir quem ela é e por que está ali.

CAPÍTULO TREZE

# O corte de uma faca

*Nolan estava certo*: mamãe não questiona quando digo a ela que estou usando o telefone para filmar coisas pela casa para um trabalho da escola.

— Uma colagem em vídeo sobre minha casa para a aula de artes visuais — digo, desejando que a srta. Wilde realmente passasse esse tipo de trabalho em vez de ficar à espreita pela escola inteira. Mamãe ergue os olhos da papelada na qual está trabalhando por tempo suficiente para sorrir para mim. Talvez esteja aliviada por ver que estou falando de outra coisa que não fantasmas, para variar. Ou talvez esteja ocupada demais para se importar.

Começo em meu quarto, gravando o movimento dos unicórnios de vidro, os jogos de tabuleiro espalhados pelo chão, o modo como o Dr. Hoo está virado para um lado diferente cada vez que abro a porta. Levo o telefone comigo para todo lado, pronta para gravar a qualquer momento. Evito completamente o banheiro, não há nada ali para ver, não mais, e desço para a sala, gravando o som de passos leves no andar de cima. Subo as escadas correndo, tentando capturar a imagem de um espectro de verdade fugindo pelo corredor, mas claro, no minuto em que ponho os pés na escada, os passos param. Capto luzes piscando e portas batendo. E, claro, gravo nossos jogos. Estamos em nossa segunda partida de damas — eu ganhei a primeira — e estamos ocupadas construindo impérios no Banco Imobiliário.

Mas acho que ela está roubando. Quero dizer, não exatamente roubando, mas também não seguindo totalmente as regras. Voltei para o quarto uma vez e vi que a peça dela estava em Marvin Gardens. Mas quando olhei para seu último lance de dados, cinco, e contei as casas de volta para seu ponto de partida anterior no tabuleiro, ficou claro que ela devia ter parado na Companhia das Águas. Por isso me abaixei ao lado do tabuleiro e voltei a peça uma casa.

Mas assim que tirei os dedos do sapato, ele deslizou de volta para Marvin Gardens.

– Ei! – grito. – Sem roubar. – Tentei outra vez, e ela tornou a deslizar de volta. Dessa vez, a peça estava molhada quando a toquei. – Era de se imaginar que você ficaria à vontade na Companhia das Águas – murmurei, deslizando-o para o lugar mais uma vez. Eu o segurei ali por um bom tempo.

E então, eu juro, alguma coisa, alguém, deu um tapa com tanta força em minha mão para tirá-la do caminho que caí para trás.

– Nossa, faça como quiser – disse eu, tornando a me sentar de pernas cruzadas diante do tabuleiro. Eu me debrucei sobre ele e o estudei. E então de repente entendi, e me senti idiota por não ter percebido antes. Ela não queria estar na Companhia das Águas nem por um instante. O símbolo da Companhia das Águas era uma torneira aberta.

– O que você está tentando me contar? – Fechei os olhos, lembrando os sons de água se espalhando no banheiro naquela noite.

Ela não respondeu. Eu me levantei, fui até minha mesa e peguei o marcador preto mais grosso que pude encontrar. Debrucei-me sobre o tabuleiro e risquei a casa da Companhia das Águas até ficar praticamente invisível.

– Pronto – disse eu. – Vamos continuar o jogo como se a Companhia das Águas nem existisse.

Então recebi uma resposta: o som delicado do riso de uma criança. E logo eu estava rindo também, junto com ela.

Talvez esse fosse seu plano o tempo todo. Fazer com que eu *gostasse* dela. Fazer com que me importasse.

No sábado, mamãe tem mesmo um dia de folga – *aleluia!* –, e vamos ao supermercado fazer compras para preparar o jantar juntas, como costumávamos fazer em Austin. (Tento não pensar no que aconteceu depois da última vez em que mamãe preparou o jantar.)

– O que nós vamos comer esta noite? – pergunto ansiosa. Ela imprimiu uma receita nova da internet e está examinando a lista de ingredientes.

– Frango à marsala. – Mamãe sorri enquanto empurra o carrinho através da seção de hortifrúti, parando para pegar uma bandeja de cogumelos. Ela está usando jeans e um moletom cinza. Não consigo lembrar-me da última vez que a vi usando algo diferente de seu uniforme cirúrgico cor pastel de enfermeira.

– Você espera que eu coma fungos? – pergunto, fingindo incredulidade. Mamãe sabe que eu adoro cogumelos.

– E que goste – responde. – Nós só precisamos encontrar o vinho... – Ela ergue os olhos para as placas acima de cada corredor, caminhando devagar até encontrar o certo. Ela está apoiada no carrinho a sua frente como uma pessoa idosa faz com um andador. Todas as jornadas longas e ter de trabalhar até tarde da noite a estavam esgotando. Ela estava com olheiras e bocejava muito.

– Por que não me deixa cozinhar esta noite? – ofereço-me. – Você podia só ficar de pernas para o ar e descansar.

Mamãe sacode a cabeça.

– Você sabe que é mais divertido quando fazemos isso juntas – diz ela, e eu sorrio. Eu queria ajudá-la e tudo mais, mas também meio que esperava que ela dissesse isso.

Em casa, desembalamos as compras e começamos a trabalhar. Ponho a comida de Oscar e Lex enquanto mamãe tira seu moletom, revelando por baixo a camiseta de sua escola.

– Ei! – grito. – Você roubou a minha camiseta com o cavalo selvagem.

– Com certeza, não. Não se esqueça de que, antes, ela era minha.

– A posse anterior não a livra do crime de seu furto.

Mamãe sorri.

– Sunshine, você tem ideia do que acabou de dizer?

Sacudo a cabeça.

– Não, mas pareceu bonito – respondo. – Ouvi alguma coisa assim em um seriado policial ou algo assim – acrescento, sorrindo de volta. Tudo é tão deliciosamente comum que fico tentada a me inclinar para frente e beijá-la. Mas isso não seria comum, por isso não faço. Mamãe começa a fatiar os cogumelos. Ela nem se dá ao trabalho de acender as luzes da cozinha antes de começar.

– Está escuro demais aqui – digo, ligando o interruptor, mas a cozinha não fica nem um pouco mais clara. Acendo as luzes acima da mesa da cozinha para melhorar, mas não faz diferença. Levo um segundo para perceber o motivo.

Quero dizer, claro que há neblina lá fora – qual a novidade? –, mas, nesse momento, há neblina do lado de *dentro*. A névoa vem serpenteando das janelas por cima da bancada e em torno do fogão, sobre a geladeira e por baixo da mesa, nosso próprio fenômeno meteorológico.

Hesito antes de pegar meu telefone; não quero atrapalhar nossa noite normal. Mas acho que a neblina idiota já destruiu nossa breve incursão à normalidade, por isso vou em frente e tiro o celular do bolso do jeans que roubei de mamãe em agosto. Mamãe está tão concentrada em cortar os cogumelos que nem percebe quando eu aperto o botão de gravar e filmo a cozinha, caminhando em um círculo enorme em torno dela, filmando até o último centímetro de névoa. Se estivéssemos em um filme, esse seria o momento em que um espectro de verdade apareceria. Toda a neblina se juntaria e se condensaria até tomar a forma de uma garotinha. Talvez ela abrisse a boca e dissesse algo.

Faço a volta na bancada do centro e paro em frente a mamãe. Foco a câmera no centro da cozinha, esperando. Mamãe ocupa um espaço pequeno no canto da tela; o som de sua faca cortando os cogumelos é uma espécie de rufar regular de tambor, um depois outro, depois outro.

De repente, o som muda, e o canto de minha tela fica vermelho.

— Mãe! — grito, deixando o telefone cair com um barulhão na bancada. Seu pulso esquerdo está sangrando.

— Devo ter me cortado — diz ela, declarando o óbvio. Ela está muito mais calma do que eu estaria se fosse eu quem estivesse sangrando. Ela *é* uma enfermeira, afinal de contas.

— Não me diga que minha falta de jeito está passando para você — digo, mas a piada não tem graça. Talvez porque minha voz esteja trêmula quando digo isso. Pego um bolo de toalhas de papel e o aperto contra seu pulso esquerdo.

— Você está tremendo, Sunshine — disse mamãe. — Você ainda tem tanto nojo de ver sangue?

Aquiesço, mas não é só o sangue. Estou tremendo porque estou congelando. A temperatura ali parece ter caído trinta graus nos últimos trinta segundos. Sinto ânsias de vômito com o cheiro bolorento de mofo no ar.

A mão direita dela ainda está segurando a faca. Ela a está apertando tanto que os nós de seus dedos estão brancos.

— Você pode largar isso — digo, apontando. — Mãe? — insisto. — Largue a faca.

Ela sacode a cabeça.

— Eu não acabei.

— Os cogumelos podem esperar. — Tento pegar a faca quando de repente...

— Ai! — grito. Agora sou eu quem está sangrando. Ergo minha mão esquerda a minha frente. Há um corte na base de meu polegar. Lágrimas brotam em meus olhos.

— Sunshine! — grita mamãe. — O que você estava querendo fazer? — Eu sacudo a cabeça, o que eu *estava* pensando ao tentar pegar uma faca daquele jeito? Eles ensinam esse tipo de coisa a você no jardim de infância: nunca pegue uma faca pela lâmina.

Mas eu não queria pegar a faca pela lâmina. Fui pegar a mão dela, que segurava o cabo da faca, e devo ter escorregado ou algo assim.

— Deixe-me ver sua mão — disse mamãe, estendendo o braço. Ela não percebe que o ambiente está tão frio que a respiração sai de sua boca como vapor. Por uma fração de segundo desejei ainda estar com meu telefone na mão, gravando aquilo tudo. Não, isso é loucura. Eu tive de largar o celular para ajudar. O fantasma é importante e tudo mais, mas nem de perto tão importante quanto o fato de que minha mãe e eu estamos sangrando.

Meu sangue pinga na bancada ao lado do sangue de minha mãe.

*Ping, ping. Ping, ping.*

De repente, a cozinha está girando. Minha cabeça parece estar cheia de hélio e parece prestes a se soltar e sair voando. Meu corte não é nem de perto tão feio quanto o de mamãe, mas mesmo assim... é sangue demais.

Chego para o lado, e minha mão deixa uma trilha sangrenta sobre a bancada. Por alguma razão, não consigo manter os olhos abertos.

Quando dou por mim, estou deitada no sofá, com mamãe de pé ao meu lado.
– O que aconteceu?
– Você desmaiou.
– Desmaiei?
– Acho que todo aquele sangue foi demais para você – diz ela.
Lá se foi nossa noite normal.
– Não acho tão engraçado – protesto. Minha mão está perfeitamente enfaixada; então foi mamãe. As vantagens de viver com uma especialista na área médica.
– Como eu vim parar no sofá?
– Eu carreguei você.
– Você? Desde quando você aguenta me carregar?
– O jantar está pronto – diz ela.
– Você fez o jantar?
– É claro – responde ela, como se fosse a coisa mais óbvia a fazer depois que você e sua filha se cortam e sua filha desmaia. Levanto-me e a sigo até a cozinha, ainda me sentindo meio zonza. A névoa desapareceu completamente, exceto por algumas marcas de condensação espalhadas pela bancada. O ambiente está claro, com todas as luzes acesas, e mamãe está servindo frango em dois pratos.

Talvez não seja tarde demais para salvar essa noite normal, penso esperançosa. Ponho um sorriso no rosto e me forço a dizer:
Parece delicioso.
Mas, quando corto a carne, vejo que não vai ser.
– Mãe, você acha que isso está bem cozido?
– Do que você está falando? – responde ela, estendendo a mão sobre a mesa e espetando a carne do frango com o garfo. A carne amarelada escorre água ao atravessar até seu lado da mesa, e tento não vomitar quando ela leva a carne quase crua até a boca e a mastiga com prazer.

— Não coma isso! — grito. — Você vai passar mal.

— Não seja ridícula. Está perfeito. — Seu ferimento não sarou, e sangue escorre pela lateral da atadura em cima do frango em seu prato. Eu a observo comer tudo: a carne malcozida, as gotas de sangue. Se meu telefone não estivesse longe, na bancada da cozinha, eu ia gravar isso, também. Se bem que ficaria difícil de assistir, do jeito que minhas mãos estão tremendo.

Não sei o que é isso, mas com certeza não está perfeito. Como minha mãe pode achar que alguma coisa esteja perfeita?

# O primeiro corte

*Sempre gostei de uma expressão humana: o primeiro corte é o mais profundo. Claro, na verdade não acredito nisso. O primeiro corte normalmente mal consegue causar qualquer dano real. São os ferimentos que vêm depois a verdadeira causa de preocupação.*

*Sunshine finalmente fez contato com a criança. Estou satisfeito por ter escolhido um espírito jovem para essa tarefa: atrair Sunshine com jogos funcionou maravilhosamente. Ela podia ter passado meses sem interagir, preocupada apenas com o que estava acontecendo com Katherine.*

*Mas sem dúvida essa garota tem a capacidade de se importar não só com a mulher a quem chama de mãe. Ela se importa com o sofrimento do espírito também; pude sentir sua preocupação quando ela cobriu a casa no jogo de tabuleiro que trazia a imagem de uma torneira. Sunshine não podia ter entendido completamente por que a imagem seria tão incômoda para a criatura com quem estava jogando, mas mesmo assim soube exatamente o que fazer para acalmar a ansiedade do espírito.*

*Empatia pode ser uma ferramenta poderosa.*

*Mas, bem, empatia não é a única sensação que agora está correndo através de Sunshine. Também sinto seu medo: eu o sinto quando seu pulso se acelera, quando suas mãos ficam úmidas e frias. Ela não entende o que está acontecendo com Katherine. Sem dúvida ainda não viu que há algo maior em ação, aqui, algo maior que os acontecimentos em sua casa pequena e úmida.*

*Ela está assustada. Eu estou curioso: ela vai deixar que o medo ou a empatia determine seu próximo movimento? Vai tomar tempo para aprender mais, ou vai se enfiar embaixo das cobertas e torcer para que* uma manhã acorde e descubra que tudo voltou a ser como era antes? Sem dúvida ela sente saudade da época em que suas noites com Katherine eram cheias de risos e afeição, não aço e sangue. Quando sobrenatural era uma palavra que existia apenas em histórias em vez de uma realidade em sua casa. Quando ela não tinha de questionar se tudo o que sabia sobre o mundo havia mudado.

Isso é quase suficiente para me fazer sentir pena dela. Ela ainda não entende que nada jamais será como antes. Talvez eu envie uma ajudazinha para ela, algo, ou alguém, para botá-la na direção certa.

Metaforicamente falando – quem sabe talvez literalmente, também – daqui para frente, os cortes só vão ficar mais profundos.

## CAPÍTULO QUATORZE

## Faça novos amigos

– *Vamos começar com a explicação mais óbvia* – diz sensatamente Nolan. – Sua mãe tem alguma razão para ferir a si mesma?
– *Essa* é a explicação mais óbvia? – protesto. – E que tal a faca ter escorregado, e minha mãe ter se cortado acidentalmente?
– Com você se cortando quase imediatamente em seguida? – pergunta com incredulidade Nolan. Eu mexo em minha atadura; mamãe disse que não precisávamos de pontos, mas temos de manter os ferimentos limpos e secos por alguns dias.

Agora estamos na biblioteca, matando a aula de artes visuais de segunda-feira. Eu não podia aguentar a ideia de ter essa conversa com a srta. Wilde à espreita no canto da sala, escutando. Foi a segunda vez na vida em que matei aula e, apesar de ser uma emergência – a vez anterior também foi uma emergência –, eu me sinto muito culpada por isso. Eu me repreendo mentalmente para não fazer daquele tipo de coisa um hábito. Nolan parece ainda mais nervoso em relação a ser encontrado, apesar de ter sido originalmente ideia dele ir para a biblioteca.

– Você está bem? – pergunto.
Ele balança a cabeça distraidamente.
– Eu na verdade nunca matei uma aula antes – revela. Ele parece um pouco embaraçado por essa confissão, como se achasse que é o único aluno do penúltimo ano da Ridgemont High para quem matar aula não é um velho hábito.

Se ele soubesse.

Nolan deve ter assistido ao vídeo que gravei no sábado mais de dez vezes. Ele parece muito mais interessado no acidente de mamãe, na parte que eu evito olhar por causa do, *eca, sangue*, do que no nevoeiro que captei com a câmera.

– Ela não cortou minha mão – digo agora. – Foi minha culpa. Eu tentei pegar a faca.

Nolan sacode a cabeça negativamente.

– Sei que você é desajeitada, Sunshine, mas na verdade não acho que você iria segurar uma lâmina assim.

– Então você acha mais provável que minha própria mãe tenha esfaqueado a si mesma e a mim? Não seja ridículo.

– Sunshine, você está ao menos *olhando* para isso? – pergunta.

– Do que você está falando?

Ele ergue minha câmera diante de nós e dá um zoom no canto inferior direito onde minha mãe está cortando cogumelos.

– Veja com atenção – orienta ele.

Vejo minha mãe fatiar um cogumelo, depois outro. Ela está tão cuidadosa e metódica como imagino que seja quando auxilia em cirurgias no hospital. Na verdade, nunca a comparei na cozinha com seu trabalho, mas penso que talvez ela goste de receitas, com suas instruções claras, sua lista de quantidades e ingredientes, porque de um jeito estranho elas a lembram de seu trabalho.

Nolan para o vídeo.

– Preste atenção.

– Estou prestando – insisto.

– Posso dizer quando sua mente está viajando.

– Não pode, não – digo, mas estou corando.

– E não feche os olhos quando surgir sangue na tela.

– Desmaiei da última vez que vi tanto sangue assim – lembro a ele.

– Tudo bem, mas isso é só uma *gravação* de sangue. Não tem sangue de verdade aqui na biblioteca com você.

– Isso não faz tanta diferença quanto você pode pensar. – Mesmo quando estou só assistindo a algum programa sobre hospitais na TV, cubro os olhos durante as cenas sangrentas.

– Fique de olhos abertos – orienta Nolan, tornando a iniciar o vídeo. Abro bem os olhos.

Na telinha de meu telefone, posso ver que mamãe não tira os olhos da faca. Com o mesmo cuidado que tomava para fatiar os cogumelos, ela ergueu a faca e a desceu até atingir seu pulso, tirando sangue. A superfície de sua pele está molhada, não só com sangue, mas com água da névoa que a cerca. Seu cabelo está pingando como se ela tivesse acabado de sair do chuveiro. Eu nem sequer percebi que, na hora, por mais que houvesse muita umidade ali no ar, ela estava atingindo só minha mãe e não a mim.

– Abra seus olhos, Sunshine – lembra-me Nolan. Ele aperta o *pause*.

– Certo – digo. – Desculpe.

Ele torna a apertar o *play*, e eu observo enquanto ela aperta com mais força, cortando mais. Apesar de provavelmente estar sentindo dor, ela não para até que ouço minha própria voz gritando.

Foi quando deixei a câmera cair, então não há mais nada para ver depois disso.

– Oh, meu Deus – suspiro, e Nolan balança a cabeça afirmativamente.

– O que você acha que veríamos se você estivesse gravando quando ela cortou você?

Sacudo a cabeça e me encolho na cadeira. Uma vez, quando tínhamos seis anos, Ashley me chutou no estômago sem querer quando jogávamos Twister, e ainda me lembro de como me dobrei, achando que nunca mais ia recuperar a respiração. Mamãe disse que perdi a respiração, e agora eu me sinto como se alguém tivesse feito isso de novo, dado um soco no meu estômago e me deixado sem ar, em um esforço para conseguir respirar.

Nolan pôs meu celular em cima da mesa diante de nós e arrastou sua cadeira para perto de mim; eu me concentrei no som da cadeira arranhando o piso de linóleo. Talvez esteja deixando uma marca e nós teremos problemas por danificar propriedade escolar, além de qualquer problema que já tenhamos por matar aula.

Antes que ele possa passar o braço ao meu redor, eu me sento e aprumo a coluna. Ele põe com delicadeza a mão em minhas costas, entre meus ombros. Posso sentir o calor de sua pele através de minha camiseta; é o mais próximo que jamais chegamos do verdadeiro contato pele contra pele. Eu sinto como se fosse vomitar. Respiro fundo e engulo em seco, quase sentindo calor.

Acima de todo o resto, o toque do garoto que eu talvez-meio-que-goste me faz ter ânsias de vômito. *Fantástico.*

– Eu disse a você que não era boa com sangue – digo por fim, na esperança de que ele pense que essa é a razão por eu estar praticamente sufocando.

– Ninguém, na verdade, se dá *bem* com sangue, certo? – responde Nolan, dando de ombros. Ele tira a mão de minhas costas e arrasta lentamente sua cadeira pelo chão para longe de mim. O enjoo melhora.

– Minha mãe não tem problema – digo, mordendo o lábio inferior. Por uma fração de segundo mordo com mais força, perguntando se foi assim que mamãe se sentiu quando a faca tocou sua pele. Quando eu era pequena, chorando com o joelho ralado, perguntei a ela por que tinha de doer tanto, e minha mãe disse que a dor na verdade era uma coisa boa, que é o modo de o corpo nos avisar que há alguma coisa errada, o jeito que o corpo tem de dizer: *pare*. Aperto meus dedos contra o couro cabeludo, e suas pontas desaparecem sob minha cabeleira sempre eriçada e cheia de frizz.

Sacudo a cabeça negativamente.

– Ela não é do tipo de pessoa que iria ferir a si mesma. Quero dizer, às vezes ela fica mal-humorada quando tem trabalho demais ou algo assim. E sei que posso irritá-la. Mas ela é feliz. E... veja bem, não quero que pareça que sou supermelosa nem nada, mas sei, com certeza, que ela nunca, jamais iria me machucar. Não de propósito. Não...

– Não se ela estivesse no controle – termina Nolan por mim.

De repente, sinto vontade de chorar. Ele deve ter sentido, porque muda de assunto. Ou pelo menos segue para a possibilidade seguinte.

– Então temos de considerar a explicação menos óbvia. Que o fantasma a forçou a fazer isso.

Engulo em seco.

– Tem mais – digo em voz baixa. – Quero dizer, outra coisa aconteceu nessa noite. Ela comeu... – Só em pensar nisso me embrulha o estômago. – Mais tarde na mesma noite ela ainda fez o jantar. Mas ela não o *cozinhou*. O frango estava praticamente cru. E ela o comeu mesmo assim. Ela disse que estava *perfeito*. – A palavra deixa um gosto azedo em minha boca, mas Nolan não parece enojado, só muito preocupado. Continuo. – Não entendo. Quero dizer, a garotinha sempre parece tão simpática. Eu achava mesmo que ela só queria brincar comigo. Será que ela está me enganando para que eu confie nela?

– É possível – reflete Nolan. – Alguns tipos de espírito são famosos por serem traiçoeiros. Ou talvez... talvez ela não esteja sozinha.

– O que você quer dizer?

– Você mesma disse... ela estava implorando pela vida naquela noite no banheiro.

– E?

– E... ela estava implorando para quem?

– Não sei – respondo desesperada. Passo o vídeo mais uma vez, tentando identificar alguma forma na névoa, procurando alguma coisa (alguém?) parada atrás de minha mãe, controlando seus movimentos como se ela fosse uma simples marionete. Mas a neblina é tão densa e fica mais densa quando ela se corta, que é impossível ver qualquer coisa a mais.

Agora estou mais confusa que nunca. Será que há dois fantasmas em minha casa assombrada? Um bom e um mau? Cruzo os braços sobre a mesa e deito a cabeça sobre eles. Meus cachos fazem cócegas em minhas mãos. Nem me dei ao trabalho de prendê-los em um rabo de cavalo. Qual o sentido? Tenho quase certeza de que um elástico não teria a menor chance contra tudo isso.

Posso sentir a mão de Nolan pairando sobre mim, como se ele quisesse esfregar minhas costas. Meus músculos se enrijecem de expectativa, e ele se afasta.

— Vamos chegar ao fundo disso — promete ele.

Eu ergo a cabeça.

— Você teve alguma sorte em achar um especialista que possa nos ajudar? — pergunto esperançosa.

— Não exatamente. Mas consegui uma pista em um dos arquivos antigos de meu avô. Um professor de uma universidade de uma cidadezinha aqui perto.

— Que tipo de faculdade tem um departamento de fantasmas? Nolan dá de ombros.

— Temos de começar por algum lugar, certo?

— Estou com medo. E se eu não estiver lá na próxima vez em que minha mãe...

— Você *vai* estar lá. Olhe, você disse que esses dias ela tem trabalhado o tempo todo, certo?

Concordo com a cabeça.

— Então não deve ser tão difícil estar em casa para que ela não fique sozinha. E se ela se ferir no trabalho, bem...

— Pelo menos ela já está no hospital — concluo por ele. Ele balança a cabeça afirmativamente, e eu dou um suspiro profundo. Acho que é uma sorte minha mãe ser enfermeira. E se ela fosse professora, advogada ou algo assim?

Nolan deve sentir que apesar da proximidade de cuidados médicos, não estou exatamente tranquila com a ideia de minha mãe querida se ferir no trabalho, então ele acrescenta:

– Enfim, se é a casa que é assombrada, e é o fantasma q...
– Ou fantasmas – interrompo.
– Ou fantasmas – concorda ele – que a fizeram se machucar, então, na verdade, você não tem de se preocupar com ela quando ela não está em casa.

Balanço a cabeça afirmativamente no momento em que toca o sinal anunciando o fim da terceira aula. Empurro a cadeira debaixo da mesa, enfio o telefone no bolso da calça e pego a mochila no chão.

– Acho melhor irmos para a aula.

Nolan concorda.

– Tenho laboratório de química.
– Literatura – respondo. Nossas respectivas salas de aula ficam em lados opostos da escola, por isso partimos em direções diferentes. Quanto mais longe fico dele, mais frio sinto, até meus braços e minhas pernas ficarem arrepiados, até os pés. Paro diante de meu armário e pego minha japona azul-marinho e a visto. Eu a encontrei em um brechó lá em Austin; os botões originais tinham desaparecido muito tempo atrás, e os seis que os substituíam não eram iguais, mas um arco-íris de cores diferentes.

Como estar perto de Nolan pode provocar uma sensação tão boa e tão ruim? Quando estou perto dele, fico aquecida. Será que foi assim que mamãe se sentiu quando me segurou pela primeira vez? Sacudo a cabeça, não, porque sempre que Nolan realmente me toca parece tão errado que fico tentada a sair correndo para o mais longe dele que minhas pernas, que não são particularmente atléticas, possam me levar.

Tudo bem, então talvez eu não vá ser arrebatada por um romance que vá mudar minha vida como Elizabeth Bennett. Não é mesmo como se eu tivesse tempo para me apaixonar, não com todo o resto que está acontecendo. O que importa é que Nolan é meu amigo, o primeiro amigo novo que faço desde o primário. É diferente de Ashley, ele acredita em fantasmas e se preocupa com o que está acontecendo em minha casa. Ele assistiria àquele vídeo mais dez vezes se eu pedisse, e eu não conseguiria fazer com que Ashley o visse nem uma única vez. Nolan não acha que sou completamente doida por ver o que vi. E como ele também pode ver, tenho prova de que não estou louca.

Para chegar à aula, tenho de passar pela sala de artes visuais. Quando vejo a srta. Wilde parada na porta, eu me preparo, esperando ser mandada para a sala do diretor por matar aula. Mas, em vez disso, quando passo, as extremidades da boca de minha professora de arte se erguem em um sorriso sutil, do tipo que, se você piscar, perde.

Antes de me jogar na cadeira da sala de aula, pego o telefone e mando uma mensagem para Nolan.

*E se houver um dia em que eu não possa estar lá com minha mãe quando ela estiver em casa?*

Não tenho de esperar nem trinta segundos antes que ele mande sua resposta:

*Então eu estarei lá.*

## CAPÍTULO QUINZE
## De Ridgemont direto para o fogo?

*No sábado à tarde,* Nolan me envia uma mensagem, sem texto, só a imagem de uma reportagem velha e amarrotada encontrada entre os papéis de seu avô. Não consigo ler muito mais que o título: "Professor local promete provas: fantasmas são reais".
Escrevo uma resposta de imediato: *vamos procurá-lo.*
Alguns dias mais tarde, depois da aula, estou sentada ao lado de Nolan em seu Chrysler azul-marinho enorme e acabado.
— Era do meu avô — diz com orgulho, arregaçando as mangas de sua jaqueta de couro.
— Sua avó simplesmente deixou que você ficasse com ele?
Ele sacode a cabeça.
— Não. Vovô me deu quando ainda estava vivo. Meus pais tomaram a carteira dele mais ou menos na época em que eu tirei a minha. — Pelo som da voz de Nolan, acho que seu avô não abriu mão da carteira exatamente de boa vontade. Tento imaginar o confronto: não dá para deixar ao volante um velho maluco que acredita em fantasmas. Eu me pergunto com que idade a crença do avô de Nolan no mundo paranormal deixou de ser algo que os amigos achavam apenas um traço estranho de personalidade e passou a ser ignorado como as histórias sem sentido de um velho maluco.
— Qual era o nome de seu avô? — pergunto com delicadeza.
— Por quê?
— Não sei. Sinto como se ele tivesse nos juntado... — Oh, meu Deus... *tivesse nos juntado?* O que estou dizendo? Não estamos juntos, não juntos de fato pelo menos. — Só quis dizer.... Acho que tenho

de agradecer a ele pelo fato de você ter acreditado em mim naquele dia na biblioteca. Por isso acho que eu devia saber o nome dele, é só.

Nolan balança a cabeça pensativo.

— Ele, na verdade, se chamava Nolan. Meu nome é em sua homenagem.

— Bem, obrigada, Nolan — digo com delicadeza, as palavras carregadas de significado.

Não consigo imaginar um passeio mais diferente dos que os que Ashley deve fazer no conversível de Cory Cooper. Ashley me mandou uma selfie que tirou esta manhã dos dois no carro dele, ambos de óculos escuros para proteger os olhos, apesar de ser novembro, a caminho de um festival de música no Centro de Austin. Respondi: *Parece divertido!* Agora tento imaginar como ela reagiria se tivesse enviado para ela uma foto minha com Nolan no carro dele essa manhã seguindo não para um festival, mas para uma universidade da qual nunca ouvi falar a algumas cidades de distância onde o professor da reportagem é o responsável pelo departamento de estudos paranormais. Ela sem dúvida não ia responder que parecia divertido.

Após um ou dois quilômetros de silêncio, Nolan diz:

— Sabe, se ele estivesse aqui, ia agradecer a você.

— A mim? — digo com voz esganiçada. — Por quê? Por arrastar seu neto amado para o meio dos meus problemas?

Nolan inclina a cabeça para o lado, pensativo.

— Basicamente — diz ele por fim, e nós dois caímos no riso.

— E então, ele alguma vez cumpriu a promessa?

— Quem cumpriu que promessa?

— Este professor. — Eu tiro a reportagem que Nolan encontrou de dentro do porta-luvas. — *O professor Abner Jones promete provar a existência do paranormal* — leio. — Acha que ele conseguiu encontrar essa prova?

Nolan dá um sorriso.

– Você acha que precisa de mais prova?

– Não para mim – respondo depressa. – Estou falando para as outras pessoas.

– Acho que provavelmente teríamos ouvido falar se ele tivesse conseguido. Quero dizer, teria sido notícia em todo o país, não só uma reportagem em um jornal local que encontrei guardada na escrivaninha do meu avô, certo?

Balanço a cabeça afirmativamente.

– Certo. – Passo o dedo pela reportagem. Foi publicada em 1987, antes que Nolan e eu tivéssemos nascido, mas menciona a localização da sala do professor no campus: Levis Hall. Nolan tentou encontrar seu endereço de e-mail no site da universidade, mas não teve nenhuma sorte. Apesar disso, encontrou a descrição de um de seus cursos junto com uma listagem em que constava o horário de trabalho em seu gabinete: quartas-feiras, das duas às cinco.

– Acha que seu avô chegou a se encontrar com ele?

Nolan dá de ombros.

– Não sei. Acho que vamos ter de acrescentar essa a nossa lista de perguntas.

Balanço a cabeça afirmativamente. Não é uma lista assim tão grande. Na verdade, tem apenas uma pergunta: "O senhor pode nos ajudar?" Fecho os olhos e imagino um tipo intelectual grisalho e de óculos, dizendo:

– *É claro que posso! É moleza.*

Tudo bem, talvez ele não vá dizer exatamente isso, mas estamos prestes a obter algum esclarecimento sobre tudo o que está acontecendo. Tenho certeza. Para isso servem os especialistas, certo?

É a primeira vez que deixo Ridgemont desde que nos mudamos para cá, e na verdade fico ansiosa quando cruzamos o limite do condado. Espero que a sensação fria e assustadora que saturou minha vida desde a mudança para lá – bem, não fria agora, pois Nolan está perto, mas ainda assustadora – melhore.

– Não melhora. Eu olho fixamente pela janela.

– Está preocupada com sua mãe? – pergunta Nolan.

Nego com a cabeça.

– Na verdade, não é isso. Quero dizer, não nesse exato momento. – Mamãe estava em segurança no trabalho; tinha saído antes que eu acordasse de manhã e até me deixou um bilhete dizendo que não estaria em casa a tempo de dar o jantar de Oscar e de Lex, portanto eu devia fazer isso. Nolan e eu tínhamos bastante tempo.

– O que é, então?

– Estou só cansada dessa sensação assustadora. Você morou aqui a vida inteira... você se acostumou com isso?

– Com isso o quê?

– Com essa sensação de *Ridgemont*. Desde que nos mudamos para cá, nada parece... certo. Tudo que toco é frio, minhas mãos estão sempre molhadas. E o ar sempre parece rarefeito e úmido, de um jeito que respirar fundo chega até a doer.

– Ridgemont não provoca essa sensação em mim de jeito nenhum. – Nolan dá de ombros. – Quero dizer, essa história de fantasma é assustadora e tudo mais, mas o resto de minha vida é bem normal.

– Oh – respondo, surpresa. – Mesmo dentro da minha casa? Você não sentiu que, no minuto em que entrou, a temperatura caiu uns dez graus?

Ele sacode a cabeça. Talvez essas fossem sensações bônus que o fantasma estivesse reservando só para mim.

Ou talvez eu pudesse sentir coisas que outras pessoas não pudessem.

Sacudo a cabeça. Isso era só uma conversa doida.

## De Ridgemont direto para o fogo?

\* \* \*

Caminhamos pelo campus pelo que pareceram horas, mas não conseguimos encontrar o Levis Hall. A faculdade era cercada por abetos do Oregon, assim como as ruas de Ridgemont. Mas, diferente de minha vizinhança, o campus na verdade tem tratamento paisagístico, por isso há alguns amplos espaços abertos sem árvores, onde o parco sol (na verdade, não está tão parco agora que deixamos Ridgemont) consegue atravessar as nuvens. Pela primeira vez desde que nos mudamos para Washington, tenho razão para mexer em minha bolsa e tirar meus óculos de sol com lentes azuis. Havia alunos sentados no gramado diante dos alojamentos como se achassem que pudessem conseguir um bronzeado apesar do fato de ser novembro e fazer quase zero grau lá fora. Um grupo de garotos está jogando um frisbee enquanto garotas os aplaudem das laterais, o que parece bem menos divertido do que realmente jogar, se perguntar minha opinião.

Nolan para e pergunta a uma das garotas como chegar ao Levis Hall. Não estou perto o suficiente para ouvir sua conversa, mas posso dizer pela expressão no rosto da garota que ela se pergunta por que nós estaríamos interessados em ir para aquela parte do campus. Ou talvez, percebo enquanto Nolan afasta o cabelo louro-sujo da testa, ela apenas ache Nolan bonito. O ciúme me deixa com palpitações no estômago. Diferente de mim, ela está vestindo roupas normais, jeans que não são de brechó, com uma camiseta da universidade e óculos escuros pretos em vez de azuis. Seu cabelo é comprido, liso e cai escorrido abaixo do ombro, nada como minha bola de frizz. Remexo os dedos dos pés dentro dos meus All-Stars e puxo sobre os pulsos as mangas de meu suéter grande demais, obrigando-me a afastar o olhar, fingindo estar fascinada pela competição de frisbee. Não percebo o segundo em que Nolan dá as costas para ela e volta em minha direção.

– É lá do outro lado do campus – diz ele. Voltamos para seu carro e deixamos as garotas e o jogo de frisbee para trás. Quando finalmente paramos no estacionamento com calçamento rachado do Levis Hall, o carro de Nolan é o único ali. Ao abrir a porta, percebo que ele parece muito com o asfalto sob meus pés, tão raramente pisado que é coberto não só de folhas caídas, mas também por uma camada de poeira.

– Tem certeza de que esse é o lugar certo?

Nolan balança a cabeça afirmativamente, apontando para uma placa diante do enorme edifício de tijolos vermelhos em frente ao estacionamento.

– Levis Hall – lê. – É aí que fica o gabinete dele.

Desço do carro e fecho a porta, observando o prédio a nossa frente. Não consigo ver nenhuma luz vindo de nenhuma de suas janelas.

– Isso aqui parece uma cidade fantasma – digo.

– Isso foi uma piada? – pergunta Nolan.

– Bah, com certeza *não* foi uma piada.

Aparentemente, o elevador do Levis Hall está quebrado, então subimos pela escada. O piso sob nossos pés é de mármore, por isso nossos passos ecoam, e o corrimão é de madeira escura lisa, fria sob meus dedos. Não vemos mais ninguém, e as luzes fluorescentes que iluminam o corredor são fracas, fazendo com que tudo parecesse abandonado e triste.

– Acho que ele não é o professor mais popular – sussurro. Quando chegamos ao quarto andar, não estamos mais pisando sobre mármore, mas sobre linóleo, verde-escuro e coberto de poeira suficiente para me fazer espirrar.

– Acho que há muito, muito tempo esse professor não tem nada que lembre uma fila de alunos esperando por sua orientação – diz Nolan, concordando.

– Se é que já teve – acrescento.

Quando batemos à porta do escritório do professor, sala 4B-04, estou tremendo. Mesmo estar parada ao lado de Nolan não é suficiente para me aquecer nesse frio.

– Deve estar abaixo de zero, aqui – reclamo, batendo os dentes.

Então lembro que Nolan não sente aquilo.

Do outro lado da porta, uma pessoa grita:

– Entre!

CAPÍTULO DEZESSEIS

## Auxílio de um especialista?

*Aquela talvez seja a sala mais* bagunçada que eu já vi. Nolan teve de empurrar com toda força para abrir a porta porque tem uma pilha de papéis atrás dela. E outras pilhas de papéis espalhadas pelo chão. E livros em pilhas tão grandes que quase chegavam à altura de Nolan, ameaçando cair. Eu me pergunto há quanto tempo o professor trabalha aqui.

– Professor Jones – diz Nolan, estendendo a mão para um homenzinho sentado atrás de sua mesa. – Eu sou Nolan Foster. – Ele faz uma pausa, com esperança de ver uma centelha de reconhecimento diante do nome que ele compartilha com o avô, mas nada acontece.

O professor Jones parece ter cem anos de idade, com óculos grossos como garrafas de Coca-Cola no rosto, alguns fios ralos de cabelos brancos no alto da cabeça praticamente calva e a pele marcada por manchas de idade. Não é de surpreender que Nolan não tenha conseguido encontrar seu nome no sistema de e-mails da universidade – não tenho certeza se o homem já tenha sequer ouvido falar em e-mail. Ele sem dúvida já era adulto em uma época anterior à existência da internet. Não há nem computador na sua mesa.

Em vez disso, sua mesa está atulhada com papéis e livros, montes tão altos que tenho de ficar na ponta dos pés para ver o rosto inteiro do professor por trás deles. Ele sem dúvida passou da idade em que a maioria das pessoas teria se aposentado. Estala os lábios, porque não tem alguns dentes.

Auxílio de um especialista?

– Sentem-se – diz ele. Sua voz é seca como papel. É provavelmente a coisa mais seca em todo esse lugar encharcado de chuva.

Nolan e eu vamos nas pontas dos pés entre pilhas de papel até nos sentarmos nas cadeiras em frente a sua mesa. Bem, não exatamente nas cadeiras em si; em vez disso, nos empoleiramos nos livros apoiados em cima delas. Sinto papel amassar sob meu peso e aprumo as costas, tentando ficar mais leve para não estragar os livros embaixo de mim. Não que pareça que eles estejam sendo muito bem cuidados, mas mesmo assim não quero ser rude. Passo o dedo pelo que resta da ferida longa e estreita em minha mão esquerda, em curva ao longo da parte carnuda entre o polegar e o indicador.

– Então vocês estão com problemas com fantasmas? – diz com voz rouca o professor.

– Como o senhor sabia disso? – pergunto, cruzando os braços sobre o peito, tentando me aquecer.

– Por que mais vocês estariam aqui? – responde com um sorriso divertido nas beiras dos lábios finos. – É o fantasma de quem? – A pele em seu pescoço se agita quando ele fala.

Eu sacudo a cabeça.

– Não sei. Quero dizer, acho que é uma garotinha, mas não sabemos quem é.

Nolan acrescenta:

– Pesquisei sobre mortes ocorridas na casa de Sunshine e nas proximidades, mas não consegui encontrar ninguém que se encaixasse com o fantasma.

– Acho que ela deve ter uns dez anos. Porque quer brincar comigo o tempo todo.

– Ela quer brincar com você? – repete o professor Jones. Uma breve centelha rompe a turbidez de seus olhos cinza.

Balanço a cabeça afirmativamente.

– Damas, Banco Imobiliário, esse tipo de coisa.

— E você jogou com ela?

Ele faz essa pergunta com tamanha expectativa que hesito antes de responder. Talvez eu não devesse ter me relacionado com ela. Talvez quando fiz aquele primeiro movimento no tabuleiro de damas tenha cometido um erro enorme, como se ao deslizar a peça pelo tabuleiro eu a tivesse convidado a ficar.

— Achei que isso fosse deixá-la feliz.

O sorriso do professor parece ser resultado de grande esforço: ele demora para acontecer, primeiro seus lábios se alargam, depois os olhos se enrugam, e alguns de seus dentes amarelados aparecem. Ele respira ruidosamente e com dificuldade, tão ofegante como se estivesse levantando pesos, não apenas o próprio rosto.

— Achei que seria inofensivo... — acrescento com delicadeza.

O professor sacode a cabeça.

— Poucos espíritos são realmente inofensivos — diz ele com firmeza. — Não aqui, na Terra.

Ótimo, isso faz com que eu me sinta muito melhor. Acho que esse sujeito nunca ouviu falar em dar más notícias com delicadeza. Minha mãe diria que ele é rude com os pacientes, como alguns dos médicos com os quais ela trabalhou ao longo dos anos.

— Ultimamente, minha mãe tem agido de modo estranho, e outro dia... — Pego meu telefone dentro de minha bolsa, pronta para mostrar a ele o modo como minha mãe se cortou, mas o professor começa a falar antes que eu possa explicar.

— Mesmo o espírito mais amistoso é perigoso. Porque ele simplesmente não devia estar aqui. É um peixe fora d'água. Um gavião com asas quebradas. Um cavalo com a pata quebrada. Você sabe o que fazem com cavalos que quebram a pata, filha?

Eu olho para Nolan. Ele ergue as sobrancelhas, insistindo para que eu conte minha história.

— Acho que o fantasma está fazendo alguma coisa com minha mãe. Ou talvez não o fantasma da garotinha. Talvez seja algum ou-

## Auxílio de um especialista? 141

tro fantasma que ainda não tenhamos identificado. Mas ela tentou ferir a si mesma, minha mãe, quero dizer. Não o fantasma...

O professor bate as palmas, e eu levo um susto. Eu jamais poderia imaginar que ele teria energia para bater as mãos juntas com força suficiente para fazer um barulho tão alto.

– Espíritos não deviam estar aqui – diz ele com voz rouca. Eu me debruço para frente para ouvi-lo melhor. – Peixe fora d'água. Gavião com asas quebradas. Cavalo com patas quebradas.

Sacudo a cabeça.

– Desculpe, eu não estou entendendo direito aonde o senhor quer chegar...

– Eles deveriam seguir em frente – diz ele bruscamente. – Eles não pertencem a este lugar.

Eu olho para Nolan sem saber o que fazer.

– Meu avô era seu fã – tenta Nolan, como se talvez achasse que o professor fosse responder à lisonja. – O nome dele era Nolan Foster, assim como eu. Achei que talvez o tivesse procurado ao longo dos anos...

– Nunca ouvi falar – interrompe o professor Jones, gesticulando com indiferença.

– Ele não era um especialista nem nada – explica Nolan. – Só acreditava.

– Aposto que o chamavam de maluco – diz o professor com dificuldade e com a respiração ruidosa, tossindo entre cada palavra. Nolan balança a cabeça afirmativamente, e o professor Jones acrescenta: – Era disso que me chamavam.

Seria por isso que a universidade o havia enfiado no meio do nada naquele prédio quase abandonado? Talvez ele ache que estamos ali para rir dele, e talvez seja por isso que ele esteja falando por enigmas.

– O senhor pode nos ajudar? – pergunto por fim.

— Você pode se ajudar — responde ele.

— Como?

As pálpebras do professor piscam pesadamente, como se ele estivesse pegando no sono.

— Como? — repito. Minha voz sai esganiçada devido ao desespero. Agora seus olhos se fecham completamente, e seu queixo cai sobre o peito.

— Nós devíamos ir, Sunshine — diz Nolan. — Acho que devo ter nos trazido a um beco sem saída.

Sacudo a cabeça.

— Não tenho tempo para becos sem saída.

— Eu sei. — Nolan balança a cabeça afirmativamente. — Desculpe.

— Eu me levanto devagar. Estamos quase saindo quando ouço o professor murmurar alguma coisa às nossas costas.

Nolan se vira e se aproxima da mesa.

— O que foi, professor?

Ele repete o que disse, mas parece não fazer sentido nenhum para mim. Eu me esforço para tentar entender o que ele está dizendo, mas parece apenas "ooooo-each" para mim.

— Desculpe, eu não entendi isso — diz Nolan. — O senhor poderia repetir?

— Loo-seech — diz o professor. Agora seus olhos estão bem abertos e encarando fixamente os meus.

— Nolan — sussurro. — Devemos ir. Não acho que ele possa nos ajudar. — Não quero passar mais nem um momento nessa sala congelante. Aquilo faz com que me sinta sem esperanças. É isso o que acontece com quem acredita e envelhece? Ficam sentados sozinhos em saletas, com todo o seu conhecimento se acumulando até se transformar em nada mais que palavras sem sentido? Foi isso o que aconteceu com o avô de Nolan? O que vai acontecer com ele? Comigo?

Nolan volta e se debruça sobre a mesa para apertar a mão do professor Jones. Mas, em vez de apertar a mão de Nolan, o professor pega um livro velho enorme de sua mesa e o estende a sua frente com mãos trêmulas. Não há muitas palavras na capa de couro do livro, só algumas marcas douradas esmaecidas, como se talvez houvesse um desenho elaborado que há muito tempo tivesse se desgastado.

— Obrigado — diz Nolan com educação.

— Bem, isso foi estranho.
Nolan dá de ombros.
— Ele tentou nos ajudar.
— Não acho que ele *pudesse* nos ajudar.

Sinto um calafrio quando penso no professor Jones totalmente sozinho naquela sala solitária e fria. Quando tudo isso acabar, quando minha mãe estiver segura, vou voltar para visitá-lo. Vou trazer biscoitos, sopa, pudim ou o que quer que se deva levar para um idoso e passar uma tarde inteira escutando sua conversa sem sentido e fingir entendê-lo.

— Ele me deu isso. — Nolan aponta para o livro surrado com capa de couro que ele pôs com cuidado no banco de trás. Estamos quase de volta a Ridgemont.

— Viu todos aqueles livros na sala dele? Ele provavelmente dá um para cada visitante.

Nolan sorri.

— Não acho que ele receba muitas visitas.
— Não — concordo. — Acho que não.

## CAPÍTULO DEZESSETE

# O luiseach

– *Acho que descobri o que é um* luiseach – conta Nolan quando me acompanha até em casa alguns dias depois. Agulhas de pinheiros caem dos abetos do Oregon em minha cabeça.

– Achei que sempre-verdes não perdessem as folhas no outono – reclamo, tirando as agulhas do cabelo.

– Deixou uma – diz Nolan. Antes que consiga se aproximar o suficiente para tirar para mim, sacudo o cabelo e começo a pular.

– O que mais você está escondendo aí? – Ele ri.

– Não é engraçado. – Meu cabelo está tão encolhido e crespo que provavelmente poderia usá-lo para transportar contrabando. Eu o juntei em um nó amarfanhado na nuca.

– Enfim, o que você estava dizendo? Você descobriu o que é o *quê?*

– Um luiseach – responde ele. – Lembra, antes de sairmos da sala dele, o professor Jones disse?

– Lembro só de uma conversa sem sentido – respondo com honestidade.

– Sei que parecia isso, mas vi a palavra no livro que ele me deu.

– Como você descobriu a grafia? – Nolan enfia a mão na sua mochila e retira o livro. Parecia ainda mais enorme do que quando estava no banco traseiro de seu carro: encadernado em couro marrom rachado, tão grosso que Nolan tem de usar as duas mãos para segurá-lo.

– Você o está carregando por aí esse tempo todo? – O livro deve pesar um zilhão de quilos.

Ele balança a cabeça afirmativamente.

– Eu o estou lendo em toda oportunidade que tenho. Nem sempre faz sentido, partes dele parecem escritas em uma espécie de código, e partes não são nem em inglês, mas acho que finalmente estou conseguindo entender alguma coisa. – Ele abre em uma página que tinha marcado com um marcador de livros. – Aqui – diz ele, apontando para uma palavra no centro dela. Eu pego o livro. O papel é amarelado e fino, tão translúcido quanto papel encerado. A fonte é tão pequena que tenho de apertar os olhos para ler a palavra.

*Luiseach*.

– Louis-each? – digo, tentando ignorar as palpitações em meu estômago. Quem diria que apenas ver uma palavra impressa em papel poderia provocar uma reação física? – Como você sabe que essa é a mesma palavra que ele disse?

– Era a única palavra no livro parecida com a que o professor nos disse.

Ele não *nos* disse, penso, mas não digo nada, lembrando-me do jeito que me encarava quando falou. Ele disse para *mim*.

– Você já leu o livro inteiro?

Nolan dá de ombros como se não fosse grande coisa conseguir ler um volume de mil páginas em questão de dias.

De repente, uma gota grande e gorda de chuva cai do céu e aterrissa bem no centro da palavra nova de Nolan. Rapidamente Nolan guarda o livro de volta em sua bolsa.

– Vamos correr – diz ele. – Não quero arriscar molhar o livro. – Ele sai em disparada e segura minha mão quando faz isso.

Meus dedos se envolvem automaticamente em torno dos dele, como se, no nível inconsciente, todo esse tempo eles estivessem esperando pela mão de um garoto para segurar. Ao mesmo tempo, meu estômago está aos pulos, cambalhotas, mortais invertidos, o que quer que faça um estômago que dá a sensação de querer saltar de seu lugar dentro da barriga e sair voando por sua boca.

Por isso, solto minha mão da de Nolan, abaixo a cabeça e saio correndo. Quando chegamos a minha casa, estou arfando, como Oscar faz quando está a trinta graus do lado de fora. Não que eu consiga lembrar qual a sensação de uma temperatura como essa. Meu cabelo está empapado, mas pelo menos dessa vez não é totalmente devido à chuva. Eu estou realmente suando, pelo que parece ser a primeira vez desde que mudamos para cá.

– Não é uma corredora, hein? – Nolan ri enquanto abro a porta para nós. Entro na frente e sigo até a cozinha, tiro a mochila e desabo em uma cadeira à mesa. Nolan sorri e nos pega bebidas na geladeira como se fosse a casa dele, e eu, sua hóspede. Ou pelo menos com a mesma familiaridade com que Ashley costumava navegar por nossa cozinha lá em Austin. O que é bem legal.

Quando finalmente recupero o fôlego, digo:

– Tudo bem, então me diga o que você acha que é um luiseach, exatamente.

Nolan se joga na cadeira ao meu lado e pega o livro em sua bolsa. Eu me pergunto quantos anos ele tem. É engraçado pensar em um livro como aquele junto do livro de química e do trabalho de casa de matemática de Nolan. Só mais uma tarefa, mais pesquisa.

Só que em vez de um 10 do professor, se fôssemos bem, íamos evitar que minha mãe se machucasse novamente.

– Tudo o que estou prestes a dizer vai parecer loucura – alerta ele enquanto abraça o livro junto ao peito.

– Não tenho certeza de o quanto mais loucas as coisas podem ficar – digo com tristeza.

– Pelo que entendi, e como disse, esse livro não é a coisa mais fácil do mundo de decifrar, luiseach são algum tipo de guardiões paranormais. Eles são bem preparados para sua tarefa porque podem estar perto de fenômenos paranormais e ainda assim permanecer em perfeita segurança, eles não precisam se preocupar em ser possuídos, esse tipo de coisa.

– Se minha mãe tivesse essa sorte – digo melancólica.

– Não é exatamente sua mãe quem eu tenho em mente – murmura Nolan.

– O quê?

– Não quero botar o carro na frente dos bois – diz ele rapidamente, colocando o livro sobre a mesa da cozinha e folheando suas páginas finas. Ele tira seus óculos de armação metálica do bolso e os põe. – Segundo isso, luiseach existem há séculos e vivem vidas longas. – Ele lê em voz alta do livro: – *Como eles podem sentir espíritos mais velhos, luiseach são normalmente atraídos pelo passado.* – Ele ergue os olhos. – Acho que isso significa que eles gostam de coisas antiquadas. Você sabe, antiguidades, cemitérios, histórias sobre como o mundo era antigamente, esse tipo de coisa.

– Parece gente como eu – faço uma graça, tomando um gole d'água. – Então você está dizendo que precisamos encontrar um luiseach para desempenhar um exorcismo, ou algo assim?

Nolan sacode a cabeça negativamente.

– Não exatamente.

– Por que não? Parece que um luiseach é exatamente o que precisamos nesse momento.

– É – concorda Nolan. – É mesmo. Só não acho que precisamos *encontrar* um, exatamente.

– Por que não? Você tem um luiseach escondido no bolso, ou algo assim? – Estendo a mão para pegar sua mochila e finjo remexer em seu interior, como se achasse que pudesse encontrar um luiseach lá dentro. Acho que eu escolhi um mau momento para fazer piada, porque Nolan nem me deu um sorriso de pena.

– Não – diz devagar Nolan, e eu bebo outro gole de água. – Estou dizendo que acho que *você* é uma luiseach.

A água literalmente espirra por meu nariz e eu a cuspo por cima de toda a mesa a minha frente. Nolan se debruça sobre o livro para protegê-lo dos respingos.

– Eu disse a você que ia parecer loucura – diz ele.

Sacudo a cabeça, fingindo não me lembrar de como o professor Jones olhou para mim quando disse a palavra.

– Tudo bem, mas tem loucura e *loucura*.

– O que faz você achar que *não* é uma luiseach? – Nolan se encosta e cruza os braços sobre o peito.

Nem sei por onde começar.

– Uhm, você está brincando? Nem sabemos se luiseach realmente existem fora das divagações incoerentes de um velho possivelmente senil.

– E este livro! Ele diz que os luiseach parecem humanos e vivem entre humanos, eles têm apenas... – Nolan se esforça para encontrar as palavras certas – Certas habilidades – decide por fim – que fazem com que não sejam exatamente humanos.

– Só porque uma coisa está em um livro não quer dizer que seja verdade. – Faço um esforço e pego o livro da mesa. Ele deve ter um milhão de anos de idade. Tudo bem, não tão antigo. Mas talvez mais velho que uma primeira edição de *Orgulho e preconceito*. Eu o folheio, tentando decifrar o que há de tão poderoso nessas páginas que conseguiu convencer Nolan de que eu sou algo não humano. Ou talvez algo mais.

Não há página de créditos, nem editora, nem ficha catalográfica como em um livro de verdade. Pelo que posso ver, não tem título nem autor.

Todo livro tem autor. Talvez esse só não quisesse que ninguém soubesse quem fosse.

Quando torno a pôr o livro na mesa, minhas mãos tremem tanto que eu praticamente o largo, e ele cai sobre ela com uma pancada alta.

— Digamos, apenas por hipótese, que luiseach sejam reais. Não há possibilidade que eu seja uma. Você mesmo disse que luiseach podem estar perto de fenômenos paranormais em absoluta segurança.

Eu não estou em segurança! Estou o tempo todo com medo. Fico assustada em todo lugar que vou.

— Exatamente! — praticamente grita Nolan.

— Exatamente o quê?

— Você disse que, agora, está se sentindo esquisita há meses, com frio e estranha, em todo lugar que vai.

— E o que você quer dizer com isso? — pergunto, apesar de não estar bem certa de querer saber a resposta.

— Acho que essa sensação de medo é você sentindo a presença de espíritos ao seu redor. Eu não sinto. Sua mãe não sente. Só você sente. Você é capaz de perceber algo que o restante de nós não consegue, mesmo que eu acredite em fantasmas como você e possa ver todas as provas de que sua casa é assombrada, assim como você.

Sacudo a cabeça com tanta força que meu pescoço dói.

— E você mesmo disse isso, você está *brincando* com ela. Talvez uma pessoa normal não conseguisse interagir com um fantasma desse jeito.

— Eu não estava tentando *interagir* com ela. Isso parecia ser apenas o que ela queria...

— Certo, mas quantas pessoas normais estariam preocupadas com o que um fantasma quer? — retruca Nolan. — E você ama coisas velhas. Minha jaqueta, todas essas roupas antigas...

— O quê? Então ter um senso de estilo diferente do convencional me transforma em algum tipo de super-heroína paranormal? — digo com incredulidade, como se apenas trinta segundos antes eu não estivesse imaginando que um luiseach se vestisse como eu.

— Só tem uma coisa que não consigo entender — acrescenta ele lentamente. — O livro diz que ser um luiseach é hereditário. Então sua mãe devia ser uma também. Mas ela foi totalmente afetada pelo fantasma, ou espírito, ou demônio, o que quer que esteja na casa com vocês. – Nolan se debruça mais uma vez sobre seu livro, examinando com cuidado as páginas como se acreditasse que, se olhasse com bastante atenção, as respostas simplesmente apareceriam. Tudo o que acontece em seguida parece se desenrolar em câmera lenta. Tudo menos meu coração, que está acelerado. Afasto minha cadeira da mesa e me levanto devagar. Nolan não ergue os olhos, está lendo cada detalhe com a mesma atenção com que eu leio Jane Austen. Lentamente, como se eu estivesse com medo de tropeçar e cair, começo a andar de um lado para outro pela cozinha. Oscar e Lex me seguem, com expressões intrigadas, como se até soubessem que há algo errado.

Eu digo com delicadeza:

– Eu sou adotada.

– O quê? – pergunta Nolan, ainda sem tirar os olhos do livro.

– Eu sou adotada – repito mais alto e começo a andar de um lado para outro em velocidade normal.

Agora Nolan levanta a cabeça.

– Isso também não quer dizer que eu sou uma louise, loo, o que quer que você chame isso. Quero dizer, há muita gente adotada nesse mundo, não significa nada.

– Você tem razão. – Ele balança a cabeça. – Mas esse monte de gente não está na mesma situação em que você.

– Fale mais sobre essas coisas. Louises.

– Loo-seach – corrige Nolan.

– Que seja – dou de ombros. Sei como pronunciar. Só não quero fazer isso.

Continuo a andar de um lado para outro enquanto Nolan fala.

– *Antigamente, luiseach eram criados em comunidades isoladas, treinados desde a infância para proteger do lado sombrio do mundo paranormal os humanos.*

– O que isso significa? O lado sombrio do mundo paranormal? Um vento frio sopra pela cozinha apesar das janelas fechadas. Eu estremeço, mas não paro de andar.

– É agora que as coisas ficam complicadas...

– É *agora* que as coisas ficam complicadas? – resmungo. – Elas não têm sido exatamente muito fáceis até agora!

– O livro diz que há dois lados do mundo paranormal, como os dois lados de uma moeda.

– Ou de um ímã – resmungo, mas acho que ele não me escuta.

O mundo paranormal é feito de espíritos que permanecem por aqui depois que morrem, esperando para serem mandados para o além. – Antes que eu possa fazer a pergunta óbvia seguinte, Nolan diz: – O livro não diz nada sobre o que é o *além*. – E prossegue: – O lado de luz inclui fantasmas e espíritos razoavelmente inofensivos e até prestativos.

– Poucos espíritos são realmente inofensivos – digo, relembrando os alertas do professor.

– Bem, talvez não, mas aqui diz que a maioria das pessoas que morre está bem ansiosa para seguir adiante. Não parece certo ficar para trás. Mas de vez em quando um espírito se recusa a seguir em frente. E ficar aqui os muda, faz com que fiquem sombrios. Eles ficam tão desesperados para se agarrar à vida que começam a mexer com os vivos, como poltergeists que podem se apossar de corpos humanos, esse tipo de coisa. Ao longo dos séculos, além de ajudar os espíritos que estão dispostos a seguir em frente, os luiseach protegeram os humanos, forçando os espíritos sombrios, os que permanecem por aqui tempo demais e se tornam demônios, a ir para o outro lado.

Eu paro de andar.

Então luiscach são uma espécie de anjos da guarda de toda a humanidade? – Com certeza eu não sou isso. Sou fraca demais para ser anjo da guarda de alguém.

— Uma espécie de — assente Nolan. — Eles até exorcizam espíritos que se recusam a seguir seu caminho, que provocam o caos em vidas humanas. A palavra luiseach significa "aquele que traz a luz" em celta...

— Celta? — repito.

— Irlandês antigo — explica Nolan. — Apesar de que acho que a palavra *luiseach* seja anterior a essa língua.

— Como uma palavra pode ser mais antiga que uma língua?

— A palavra era falada antes em uma língua ainda mais antiga — explica Nolan, como se a resposta fosse óbvia. — Enfim, luiseach enviam bons espíritos para a luz e lançam luz onde os espíritos são sombrios. Eles supostamente trazem uma espécie de luz e alegria aonde quer que vão. — Nolan olha para mim sem piscar até que eu fico vermelha. Será que ele está tentando me dizer que sente uma espécie de luz e alegria quando está perto de mim?

Eu, nesses dias, não me sinto exatamente cheia de luz e alegria.

— Sei que parece loucura — diz Nolan. — Sei mesmo. Mas você tem de admitir que aqui há muitas provas. Como eu disse, a palavra significa literalmente aquele que traz a luz.

— E? — Cruzo os braços sobre o peito como se isso de algum modo fosse desacelerar as batidas de meu coração.

— E... — diz, e eu juro, acho que ele está corando. — Seu nome *é* Sunshine, raio de sol.

— Isso é só um nome. Não significa nada. Minha mãe não ouviu falar nessas coisas quando escolheu meu nome.

Nolan não sabe a história da primeira vez que minha mãe me tomou nos braços. *Com você nos meus braços, garotinha, eu senti que estava em um estado de luz do sol permanente.* Fecho os olhos. Mais de uma vez tinha brincado que talvez ela tivesse sentido o sol na primeira vez em que me segurou porque ela estava morando no Texas e era agosto, e fazia cerca de um milhão de graus na rua, mas essa piada em especial nunca a fez rir. Ela sempre ficava séria. *Não teve nada a ver com o clima*, insistia sempre ela. Eu acho que foi o mais perto que minha mãe cética e científica chegou de acreditar em magia.

Agora Nolan está dizendo que talvez isso *tenha sido* magia. Ou seja lá do que quer que os luiseach chamem seus poderes.

Será que isso significa que quando minha mãe me pegou, aquela sensação cálida de sol que experimentou não era apenas seu instinto maternal entrando em ação como havia acontecido com milhões de mães antes dela? Em vez disso, ela sentiu o que sentiu porque eu não era totalmente *humana*?

Sinto um calafrio. Se outra pessoa tivesse me pegado nos braços antes, talvez tivesse me levado para casa em vez dela. Talvez eu fosse o sol de outra pessoa. Seria essa razão por mamãe nunca ter precisado de outra pessoa? Por raramente ter saído com alguém, nada ter ficado sério? Porque ela tinha a mim e a minha luz, o que quer que isso signifique, e isso fazia com que ela sentisse que não precisava de mais nada? Seria isso alguma espécie de ilusão que eu provocava inconscientemente, um truque que fazia sem intenção?

Aperto os olhos ainda mais. Talvez mamãe não tivesse nem desejado ficar comigo se eu fosse normal, talvez me pegar no colo não tivesse feito nenhuma diferença de pegar as dezenas de bebês que ela provavelmente já tinha pegado naquele dia.

Sacudo a cabeça. Não. *Não*. Eu sou a filha de minha mãe. Torço o nariz como ela faz e tenho o mesmo senso de humor ridículo. Luiseach ou não, e provavelmente *não*, quero dizer, a prova de Nolan é fraca, no máximo, eu e ela fomos feitas para ficar juntas, como ela sempre disse.

E eu a amo tanto que não vou deixar esse fantasma ou demônio ou poltergeist ou espírito das sombras ou o que quer que esteja nessa casa machucá-la.

Abro os olhos e atravesso a cozinha e me afundo na cadeira ao lado de Nolan.

— Me conte mais — digo em voz baixa. Ele se debruça sobre o livro e começa a ler.

— Se o luiseach fracassar em sua causa, as criaturas das trevas destruirão a humanidade.

— Bem, isso é um alívio — digo, apesar de sentir como se tivesse um nó na garganta. — Estava preocupada que fosse algo sério.

# Ela está chegando mais perto

Sunshine está chegando mais perto. Posso sentir toda vez que ela desperta um novo poder, alcança uma nova compreensão. Senti quando ela teve o frio pela primeira vez. Ela percebe isso como fraqueza, a sensação estranha no estômago, o modo como seu coração se acelera, o arrepio nos braços. Para ela, é como uma doença. Mas logo, assim que passar, vai aprender a utilizar essa sensação, como se deixar tomar por ela, recebê-la e liberá-la. A maioria de nós consegue fazer isso intuitivamente, mas até agora ela não deixou sua intuição assumir o controle. Quando finalmente começou a entender apenas o que o frio podia significar, afastou à força esse entendimento, negou o que estava começando a compreender. Ela está lutando contra isso.

E mesmo assim, apesar de sua luta, ela está fazendo progressos. O professor foi um belo truque, se posso dizer. Terei de agradecer a Abner por sua participação. Foi necessário um grande esforço para colocar ele e seu gabinete no lugar, mas valeu muito a pena. E os livros foram um toque brilhante. Só uma ajuda mínima, um empurrãozinho para botá-los na trilha certa.

Eles não perceberam enquanto meu carro os seguia pelas curvas sinuosas do campus. Logo depois que foram embora, Abner apareceu ao meu lado:

– Ela não entende – disse ele. – É com essa garota que você está contando para consertar o que foi destruído?

Mas nem Abner sabe a verdade. Não quero exatamente consertar nada. E Sunshine talvez seja a razão para que eu não precise fazer isso.

*Foi bem conveniente ela ter encontrado esse Nolan tão depressa, outro ponto positivo. Se me importasse com essas coisas, ia achar emocionante que a jornada de Sunshine estivesse dando a ele uma sensação de paz em relação ao próprio avô, um dos poucos homens que realmente se preocupava com o mundo paranormal. Em outros tempos, quando convivíamos com humanos, talvez viesse a conhecer o homem. Eu poderia ter confirmado suas crenças. Mas essa época passou faz muito tempo. Ela foi anterior até mesmo a mim, e eu sou a criatura mais antiga que conheço.*

*Era Nolan quem devia ler o livro, encontrar a palavra e pronunciá-la em voz alta primeiro. É, eu acho adequado, levando em conta o que ele vai ser para ela, que seja ele a encaixar as peças no lugar. Mas isso não é sobre ele. É sobre ela.*

*É bom ver quanta luta ela tem em seu interior. Sua vontade é forte, sua essência, poderosa. Eu me pergunto por quanto tempo ela vai continuar lutando até perceber que deve canalizar essa luta para uma utilidade melhor.*

## CAPÍTULO DEZOITO

# Peças do quebra-cabeça

*No dia seguinte, a caminho da escola*, ensaio o discurso que pretendo jogar sobre Nolan no instante em que o encontrar: cheguei à conclusão de que não sou um desses anjos da guarda. Quero dizer, não sabemos nem se alguma pessoa de fato é. Só temos o livro do professor Jones para nos basear, e ele pode nem ser um livro de verdade. Para todos os efeitos, ele poderia ter sua própria impressora escondida naquele prédio. Sem dúvida parecia haver bastante espaço disponível. Não quero parecer cética, mas isso tudo parece um pouco coisa de outro mundo demais para ser verdade.

A última linha do discurso é a parte que está me pegando. Porque, para começar, o fato de minha casa ser assombrada também é bem coisa de outro mundo. Nolan vai logo observar que se uma coisa de outro mundo pode ser verdade, por que não outra?

E eu estou com problemas para encontrar argumentos que contradigam isso.

É quase Dia de Ação de Graças. Finalmente não sou a única aluna enrolada com chapéu e cachecol toda manhã. Hoje estou vestindo um cardigã cinza aconchegante que é pelo menos dois números maior; as mangas passam muito de meus pulsos, e nem me dou ao trabalho de enrolá-las porque elas estão mantendo minhas mãos aquecidas. Na verdade, com mangas tão compridas, não preciso de luvas. Alguém no ramo de suéteres devia tentar totalmente explorar esse mercado: suéteres com mangas extracompridas que dispensam luvas para manter você aquecido! Eles iam ganhar milhões. Ou talvez, não: todo o resto das pessoas na escola está usando roupa de seu tamanho certo, por isso é possível que eu seja a única consumidora de um produto como esse.

É quinta-feira, e não temos artes visuais às quintas, por isso minha melhor chance de encontrar Nolan é no corredor entre as aulas. Mas ele me alcança primeiro e começa a falar antes que eu possa começar meu discurso.

— Vou passar na sua casa depois da escola, hoje — declara ele. — Li mais algumas coisas.

Não temos muito tempo antes da aula, por isso tento condensar meu discurso em uma única frase.

— Escute, Nolan, acho que você está depositando muita fé em um livro aos pedaços que um velho potencialmente louco lhe deu.

— Pelo canto do olho, vejo a srta. Wilde apoiada em uma parede de armários no corredor. Não há como ela nos ouvir com o barulho dos garotos gritando e rindo, armários abrindo e fechando com força. Mesmo assim, tenho a sensação de que ela pode estar escutando.

Sacudo a cabeça negativamente. *Relaxe, Sunshine.*

Antes que eu possa dizer qualquer coisa, Nolan retruca:

— Não estou apenas botando fé em um livro velho e aos pedaços. Descobri mais coisas online ontem à noite. — O sinal toca, e ele vai para a aula antes que eu possa dizer que ele arruinou por completo o restante de meu argumento.

Mais tarde, Nolan está sentado à mesa em minha cozinha novamente, e estou sentada à frente dele. Dessa vez, no lugar do livro disposto a sua frente, há uma pilha de folhas que imprimiu da internet.

— O que você fez, deu um google na palavra *luiseach* e imprimiu os resultados da Wikipédia?

Nolan dá um riso nervoso.

– Não. Quero dizer, comecei pesquisando luiseach no Google, mas claro que não apareceu nada. Eu solto um suspiro pequeno, muito pequeno, de alívio.

– Mas – prossegue ele, e meu alívio se esvai –, então comecei a pesquisar palavras como *espíritos das sombras* e *anjos da guarda* e *exorcismos* e *possessão*. Não estava chegando a lugar nenhum, aí dei um Google em *casa assombrada* junto com a palavra *guardião*. E o resultado foi esse. – Ele ergue uma folha toda impressa, coberta de palavras que não entendo.

Puxo as mangas para cima e pego o papel, tentando não olhar para a cicatriz feia em forma de meia-lua na minha mão esquerda. Ela ainda tem uma aparência vermelha e inflamada, como se não quisesse curar. Mamãe provavelmente tem uma marca equivalente no pulso, só não cheguei perto dela recentemente para ver.

– O que é isso? Grego?
– Latim.
– Você fala latim?
– Claro que não. Só usei o tradutor. – Nolan me mostra outra folha impressa. – Vê alguma palavra que reconhece?

Bem, vejo várias palavras que reconheço como "*e*" e "*o*" e "*idade*", mas tenho quase certeza de que a palavra da qual Nolan está falando é "*luiseach*", repetida várias e várias vezes ao longo da tradução.

– Uhuuu – digo. Estou sendo sarcástica, mas na verdade estou muito, muito impressionada com a pesquisa de Nolan. Eu nunca teria encontrado tudo isso sozinha. Em parte, porque eu não queria. Quero dizer, quero salvar minha mãe como jamais quis qualquer coisa, mas também não quero ser uma guerreira mística ancestral.

A verdade é que eu também procurei a palavra *luiseach* no Google. Mas, diferentemente de Nolan, desisti antes de encontrar.

— Aqui tem uma coisa interessante — começa Nolan, apontando para uma área na metade da terceira página. — Diz que luiseach se tornam adultos aos 16 anos. Até então, são incapazes de perceber fantasmas ou espíritos.

— Fiz 16 algumas semanas antes de nos mudarmos para cá.

Nolan balança a cabeça pensativamente.

— É uma coincidência bem estranha, não acha? Você faz 16 e quase imediatamente se muda para uma casa assombrada?

— Mas nós só nos mudamos para cá depois do meu aniversário — digo, logo em seguida desejei não ter falado essas palavras, pois elas fazem com que pareça que na verdade concordo com a teoria de Nolan. E eu com toda a certeza não acredito ser um luiseach. N... não *exatamente*.

Nolan examina as páginas a sua frente.

— Mas você deve ter sentido *alguma coisa* no momento em que fez aniversário, mesmo que não tenha sido tão forte quanto o que você sente nesta casa. — Ele aperta os lábios como se estivesse tentando entender algo.

O *momento* em que eu fiz 16 anos é um instante difícil de determinar, porque sou adotada. Não tenho uma mãe biológica que me conte histórias sobre o momento exato de meu nascimento, que me fale sobre as horas de contrações dolorosas e de empurrar com força até o som de meu choro alertá-la para o fato de que uma pessoa nova surgira no quarto. Ashley costumava afirmar que sua mãe lhe contou que ela nasceu exatamente à meia-noite. Ela dizia que, tecnicamente, tinha dois aniversários, pois seu nascimento estava localizado entre dois dias.

As coisas que sei sobre meu nascimento são muito mais vagas. Mamãe me contou que fui encontrada no hospital no meio da noite, na madrugada de 15 de agosto. Eu ainda estava coberta do que chamam de líquido amniótico e eu chamo de gosma de parto, apesar de estar enrolada em um cobertor amarelo macio. Eles podiam dizer que eu tinha nascido apenas algumas horas antes. Por isso, apesar de ter sido encontrada no dia 15, sempre comemoramos meu aniversário no dia 14. Ela tinha certeza absoluta de que era o dia certo, dizia, porque a ciência não mente.

Não posso detectar muita ciência nas páginas que Nolan e eu estamos olhando agora. Mamãe diria que são contos de fadas, não fatos. Queria que ela estivesse aqui, despejando explicações científicas para contradizer toda essa insanidade. Mas, se mamãe estivesse aqui, do jeito que anda agindo ultimamente, provavelmente ia confiscar os papéis de Nolan e me mandar para o meu quarto. *Chega dessa bobagem*, diria ela.

– O que você lembra de seu aniversário deste ano? Houve alguma sensação diferente?

Dou de ombros.

– Nada fora do comum.

– Bem, relembre como foi seu dia – insiste Nolan. Ele tira os óculos. – Talvez isso refresque sua memória.

– Não tive uma festa de debutante nem nada assim. Estávamos só eu, minha mãe e Ashley, ela é minha melhor amiga, lá em Austin. – Ele balança a cabeça afirmativamente. – Nós jantamos e comemos bolo. – Na verdade, esse ano fizemos a mesma coisa para meu aniversário que fazíamos desde que eu completei 13 anos e convenci minha mãe de que ela podia parar de fazer festas de aniversário, já que eu não era amiga da maioria de meus colegas de turma de sua lista de convidados. Eu só queria ela, Ashley e um bolo diferente a cada ano. 13: bolo de chocolate alemão. 14: bolo veludo vermelho. 15: torta de creme de banana (não é tecnicamente um bolo, eu sei, mas estava deliciosa). E este ano, 16, bolo de cenoura com cobertura de *cream cheese* (sem passas, por que as pessoas botam passas em biscoitos e bolos?, eca). Não posso acreditar quanto tempo eu costumava passar pensando que tipo de bolo eu queria em cada ano. Isso agora parece tão irrelevante.

— Mamãe fez um bolo — digo. — Ela o decorou com velas.

— 16 velas — balança a cabeça Nolan.

— Na verdade, 17. Uma a mais para crescer. Minha mãe faz isso todo ano. — Não que ela acredite em desejos de aniversário, claro. Ela só gosta de bolos e velas.

— Você fez um desejo?

Eu hesito. Todo ano sempre espero até o último segundo para decidir qual vai ser meu desejo. Não decido até estar debruçada sobre o bolo e inspirando fundo. Gosto de escolher coisas pequenas, não a paz mundial ou ganhar na loteria. Prefiro fazer desejos que realmente tenham chance de se realizar. No meu aniversário de 13 anos, desejei que Oscar se curasse de uma infecção no olho da qual estava sofrendo havia meses. No de 15, desejei tirar uma boa nota no meu teste preliminar de avaliação do ensino médio.

Mas esse ano... Não lembro. Na verdade, acho que não fiz pedido nenhum. Fecho os olhos e tento lembrar. Será que aconteceu alguma coisa que me levou a esquecer de fazer um?

Visualizo a noite do meu aniversário, nós três derretendo no calor no Texas, porque mamãe insistiu para que abríssemos as janelas em vez de ligar o ar-condicionado.

— Ar fresco é bom para vocês — dizia ela, cansada e enjoada do frescor artificial de outro dia passado no ar-condicionado central do hospital.

A casa estava parecendo quase uma área de calamidade pública porque já havíamos começado a embalar nossas coisas. Metade dos livros e das roupas estavam encaixotados. Oscar andava em círculos em torno dos meus pés, como se soubesse que o bolo desse ano não tinha chocolate — chocolate é um veneno para os cães — talvez nós lhe déssemos uma prova.

– Ouviu isso? – pergunta de repente Nolan. Abro os olhos. Há passos vindo do andar de cima. Mas não delicados, fugidios. Em vez disso, parece alguém andando de um lado para outro.

Olho para o teto e digo em voz baixa:

– O que você está tentando me dizer?

Os passos ficam pesados, como se alguém estivesse pulando para cima e para baixo.

Fico de pé e me debruço sobre a mesa. Lá no Texas, foi naquela mesma mesa onde minha mãe botou o bolo, ainda quente no meio. Respirei fundo, imitando o modo como eu o devo ter cheirado antes de soprar as velas. Agora minha pele está toda arrepiada; e meu coração, acelerado. E, de repente, eu me lembro: no meu aniversário, senti exatamente as mesmas sensações no instante em que inspirei sobre o bolo.

– Senti algo no meu aniversário de 16 anos – admito. – Foi como me senti quando me mudei para esta casa, só que durou apenas um segundo. Tipo quando você está com febre e sua pele está muito quente, mas você não consegue parar de tremer de frio. E meu coração estava acelerado como se tivesse acabado de correr por um quilômetro. – Faço uma pausa. – Não que eu saiba qual é a sensação de correr um quilômetro – acrescento, e Nolan dá um leve sorriso.

Será que fazer 16 anos, e não a mudança para Ridgemont, foi o evento que deu início a essa sensação de algo-está-errado que agora me segue aonde quer que eu vá?

– Isso não quer dizer que eu seja um luiseach – acrescento com hostilidade, afastando-me da mesa. – Isso pode ter sido um milhão de outras coisas. Talvez eu estivesse passando mal por algum motivo. Você tem de reconhecer que isso é uma prova muito fraca.

Espero que Nolan discuta, mas, em vez disso, ele dá um suspiro e diz:

— Eu sei. — Torno a sentar. — Isso é como tentar montar um quebra-cabeça de um milhão de peças sem uma imagem do resultado final para guiar você. — Ele folheia as páginas. — Também diz aqui que luiseach nunca estão sozinhos. Eles têm a ajuda de um protetor e de um mentor. Segundo diz aqui, a essa altura, seu mentor ou mentora já deveria ter se apresentado a você. Eles devem aparecer para iniciar seu treinamento quando você faz dezesseis anos. — Ele passa os dedos pelo cabelo fino. — Mas talvez isso fosse na época em que os luiseach viviam em comunidades isoladas, e as coisas agora sejam diferentes. Não consigo descobrir.

— E em relação ao protetor? — pergunto. Prefiro, de qualquer modo, a sonoridade de um protetor que a de um mentor. Alguma proteção ia cair bem nesse momento. — Aí diz alguma coisa sobre quando o protetor aparece?

— Há ainda menos sobre protetores. — Nolan empurra os papéis sobre a mesa em minha direção. — E era de se imaginar que agora seria a hora de pelo menos o *protetor* aparecer — acrescenta, ecoando meus pensamentos. — Você bem que está precisando de alguma proteção, com sua mãe em perigo.

## CAPÍTULO DEZENOVE

## Presa em uma teia

*O barulho de chaves balançando* na porta da frente dá um susto em nós dois.

– Mamãe nunca chega em casa tão cedo. – Afasto a cadeira da mesa e começo a fazer uma pilha com os papéis de Nolan tão depressa que é um milagre não me cortar com as folhas. Estou sentindo algo que nunca, nunca senti antes: nervosismo por minha mãe estar prestes a entrar em casa.

– Oi, mãe! – digo, um pouco alto demais. Se Nolan percebe minha alegria falsa, ele não diz nada. Talvez esteja apenas curioso para finalmente dar uma olhada em minha mãe na vida real, essa pessoa de quem tanto ouviu falar, essa pessoa que ele viu se machucar várias vezes no vídeo de meu celular, mas que na verdade nunca conheceu.

– Oi – responde distraidamente mamãe, caminhando pela cozinha, com os olhos na pasta de um paciente em suas mãos. Ela nem olha para nós. Acho que nem percebe haver outra pessoa na cozinha conosco.

– Mãe, esse é meu... – Hesito, à procura da coisa certa de que chamar Nolan. Ele não é meu namorado, é óbvio. Mas ele parece mais que um amigo comum, também. Meu Deus, será que agora eu também posso ser mais que uma *garota*? Sério, com tudo o que está acontecendo, é de se pensar que eu não teria exatamente tempo para me preocupar com semântica. – Este é Nolan – digo por fim. – Estamos na mesma turma de arte.

Nolan fica de pé, e sua cadeira range sobre o piso.

— Olá, sra. Griffith — diz ele, estendendo a mão para apertar a dela. Ele é tão adoravelmente educado que preciso morder o lábio para não sorrir.

Mas mamãe não aperta a mão dele. Em vez disso, ela diz:
— É senhorita.
— Desculpe? — espanta-se Nolan.
— Senhoriiita Griffith — responde ela, exagerando a palavra. — Não senhora.

Mamãe nunca pediu a meus amigos que a chamassem de senhorita, de dona, nem de senhora nem de nada. Ela sempre foi apenas Kat.

— Nolan e eu estávamos só estudando...
— Para a aula de arte? — interrompe mamãe, com a voz cheia de escárnio. Ela deixa a pasta sobre a bancada da cozinha com um barulho seco. — Vocês precisam estudar para fazer a melhor colagem?

Abro a boca para dizer *é claro que não*, mas, antes que eu diga alguma coisa, Nolan pergunta:
— Como você sabia que estamos fazendo colagens na aula?

Mamãe dá de ombros como se não pudesse ser mais indiferente.
— Sunshine deve ter comentado alguma coisa.

Viro-me para Nolan e sacudo a cabeça de um lado para outro. Eu não comentei isso. Ela não pergunta nada sobre a escola há semanas. Na verdade, isso deve ser o máximo que conversamos desde a noite em que ela se cortou. Olho ao redor da cozinha: para a bancada onde ela sangrou, para o bloco de madeira onde ficam nossas facas, incluindo aquela com a qual ela se feriu.

— Então, o que vocês *estão* estudando? — suspira mamãe por fim, caminhando na direção da mesa.

— Nada — digo depressa. Depressa demais. Mamãe ergue as sobrancelhas, repentinamente interessada.

— Com certeza espero que você não esteja sem estudar nada. Eu sei o que acontece quando alguém não estuda *nada*. Eu coro e fico mais rosa do que já fiquei em toda minha vida, horrorizada por minha mãe estar sugerindo que eu e Nolan estivéssemos... bah, nem consigo pensar nisso! Bastava ela saber a sensação que Nolan provoca quando chega muito perto.

— Nolan já estava de saída...

— Não estava, não — diz ele com firmeza. Ele me lança um olhar que diz: *não vou deixar você sozinha assim*.

Tento responder com outro que diz: *não seja ridículo, ela é minha mãe*, mas tenho quase certeza de que não é convincente. Como posso convencê-lo quando não consigo nem convencer a mim mesma? Olho para o ferimento em minha mão esquerda, um lembrete de que minha mãe meio que me esfaqueou. Quero dizer, não sabemos com certeza que não foi acidental. Não consegui gravar essa parte.

— Talvez você devesse ir, Nolan — diz mamãe, com uma alegria estranha na voz. — Sunshine e eu quase não conseguimos ficar juntas esses dias. Eu tenho trabalhado demais, sabe?

— Eu entendo, mas Sunshine e eu ainda temos muitas leituras para fazer — ele aponta para a pilha de papéis na mesa da cozinha.

— Tenho certeza de que isso pode esperar. O trabalho escolar não é nem de longe tão importante quanto a convivência familiar.

— Mamãe atravessa a cozinha e joga no chão os papéis que Nolan se esforçou tanto para reunir. Eu me agacho imediatamente para recolhê-los, rastejando pela sombra dela para alcançá-los. Uma sombra que é muito, muito maior do que deveria ser, como se ela fosse duas vezes mais alta do que era.

— Mãe? — pergunto com delicadeza. — Você está bem?

— Levante-se do chão, Sunshine — diz ela com aspereza.

– Só vou pegar isso para Nolan para que ele possa levar para casa com ele. – As páginas estão úmidas em minha mão, como se tivessem caído em uma poça no chão em vez de sobre nosso piso seco da cozinha. Nolan se agacha ao meu lado, pegando o máximo de páginas que consegue.

– Como quiser. – Mamãe diz rispidamente. Ela gira de costas e sai da cozinha, seguida por sua sombra enorme.

– Ela normalmente não é assim – apresso-me em dizer.

– Não precisa explicar – responde Nolan.

Algumas folhas foram parar do outro lado da cozinha, e engatinho na direção da pia para recuperá-las.

Então dou um grito.

– O que foi? – Nolan rasteja pelo chão, mas estou congelada de medo, sem conseguir responder a ele. Eu apenas aponto. No alto das páginas de Nolan, talvez bem em cima da palavra *luiseach*, está a maior aranha de patas finas e compridas que eu já vi.

Nolan cuidadosamente enfia uma folha de papel por baixo da aranha, abre a janela em cima da pia e a liberta de volta para a natureza. Eu permaneço absolutamente imóvel todo o tempo, sem tirar os olhos do ponto na página onde a aranha estava alguns segundos antes: agora tudo o que resta é uma mancha grande e úmida cor de ferrugem.

Nolan fecha rapidamente a janela e se agacha no chão ao meu lado.

– Aranhas, sangue... você com certeza é uma luiseach medrosa.

– Nolan tenta sorrir, mas sacudo a cabeça, assustada demais para discutir sobre o que eu posso ou não ser. Sei que ele está querendo me fazer rir, mas não tenho certeza se nada jamais vai ser engraçado novamente para mim.

Mas é engraçado para alguém. Porque juro que posso ouvir o ruído do riso de minha mãe em outro aposento.

\* \* \*

*Você está bem?* Manda Nolan algumas horas mais tarde em uma mensagem de texto. *Estou no meu quarto com as luzes apagadas e a porta trancada.*
*Tudo bem*, respondo, apesar de nós dois sabermos que é mentira.
*O que aconteceu depois que eu fui embora?*
*Nada*, respondo. *Mamãe ficou em seu quarto. Acho que toda aquela história de convivência familiar era só papo.*
*Ela estava tentando se livrar de mim*, responde Nolan.
*Por quê?*
*Não sei.*
Digo a ele que vou dormir e guardo o telefone, mas duvido que consiga dormir muito essa noite. Fecho os olhos e ouço os ruídos dos movimentos de minha mãe no quarto ao lado. Eu a imagino se preparando para deitar, escovando os dentes, prendendo o cabelo em um rabo de cavalo. Mas a ideia de dezenas de aranhas descendo do teto rapidamente supera essas imagens.
Abro os olhos e acendo a luz. Nenhuma aranha à vista.
– Você sabe por que isso está acontecendo com ela? – digo em voz alta, apesar de não acreditar estar pedindo ajuda para um fantasma. – Jogo com você para sempre se me contar o que está acontecendo. – Aponto para o tabuleiro de damas ao lado de minha cama: na noite anterior, ela ganhou, e esta manhã acordei com o tabuleiro novamente arrumado, pronto para outra partida. – Achei que íamos ser amigas – digo com tristeza.
De algum modo, para minha grande surpresa, pego no sono. Em vez de pesadelos com aranhas, sonho com a garotinha no vestido esfarrapado, a mesma com quem sonhei em nossa primeira noite aqui. Essa noite, de seu vestido está escorrendo água, como se ela tivesse acabado de nadar. Ela está correndo por um corredor compri-

do, seus pezinhos deixando pegadas molhadas no carpete onde pisam, gesticulando para que eu a siga. Corro atrás dela, mas, por mais que me esforce, não consigo alcançá-la. Ela está sempre um passo à frente.

Mas ela sempre olha para trás para ver se ainda estou ali.

## CAPÍTULO VINTE

## Uma ruptura

*No dia seguinte na escola*, Nolan me alcança antes da primeira aula.
– Voltei à casa de meu avô ontem à noite. Vou na sua casa de novo depois da escola.
– Não sei se é uma ideia muito boa...
– Se sua mãe surtar com a gente outra vez, vamos a outro lugar – interrompe Nolan. – Mas quero fazer isso em sua casa.
– Por quê?
– Porque quero ver como seus fantasmas reagem. – Ele ergue as sobrancelhas.

Às 15:45, estamos de volta à mesa de minha cozinha, e Nolan está mais uma vez folheando pilhas de papel.
– É que eu vi uma coisa enquanto estava fazendo umas pesquisas on-line ontem à noite... – Ele começa a procurar. – Em um desses artigos. Não tive a oportunidade de ler com atenção.
– O que você quer dizer com isso? – pergunto, fingindo incredulidade. – Você na verdade *passou os olhos* por alguma coisa em vez de examiná-la com cuidado?
Nolan dá um sorriso.
– Eram três da manhã quando descobri a combinação casa assombrada e guardião. Peguei no sono antes de conseguir ler tudo o que descobri.
– Uau – digo, realmente comovida. – Você ficou acordado até às três da manhã por minha causa? Quero dizer – acrescento rapi-

damente, apontando para os papéis espalhados sobre a mesa –, por tudo isso? – Nolan não responde de imediato, por isso continuo a falar sem parar como fiz no dia em que nos conhecemos. Eu esperava ter superado esse nervosismo específico em relação a Nolan. Porém, aparentemente, não. – Mas o que você estava dizendo? Havia mais alguma coisa, certo? Em um desses artigos? Eu podia ajudá-lo a encontrar. – Pego os papéis da mesa que estão em frente a Nolan e começo a folheá-los, como se eu fosse capaz de encontrar o que ele está procurando sem sequer saber o que é.

Nolan franze o cenho.

– Você está bem?

– Estou bem. Quero dizer... – respiro fundo. – Isso tudo é demais para absorver. – E é mesmo. E não estou falando apenas da história dos luiseach. Empurro as páginas de volta sobre a mesa, com cuidado para que minhas mãos não toquem nas dele. – Talvez você deva cuidar dessa parte. Nem sei o que você está procurando.

Nolan balança a cabeça afirmativamente, folheando os papéis.

– Vi uma coisa sobre a taxa de nascimentos de luiseach aqui em algum lugar.

A casa parece estremecer, como se tivéssemos sido pegos em nosso próprio túnel de vento.

– Nossa – digo em um susto, espalmando as mãos com firmeza sobre a mesa como se achasse que poderia estabilizar a casa inteira assim.

– Uau – diz Nolan, olhando para o teto acima de nós. Ele ergue seus óculos sobre a testa. Uma brisa repentina faz o lustre do teto balançar como um pêndulo.

Tento ignorar o quanto estou tremendo.

– Talvez a casa não queira que eu descubra alguma informação sobre a taxa de natalidade de luiseach.

— Talvez os luiseach não estejam fazendo sexo com a frequência necessária — sugere Nolan. Se Ashley estivesse aqui, ela faria uma piada grosseira, mas tudo o que eu consigo fazer é corar. Enfim, como mamãe, Ashley não seria de nenhuma ajuda se estivesse realmente ali. Ela ia revirar os olhos diante de toda aquela conversa, insistindo que artigos encontrados na internet dificilmente podiam ser considerados provas. *Você pode encontrar qualquer coisa na internet, fotos do monstro do Lago Ness, de sereias, de unicórnios*, diria ela. *Isso não significa que eles são reais.*

Eu seguro um suspiro. Sei que, quando mandar uma mensagem para Ashley mais tarde, não vou mencionar nada disso.

Talvez eu nem escreva para ela, afinal.

A casa fica imóvel, e Lex salta em cima dos papéis de Nolan.

— Sai — digo para meu gato, mas ele se deita e começa a lamber as patas. Nolan puxa a pilha de papéis debaixo dele.

— Aqui está! — grita. Ele faz um carinho em Lex. — Obrigado pela ajuda, amigo. — Lex salta da mesa, como se fosse sua maneira de dizer: *De nada. Meu trabalho aqui acabou.*

— Diz que os luiseach vivem mais que a média dos humanos. Mas não encontrei nada sobre com que frequência eles nascem, sua infância, esse tipo de coisa. Então ontem à noite fui de carro outra vez à casa de meus avós e procurei na escrivaninha de meu avô.

— Você foi de carro até a casa de sua avó? — pergunto.

Nolan dá de ombros.

— São só algumas horas. E isso era importante demais para esperar. — Ele pegou uma pasta enorme, amarelada pelo tempo. — Vovô tinha pilhas e pilhas de artigos. — Ele pega um papel e o lê em voz alta. — *Há rumores de que faz décadas, talvez séculos, desde o nascimento do último luiseach.*

— Seu avô sabia sobre os luiseach? — pergunto sem acreditar.

Nolan dá um sorriso.

– Acho que ele ficou de saco cheio de ser chamado de maluco. Parece que passou anos pesquisando, tentando encontrar provas concretas dos fantasmas nos quais sempre acreditou.

– Por isso ele guardou a reportagem sobre o professor Jones – digo, lembrando-me da manchete que prometia provas. – E agora, você tem provas.

– Eu sei. – Nolan balança a cabeça afirmativamente, com uma espécie de sorriso triste nos cantos dos lábios. – Eu só queria ter encontrado isso antes de sua morte. Teria sido tão maravilhoso poder... não sei, dividir isso com ele, acho.

– Acredito que provavelmente ele sabe o que você descobriu. Se os últimos meses me ensinaram uma coisa... – Minhas palavras se calam, plenas de significado, e as palavras não ditas pairam no ar entre nós: o avô de Nolan podia estar nos observando naquele momento, torcendo por nós.

Nolan balança a cabeça e torna a concentrar sua atenção no artigo a sua frente. Ele recomeça a ler em voz alta:

– *Há quem diga que faz mil anos. Segundo rumores, isso é fonte de uma ruptura dentro da comunidade luiseach.*

A chaleira começa a apitar no fogão atrás de nós, apesar de estar vazia e de o fogo sob ela estar apagado. Nolan e eu trocamos um olhar com "O" maiúsculo.

– Por que a baixa taxa de nascimentos provocaria uma ruptura?

Nolan sacode a cabeça.

– Não sei. Talvez eles estejam apenas com medo.

– Mas ficar com medo não devia fazer com que eles se juntassem? Você disse que eles vivem em comunidades superfechadas, certo?

– Às vezes o medo faz as pessoas se voltarem umas contra as outras.

Balanço a cabeça. Quero dizer, mamãe e eu sempre fomos muito próximas, mas agora que estou com medo de que um fantasma, um demônio ou um espírito das trevas a esteja possuindo, nós não temos nos relacionado. Nossa própria ruptura particular.

– E então? – Tenho de gritar para ser ouvida acima do barulho.

– Você está dizendo que acha que eu sou a primeira luiseach nascida em um século, ou algo assim?

– Talvez – responde solenemente Nolan. A luz da lâmpada acima de nós, que ainda está balançando de um lado para outro, enfraquece quando ele acrescenta: – Mas mais que isso, eu acho que estou dizendo que você é a *última* luiseach que nasceu.

Estou prestes a dizer a Nolan que isso é loucura quando a lâmpada acima de nós fica forte, tão forte que é quase cegante, como se alguém a tivesse incendiado do seu interior. De repente, ela estoura, espalhando cacos de vidro do teto como se fosse chuva.

Eu grito e pulo de minha cadeira, que cai com um barulhão atrás de mim. Oscar mergulha para baixo da mesa como se estivesse se encolhendo para se proteger. Ele tem a ideia certa, porque continua a chover vidro, muito mais vidro do que poderia possivelmente conter uma única lâmpada.

Cobrindo a cabeça com a mão, olho para Nolan. Ele ainda está sentado em sua cadeira, nem sequer engasgou em seco. Eu me sinto uma medrosa total por gritar.

Mas então vejo que ele está com as mãos estendidas a sua frente, com a palma esquerda coberta de sangue.

– Minha nossa! – grito.

Está escorrendo sangue de sua mão nos papéis embaixo, tornando-os ilegíveis.

– O que você está fazendo? – grito para o teto, certa de que o fantasma pode me ouvir.

Em resposta, a tempestade de vidro para tão repentinamente quanto começou, a chaleira deixa de apitar e a luz para de balançar de um lado para outro.

– Venha aqui – digo nervosa para Nolan. Ele se levanta e caminha até a bancada no centro da cozinha enquanto eu pego o estojo de primeiros socorros embaixo da pia, o mesmo que usei quando minha mãe se cortou.

Pressiono um punhado de gaze na palma da mão de Nolan, com cuidado para não deixar que minha pele toque a dele, mantendo o braço estendido para não ficarmos perto demais.

– Nossos cortes são quase iguais – digo, erguendo a mão esquerda com a cicatriz vermelha feia entre o polegar e o indicador. Se o corte de Nolan deixar uma cicatriz, vai ser quase no centro da palma de sua mão.

– Achei que você não fosse boa com sangue.

– Não sou. – Aperto com mais força. Mamãe diz que você deve fazer pressão quando alguém está sangrando para ajudar a parar o sangramento.

– Você parece bem.

Ainda está escorrendo sangue da ferida dele.

– Talvez você precise levar pontos – digo preocupada. Sem avisar, Nolan põe a mão direita ilesa sobre a minha, fazendo ainda mais pressão.

Respiro fundo e me concentro para engolir a sensação que isso provoca. A sensação é avassaladora; os músculos das minhas pernas exigem que eu dê um passo para trás, que me afaste dele. Os ossos dos dedos de minhas mãos querem largar a gaze e sair de baixo de sua mão. E minha garganta... isso é algo que vai além da náusea. Não é exatamente ânsia de vômito; é mais vontade de expelir o cheiro de Nolan de minhas narinas. Ele está usando a jaqueta de couro do avô, assim como faz todo dia, e meus braços querem arrancá-la de seu corpo e rasgá-la em pedaços, só para me livrar de seu cheiro.

E apesar disso... de algum modo ignoro todos os sinais que meu corpo está me enviando e não me mexo. Não *vou* me mexer. Meu amigo está com problemas. Meu amigo, talvez o único que me reste, com mamãe fora de órbita e Ashley ausente, está sangrando, e tenho que ajudá-lo. Mamãe disse uma vez que eu devia passar um dia no hospital para superar meu medo de sangue, sabe, terapia de imersão ou algo assim. Talvez com terapia de imersão eu possa me livrar dessa sensação estranha que sinto quando encosto em Nolan.

Então, em vez de soltar sua mão, aperto com mais força, ignorando minha náusea, gritando em silêncio com meus músculos para que parem de se mover na direção errada. Eu me concentro na sensação da calosidade da palma de sua mão direita pressionada contra as costas da minha. Olho fixamente para as rachaduras em sua jaqueta de couro, amaciada após tantos anos de uso. E o tempo todo, apesar de estar perto dele não ser exatamente uma sensação *boa*, também há um palpitar agradável em meu estômago. Eu me sinto mais quente do que me sentia em meses, um calor vindo do centro de meu corpo que se espalha para minhas extremidades.

Parte de mim, pelo menos, gosta do toque de Nolan.

– Acho que parou de sangrar – diz ele, tirando a mão de cima da minha. Eu removo a gaze e dou uma olhada. O jorro de sangue se reduziu a um gotejar. A ferida é feia e comprida, mas não profunda.

– Acho que você não precisa levar pontos.

– Acho que não. – Nolan se afasta de mim e se vira para a pia da cozinha, onde lava o sangue da mão. Ele a estende para que eu a enfaixe, depois pega uma toalha de papel e limpa o sangue que caiu na bancada da pia.

Uma lufada de ar frio enche o espaço que ele estava ocupando ao meu lado, e eu sinto um calafrio.

– Onde você guarda a vassoura? – pergunta ele e, em resposta, aponto para um armário alto e estreito ao lado da pia. Ele varre os cacos de vidro no chão em torno da mesa. Em seguida, encontra uma lâmpada nova e sobe na mesa para substituir a que quebrou.

– Como você pode ficar tão calmo? – pergunto.

– Não sei. – Ele dá de ombros. – Talvez porque eu tenha crescido acreditando em fantasmas. Para você, isso é tudo muito novo.

– É novo para você também. Você podia acreditar em fantasmas, mas você mesmo disse que nunca antes teve nenhuma prova concreta de que eles existiam.

– Verdade – concorda Nolan, atarraxando a lâmpada.

– Essa era a reação que você tinha em mente quando disse que queria fazer isso aqui? – pergunto, apontando para o teto.

– Na verdade, eu não tinha nada em mente. Só um pressentimento.

– Que pressentimento? – pergunto, apontando para as páginas destruídas na mesa da cozinha.

Nolan pula de cima da mesa. Ele passa a mão sem machucado pelo cabelo e o afasta do rosto.

– Achei que talvez alguém fosse ficar muito excitada por termos descoberto tanta coisa.

– Excitada? – repito. – Ela praticamente cortou sua mão fora.

– Não chegou nem perto – retruca Nolan. – Enfim, não acho que ela estivesse querendo machucar nenhum de nós. Ela só queria garantir que estávamos prestando atenção.

CAPÍTULO VINTE E UM

# O truque do desaparecimento do professor

*Nolan e eu saímos correndo* pela porta da frente até seu carro, que estava parado preguiçosamente na entrada da garagem. Não parei nem tempo suficiente para vestir minha japona por cima do suéter (dois tamanhos maior) cinza.

– O professor Jones deve saber mais alguma coisa! – praticamente grito enquanto Nolan sai correndo de Ridgemont na direção da universidade. Estava tão ansiosa para sair pela porta que esqueci de botar o jantar de Oscar e Lex. Vou compensá-los quando chegar em casa.

– Mesmo que não saiba nada, aqueles livros em seu gabinete...

– Esperançoso, Nolan se perde em suas palavras, com olhos praticamente brilhando com a ansiedade de pôr as mãos em todo aquele material de pesquisa. – Um deles vai nos dizer alguma coisa sobre o que um luiseach realmente *faz* para se livrar dos espíritos das sombras.

Ele acha que vamos encontrar instruções ou algo assim, um guia passo a passo simples de seguir, como as receitas que mamãe gosta de imprimir da internet. Ela sempre disse que, se você soubesse ler, saberia cozinhar. Nolan parece acreditar que, se você sabe ler, sabe exorcizar.

– Vou passar a noite inteira mergulhado neles se for preciso.

– Eu também. – Assinto com a cabeça, mas a verdade é que não me sinto nem de perto tão confiante quanto parece Nolan. Deve haver centenas de livros no gabinete do professor Jones. Levaria muito mais que uma única noite para ler todos eles, mesmo com nós dois lá. Poderia levar meses, especialmente por não sabermos exatamente o que estamos procurando. Fecho os olhos, e uma imagem do pulso sangrando da minha mãe brota na minha mente.

Não sei se nós *temos* meses.

– Não podemos falar de outra coisa? – pergunto de repente. – Por favor? Eu só preciso de um descanso disso tudo. – Levanto as mãos e gesticulo para o ar a minha frente, como se o fantasma estivesse escondido ali. Coisa que (como posso saber?) talvez ela esteja.

– Claro – sorri Nolan. – Sobre o que você quer conversar?

– Tanto faz. Qualquer coisa. Na verdade... – Eu sorrio de volta para ele. – Sei exatamente sobre o que eu quero conversar.

– E o que é?

– Você.

– Eu?

– Você sabe tudo sobre minha vida e meus dramas. Agora acha até que nem sou *tecnicamente* humana, e eu mal sei alguma coisa sobre você.

– O que você quer saber?

Aperto os lábios, tentando me lembrar do que já sei sobre Nolan. Ele morou a vida inteira em Ridgemont, e a família está há gerações no noroeste dos Estados Unidos. Seu avô era a pessoa de quem mais gostava no mundo.

– Então, seu avô era pai do seu pai?

– Na verdade eu tinha um de cada – responde Nolan com um sorriso. – Mas, sim, esse avô de quem você está falando era pai do meu pai.

– Você tem irmãos ou irmãs?

– Não. Filho único.

– Eu também.

– Eu sei.

– Sei que você sabe.

– Bem, então por que você disse?
Dou de ombros. – Não sei. Só para animar a conversa.
– Mais alguma coisa?
– Você já tirou alguma nota menor que um 8?
Nolan franze a testa com humor, fingindo seriedade, como se estivesse relembrando mentalmente todas as notas que já havia tirado.
– Não – responde por fim. – Apesar de essa caça aos fantasmas ter reduzido minhas horas de estudo nesse semestre.
Eu dou uma gargalhada. Estou fazendo as provas finais quase como uma sonâmbula.
– Espero não ter atrapalhado sua média geral.
– Se meu avô ainda fosse vivo, ele teria me dito que as notas não são tão importantes quanto ajudar uma donzela em perigo, especialmente quando esse perigo é paranormal.
– Ei! – protesto. – Não sou apenas uma mera donzela em perigo.
– Não. – Nolan balança a cabeça concordando. – Você não é.

Quando chegamos ao Levis Hall, sei que Nolan desejava ter tido um irmão menor, mas seus pais nunca tiveram a sorte de engravidar depois. Sei que adora cães, mas nunca teve um, apesar de ter crescido com um coelho de estimação. ("Não é a mesma coisa", disse eu, e ele concordou.) Ele na verdade gosta de Ridgemont, e a falta de luz do sol não o incomoda em nada, apesar de conseguir entender que possa incomodar alguém que não tenha crescido ali.
Saímos correndo pelo estacionamento e subimos as escadarias apressados até o gabinete do professor. Mais uma vez, não há mais ninguém à vista, mas não ligo. Não ligo nem que o professor Jones esteja ou não esteja; vamos arrombar sua fechadura se preciso, não que eu saiba como arrombar uma fechadura, mas isso parece irrelevante. Nós precisamos apenas botar as mãos em seus livros.

Ou, enfim, as mãos de Nolan neles. Ainda bem que a única pessoa que acredita é com quem por acaso fiz amizade e por acaso também é um excelente aluno com talento para pesquisa. Quais são as probabilidades de uma coincidência com tanta sorte? Talvez um dia, quando não estivermos subindo escadas correndo e eu consiga realmente recuperar o fôlego por tempo suficiente para dizer mais que uma sílaba por vez, pergunte a Nolan, e ele decida realmente fazer a conta para calcular a probabilidade.

Ashley ia achar isso coisa de nerd, mas eu acho *maravilhoso*.

Enquanto seguimos apressados pelo corredor, tenho uma sensação ruim, quero dizer, uma sensação *pior*. (Para começar, eu já estava bem saturada de sensações ruins.) Está frio, mas estava frio da última vez em que estivemos ali. Porém, há algo naquele frio que provoca uma sensação diferente.

Meu coração está acelerado, mas acabamos de subir correndo as escadas e descer o corredor em disparada, e de qualquer modo, nesses dias meu coração tem estado acelerado o tempo todo.

Talvez seja uma coisa de luiseach. Talvez a nossa temperatura (a temperatura *deles*) caia, e seus corações se acelerem quando algo paranormal esteja prestes a acontecer.

Uma lufada fria de vento bate a porta da sala do professor Jones quando estamos prestes a entrar.

— Então agora o escritório do professor de fantasmas está assombrado? — digo nervosa, tentando fazer piada, mas Nolan não dá sequer um sorriso. Em vez disso, ele apoia o peso contra a porta, a empurra e a abre.

O escritório está vazio. Não quero dizer que ele não está lá. Não estou dizendo nem que seus livros e papéis não estão lá, ou que talvez ele tenha apenas cansado e se aposentado desde a última vez em que nos vimos. Quero dizer que o lugar está *vazio*.

A mesa sumiu, as cadeiras sumiram, há estantes embutidas de madeira escura atrás do local onde antes ficava sua mesa, mas estão cobertas de poeira como se ninguém pusesse um livro nelas em anos. Lá fora está escuro, passa das seis da tarde, por isso não entra nenhuma luz do exterior. Tento acender o interruptor ao lado da porta, mas não há sequer uma lâmpada na luminária no teto. As janelas estão abertas, e o ar externo faz as cortinas esvoaçarem e ondularem, de modo que parecem crianças pequenas vestidas com lençóis no Halloween.

Está tão frio ali que cada vez que respiro dói, mandando ar congelado para meus pulmões até que acho que minha garganta vai congelar.

– Droga! – exclama Nolan, chutando o chão. Sacudo a cabeça; apenas alguns dias atrás, ele teria espalhado livros e papéis se houvesse movido a perna desse jeito.

– Isso não é possível – digo lentamente, com dentes batendo enquanto bato e fecho as janelas. Nolan tira a jaqueta de couro e a põe sobre meus ombros.

– Você parece estar precisando disso mais do que eu – diz ele, que está vestindo apenas um moletom preto por baixo, mas não parece nem de perto sentir tanto frio quanto eu.

Nolan pega o celular no bolso do jeans.

– Vou ligar para ele.

– Não sabemos o telefone dele – protesto, mas isso não o impede. Ele pesquisa no Google "Professor Albert Jones" várias vezes até encontrar um endereço domiciliar, a apenas alguns quilômetros da universidade. E um número de telefone.

Minha respiração para quando ouço uma pessoa do outro lado da linha.

– O professor Jones está? – pergunta ele. Não consigo entender direito o que a pessoa do outro lado está dizendo, e olho em desespero para Nolan.

— Me desculpe — diz ele, com a voz ficando mais baixa. — Não tenho certeza de tê-la ouvido bem... a senhora poderia, por favor, repetir?

Movendo-me com mais rapidez, talvez, do que jamais havia me movido antes, estendo a mão, pego o telefone de Nolan e aperto o viva-voz bem a tempo de ouvir a pessoa do outro lado responder:

— Meu marido morreu há sete anos.

— Seu marido era o professor Abner Jones? — pergunto. Minha voz sai aguda e esganiçada.

— Era — responde a mulher do outro lado. Ela parece cansada, cansada demais para perguntar quem somos e por que estamos à procura de seu falecido marido.

— Sentimos muito por incomodá-la — apresso-me a dizer e aperto o botão de desligar antes que Nolan consiga me impedir. Eu me afasto dele e de seu telefone, quase trombando com as estantes.

— Tudo bem, vamos começar com a explicação mais óbvia. — Minha voz está trêmula, repetindo o que Nolan disse quando mostrei a ele pela primeira vez o vídeo de minha mãe se cortando. — Havia outra pessoa fingindo ser o professor Jones só para zoar com a gente.

— Ninguém sabia quando vínhamos aqui, nem sequer que vínhamos aqui, Sunshine — acrescenta ele com delicadeza. — Acho que a explicação mais óbvia é que na verdade...

— Não diga isso! — digo com aflição. — Quero dizer, sei que você tem de dizer isso, mas você poderia primeiro esperar um segundo?

— Eu me sento no chão empoeirado e respiro fundo, envolvendo-me com sua jaqueta de couro, absorvendo seu calor.

— Já foi tempo suficiente? — pergunta por fim Nolan.

Eu me afundo e encolho toda.

— Certo, está bem.

— Acho que a explicação mais óbvia é que o professor Jones era um fantasma.

# O truque do desaparecimento do professor

Balanço a cabeça afirmativamente.

– Esse lugar tinha tudo: a sensação assustadora, o frio. – Dou uma parada e faço uma pausa. – Mas não tinha o cheiro.

– O cheiro?

Balanço a cabeça afirmativamente.

– É, o cheiro de mofo, umidade e bolor que satura minha casa e só piora quando o fantasma está perto. – Passo os dedos pelo chão, esperando umidade, mas, em vez disso, está completamente seco. – Logo quando acho que entendi alguma coisa. – Eu olho ao redor, perplexa. – Enfim, por que um fantasma iria nos ajudar? – digo afinal. – Estamos tentando nos livrar de um fantasma.

Nolan se abaixa e se agacha ao meu lado. Ele passa os dedos pelo cabelo, gesto que passei a reconhecer como sinal de que está pensando sobre alguma coisa.

– Não sabemos exatamente o que estamos tentando fazer. Ou de quem exatamente estamos tentando nos livrar.

Antes que eu possa responder, ou protestar, ou irromper em lágrimas, ou gritar de frustração, o barulho alto de algo quebrando enche o ar. Grito, e Nolan muda de posição para que seu corpo proteja o meu.

Porque uma viga no teto está se rompendo.

– Qual o problema com tetos, hoje? – grito, rastejando o mais rápido possível na direção da porta, deslizando sobre o chão empoeirado enquanto o barulho de madeira rachando fica cada vez mais alto, até se transformar em um estrondo, como se o céu estivesse desmoronando.

Pouco antes de Nolan bater e fechar a porta do escritório às nossas costas, eu me viro bem a tempo de ver a sala inteira desmoronar em uma nuvem de poeira.

– Vamos embora daqui! – grita ele. A poeira faz meus olhos arderem, e Nolan não consegue parar de tossir. Disparamos na direção das escadas; apesar de estarmos correndo e cobertos de suor, não acho que jamais senti tanto frio. O som de madeira rachando só fica cada vez mais alto: não pode ser apenas a sala do professor que está desabando; mas não há tempo para virar para trás e olhar. Corremos pelo estacionamento até o carro de Nolan, que ele engrena como se fosse um piloto de corrida.

— Espere! — grito antes que ele consiga sair do estacionamento.

— Você está louca? — responde ele. Viro-me para trás e olho para o prédio do qual acabamos de sair correndo. Parece que o Levis Hall está exalando uma respiração enorme, soprando para fora suas janelas, arrancando as portas de suas dobradiças.

— Ele agora parece um prédio velho e em ruínas. — Nolan engasga com as palavras. — Um lugar onde membros de fraternidades penetram à noite para pagar alguma aposta, coisa assim.

Olho pela janela enquanto deixamos o campus. Mais ninguém parece perceber a explosão ocorrida apenas segundos antes. Lembro-me da expressão no rosto da garota quando pedimos informação sobre como chegar ao Levis Hall.

— Talvez sempre tenha sido um prédio em ruínas — sugiro. — Talvez não tenhamos conseguido vê-lo assim, até agora.

— Mas como? — pergunta Nolan, e eu sacudo a cabeça.

— Não sei — respondo.

De algum modo, a volta para casa da universidade parece mais curta do que a viagem de ida. Inclino-me para frente em meu assento e mexo no rádio, mas não consigo encontrar nada que queira ouvir, por isso o desligo. O silêncio enche o carro. Ainda estou vestindo a jaqueta de Nolan, e estou encolhida, por isso os ombros estão erguidos e junto de meus ouvidos. Respiro no interior do aroma de couro velho: todo macio, quente como lã; e todo sujo da poeira do Levis

Hall. Puxo as mangas até os pulsos, mais longas ainda que a de meus suéteres grandes demais. Apesar disso, nada nunca, jamais, pareceu servir tão perfeitamente. Queria ter um espelho para poder ver como fica, mas me conformo em espiar meu reflexo na janela. Essa jaqueta é a coisa mais legal que eu já vesti. Queria poder aproveitar.

– Uma coisa está me incomodando – digo por fim.

– Só uma coisa? – pergunta Nolan sem tirar os olhos da estrada.

– Você disse que a taxa de nascimentos de luiseach estava baixa, certo?

Ele balança a cabeça afirmativamente.

– E você acha que eu sou a última luiseach que nasceu. Mas mesmo que você tenha razão, com certeza não tenho a menor ideia de o que fazem os luiseach, certo?

Ele torna a aquiescer.

– Tudo bem, mas se não estão mais nascendo luiseach, então os espíritos sombrios ou demônios, ou seja lá como se chamam, a essa altura já não estariam tomando o planeta?

Nolan não responde de imediato. Ele segura o volante, fazendo as curvas que vão nos levar de volta a Ridgemont.

– Não sei – responde ele por fim, tirando uma das mãos do volante para jogar para trás os cabelos de sua testa. – Talvez haja menos espíritos das sombras do que antigamente? – Nós dois sabemos que é um palpite fraco.

– Talvez os espíritos sombrios tenham começado a vencer – digo.

– O que você quer dizer?

– Talvez seja o motivo por que isso esteja acontecendo com minha mãe. Não há luiseach para proteger gente como ela porque os luiseach estão em extinção, sendo derrotados por espíritos das sombras por todo lado. Talvez seja por isso que não estejam nascendo luiseach, porque não restaram suficientes para se reproduzir. Os espíritos das trevas os estão matando.

A ideia é apavorante. Quero dizer, se tudo o que lemos é verdade, os luiseach são meio que essenciais para a sobrevivência da humanidade. Eu me encolho ainda mais, envolvendo-me com a jaqueta como se fosse um cobertor.

Nolan sacode a cabeça.

— Não. Não pode ser isso.

— Por que não?

— Porque todos os artigos que li, em todas as línguas, concordam em uma coisa.

— O quê?

— O espírito de um luiseach, sua alma, sua essência, como você quiser chamar, tem uma vantagem sobre a de um mero mortal.

— E qual é ela?

— Ela não pode ser tomada, ferida ou destruída nem por fantasma nem demônio.

## CAPÍTULO VINTE E DOIS

# Por que estamos lutando?

– *Vem neve aí* – diz Nolan enquanto para o carro na entrada de minha garagem, baixando o vidro para apontar para as nuvens acima de nós. Elas pairam pesadas e baixas, mas de algum modo o céu da tarde está claro. Concordo com a cabeça, apesar de, na verdade, não ter ideia do que significa exatamente *vem neve aí* (nunca nevou em Austin).

– Quer que eu entre?

Sacudo a cabeça negativamente.

– Para quê? Você já sabe o que está acontecendo lá dentro. – O que digo sai de um jeito que parece mais grosseiro de que é minha intenção. Tento sorrir, mas os músculos de minha boca se recusam a cooperar, como se estivessem me lembrando de que eu não tenho exatamente nenhuma razão para sorrir.

– Eu sei, mas podia ficar por aí, talvez fazer companhia a você até sua mãe chegar em casa.

Sacudo a cabeça, pensando no modo como ela se portou da última vez em que chegou e encontrou Nolan em casa, a sombra longa que a seguia de um aposento a outro, e a aranha no chão. Sinto um calafrio.

– Qual o motivo? – Agora os músculos mal-humorados de minha boca não estão apenas evitando que eu sorria; também estão me fazendo dizer coisas mal-humoradas. – Não há nada que você possa fazer para ajudar. Não encontramos mais nenhuma resposta, hoje.

Só mais perguntas, penso, mas não digo. Descanso os cotovelos sobre os joelhos e apoio o rosto nas mãos.

– Vou continuar a procurar – promete Nolan. – Deve haver mais coisas on-line. Ou talvez...

Eu ergo os olhos.

– Talvez o quê?

Ele aperta os lábios como se soubesse que não vou gostar do que está prestes a dizer.

– Talvez seus poderes vão simplesmente meio que... sei lá, começar a funcionar, algo assim.

Solto o cinto de segurança e me viro para encará-lo.

– Meus poderes? – pergunto, com um nó se formando em minha garganta. Eu engulo em seco. Não sou uma grande chorona. Não chorei no terceiro ano quando caí da gangorra e quebrei o nariz. Nem no oitavo ano quando ouvi um garoto nada agradável na sala se referir a mim como esquisita. Nem quando tropecei na aula de educação física, torci o tornozelo e tive de andar de muletas por duas semanas. Mamãe diz que eu não chorava muito nem quando era bebê.

Mas afinal, eu nunca havia me sentido tão desesperada assim, antes.

– Como você ainda pode estar tão certo de que eu sou uma loos, louise, loony... bah, seja lá como você chama!

– Luiseach – diz Nolan em voz baixa. Nós dois sabemos muito bem que a essa altura eu sei pronunciar direito.

– Que seja – respondo. – Eu não sou isso. Não posso ser.

– Por que não?

– Porque um luiseach saberia o que fazer em uma situação como essa, e eu, com a mais absoluta das certezas, não sei. – Fala à la Jane Austen, mais ou menos. – Tudo o que sou é uma garota que está aterrorizada com o que está acontecendo com sua mãe. E que não tem a mínima ideia de como salvá-la.

O nó em minha garganta se recusa a desaparecer. Lágrimas quentes brotam em meus olhos. Mamãe logo estará em casa, e nem quero vê-la. Pela primeira vez em minha vida, sou o tipo de jovem que quer que os pais fiquem na rua até tarde para poder ficar com a casa inteira para si.

Porém tenho quase certeza de que não há outro adolescente no planeta com as mesmas razões para querer ficar sozinho que eu. Estou cansada. Estou cansada *demais*. Eu a tenho vigiado muito de perto, não tiro os olhos dela na mesa do jantar para garantir que sua faca não corte sua pele em vez de seu bife, frango ou o que quer que estejamos comendo. (Ou não comendo, como pode ser o caso. Na verdade, ultimamente não ando com o maior dos apetites.)

E estou cansada porque não durmo uma noite inteira há meses. Ultimamente, não são ruídos de fantasmas que me despertam, mas minha própria ansiedade: duas, três, dez vezes por noite saio de meu quarto, paro na porta de mamãe e fico escutando o ritmo regular de sua respiração, inspira, expira, inspira, expira, inspira, expira. Observo seu peito se erguer e baixar na escuridão, como se eu achasse que ele fosse parar a qualquer momento.

E estou cansada porque sinto falta de meu melhor amigo. Não de Ashley nem de Nolan, mas de minha *mãe*. Sinto falta de assistir a filmes juntas e de comer pizza juntas e do jeito com que ela brinca comigo. Sinto falta de levar Oscar em longos passeios juntas, e sinto falta de suas broncas quando me flagra pegando coisas em seu armário pela zilionésima vez. Nós, agora, mal conversamos. Só ficamos sentadas em casa, caladas. Acho que ela nem percebe o modo como eu a olho fixamente. A sensação é que mal nota minha presença.

E estou cansada demais para explicar isso a Nolan. Na verdade, de repente seu envolvimento nisso parece muito errado, tão misterioso e ilógico quanto todo o resto.

– Mas afinal, por que você se importa? – digo de repente. – Você nem me conhecia três meses atrás. Você não pode estar tão preocupado com o destino de uma garota que mal conhece.

– Eu conheço você... – começa ele, mas eu o interrompo.

– Você já não conseguiu tudo de que precisava?

– O que quer dizer com isso?

Aquele nó idiota e teimoso em minha garganta se transformou em lágrimas estúpidas e idiotas trêmulas nos cantos de meus olhos.

– Para seu trabalho extra! Eu odiaria ser a razão para você não manter sua média geral perfeita. – Minha voz parece diferente de como soa normalmente.

Mais provas de que eu não posso ser uma luiseach. Eles são cheios de luz, não é o que Nolan disse? Eu nunca, literalmente, me senti tão sombria.

– Já disse que não ligo para isso...

– Então você entrou nessa só por causa do seu avô? Bem, agora você tem sua prova, então não precisa mais de mim.

– Prova? – repete Nolan.

– A prova que seu avô passou a vida inteira procurando. Você pode mostrar a seu pai, a sua mãe, a sua avó, ao mundo inteiro, mostre a eles que seu avô não era apenas um velho maluco como todos pensavam. – Acho que nunca disse nada tão mau em toda minha vida.

Nolan responde com a voz calma e tranquila. Nada como a minha.

– Olhe, Sunshine. Não vou mentir para você. Significa muito para mim saber que meu avô estava certo, que mesmo agora, meses depois de sua morte, sua pesquisa nos ajudou. – Seu olhar se fixa no meu. Eu pisco, e algumas lágrimas escorrem de meus olhos pelo rosto, surpreendentemente frias. Nolan e eu não estamos nem perto de nos tocarmos, mas aquela sensação de lado errado do ímã começa a me tomar. Eu me recosto, me apoiando contra a porta atrás de mim, tentando aumentar a distância entre nós.

– Ah, sim – prossegue. – Há uma parte de mim que deseja mostrar tudo o que descobrimos para todas as pessoas que um dia acharam que meu avô fosse apenas um velho maluco. Quero dizer, você e eu sentamos a uma mesa diante de um fantasma vivo.

Em outro momento, em outro lugar, eu teria feito uma piada por ele se referir a um fantasma como *vivo*. Mas agora, apenas murmuro:

– Ainda bem que foi tão empolgante para você.

Nolan prossegue como se eu não tivesse dito nada.

– E talvez meu avô seja a razão por eu ter me envolvido nisso no começo... – O cabelo dele cai sobre os olhos cor de âmbar, mas, dessa vez, ele não o afasta. – Mas você acha mesmo que ele é a razão de eu ainda estar aqui?

– Não sei por que você ainda está aqui – digo com rispidez. – Mas acho que está na hora de você ir embora.

– Do que você está falando? Estou tentando ajudar você. Como eu disse, vou fazer mais pesquisas...

– Aonde sua pesquisa nos levou? A caçar professores fantasmas e a becos sem saída! Não tenho *tempo* para becos sem saída. Minha mãe pode estar em sério perigo. – Sinto fortes palpitações no estômago.

– Eu sei disso...

– E acha que pode nos ajudar lendo mais livros antigos? – Minha boca tem mente própria, e me sinto impotente para impedir que ela diga essas coisas perversas. – Não preciso de sua ajuda – minto. Para alguém que, há alguns meses, nunca tinha mentido nem sobre terminar de comer suas verduras, estou ficando muito boa em mentir. – Não sou uma *donzela em perigo* que precisa de um garoto para ajudá-la.

— Nunca achei que você fosse.

— Então vou perguntar de novo, por que, afinal, você se importa? — Pressiono o queixo contra o ombro, sentindo o couro da jaqueta de Nolan pressionar de volta.

— Eu me preocupo com *você*! Não quero que nada aconteça com você. — As palavras de Nolan pairam pesadas no ar entre nós. Ele acrescenta com delicadeza. — Nem com sua mãe. Olhe, sei que você está se sentindo ameaçada nesse momento. Entendo que você sinta que precisa, não sei, estourar comigo, brigar ou algo assim.

— Não me diga como me sinto.

— Tudo bem, não digo.

— Como eu falei, está na hora de você ir embora. — Eu tiro sua jaqueta e a estendo para que ele a pegue, com cuidado para não deixar suas mãos tocarem as minhas quando ele finalmente faz isso.

— Vou viajar por alguns dias — diz ele, vestindo e ajeitando a jaqueta com os ombros.

— O quê? — respondo, começando a tremer. Apesar de estar praticamente obrigando-o a ir embora, a perspectiva de sua ausência faz com que eu sinta mais palpitações na boca do estômago: acho que é isso o que as pessoas querem dizer quando falam sobre estar em um carrossel de emoções.

— Meus pais e eu vamos visitar minha avó. Sei que ela vive a apenas algumas cidades de distância, mas vamos passar as festas com ela.

— As festas? — repito de modo abobado.

— Amanhã é véspera de Natal.

— Ah — respondo de modo desinteressado. Então saio do carro e bato a porta às minhas costas. Fico parada e observo o veículo dar ré e ir embora. Através da neblina, posso identificar luzes vermelhas e verdes que alguém espalhou desordenadamente nos galhos mais baixos da árvore no jardim da casa diante da nossa. É uma sempre-verde, mas não parece em nada com uma árvore de Natal.

## Por que estamos lutando?

Amanhã é véspera de Natal. A escola está fechada para o recesso de inverno. As pessoas foram para casa, para a casa de suas famílias, estão se reunindo em volta de pinheiros, assando perus, embrulhando presentes.

Eu, honestamente, tinha esquecido.

Lex e Oscar correm para me receber quando entro pela porta. Encho suas tigelas de comida, desculpando-me pelo modo como os havia deixado algumas horas antes. Eles se esfregam contra minhas pernas com gratidão, mas sua presença não faz com que a casa pareça menos vazia.

Pela primeira vez em toda a minha vida, não temos árvore de Natal. Não a amarramos no teto do carro e fizemos força para carregá-la pela porta da frente e discutimos se eu estava segurando reto enquanto mamãe se agachava no chão, tentando fixá-la em nosso suporte enferrujado. Não ficamos acordadas até tarde bebendo gemada (uma bebida que nenhuma de nós na verdade gosta, mas as duas ainda insistem) enquanto decorávamos nossa árvore alta demais com luzes e enfeites bobos que eu tinha feito no maternal – um de argila com a forma da minha mão, um Papai Noel feito de palitos de picolé.

Eu na verdade nunca acreditei em Papai Noel. Quando era pequena, mamãe me disse para escrever uma carta para ele dizendo o que queria, mas de algum modo sempre soube que era *ela* quem realizava meus desejos de Natal. Afinal de contas, nunca pedi ao Papai Noel um unicórnio de vidro, mas, quando tinha 5 anos, havia um à minha espera sob a árvore na manhã de Natal, assim como haveria um em todo Natal depois daquele.

Até agora. Não havia como minha mãe ter se lembrado de me comprar um unicórnio esse ano. Há alguns meses, pensei em pedir a ela uma dessas lâmpadas UV que combatem o transtorno afetivo sazonal. Agora não acho que nada possa melhorar meu humor. Nem mesmo a luz do sol de verdade.

Ando com passos pesados pela casa, subo as escadas e entro em meu quarto. Eu me sento na cama, ainda de botas, o cabelo ainda úmido do ar no exterior e coberto com a poeira do Levis Hall. Sinto falta do peso da jaqueta de Nolan em meus ombros. Meus passos deixaram uma trilha de lama pela casa, mas não acho que mamãe vá perceber. Mesmo assim, sei que vou refazer meus passos com o limpador de carpete antes que ela chegue em casa. Não quero arranjar problema com o senhorio. Apesar de que não seria tão ruim, já que foi ele quem nos alugou uma casa assombrada.

Não me lembro da última vez em que tive uma conversa de verdade com Ashley. Temos apenas trocado mensagens de texto ao longo dos últimos meses, quando se tornou óbvio que eu estava menos interessada em Cory Cooper que em fantasmas. Nós só praticamente paramos de nos telefonar. A última mensagem que recebi dela dizia *Cory me deixou dirigir seu carro*. Isso tinha sido dois dias antes, e eu ainda não havia respondido. Não tinha certeza de como devia reagir. Acho que isso era uma espécie de grande passo na relação deles. Mas eu não conseguia me fazer parecer ficar empolgada com isso, mesmo por Ashley. Eu tinha coisas mais importantes acontecendo, coisas que ela jamais poderia entender.

Eu gostaria de saber *quem* estava nessa casa conosco. Talvez se eu soubesse o nome da garotinha que ouvi implorar pela vida no banheiro, se conhecesse sua história, conseguisse entender por que isso estava acontecendo. Ou talvez se eu soubesse a quem ela estava implorando, eu entenderia o tipo de ameaça que estávamos enfrentando.

Mas mandei embora a única pessoa que queria me ajudar a descobrir.

## Por que estamos lutando?

Caí para trás na cama e (é claro), em vez de acertar os travesseiros, como era minha intenção, dei uma pancada forte com a cabeça na parede atrás de mim. Provavelmente bem em cima de uma flor rosa enorme.

– Ainda desastrada – digo com um suspiro. – Acho que algumas coisas nunca mudam. – Só queria que algumas das coisas *boas* não tivessem mudado.

Antes de sair de ré pela entrada de carros, Nolan desceu o vidro do carro para me dizer uma última coisa:

– Você acredita em fantasmas, Sunshine – disse ele. – Por que não pode acreditar *nisso*, no que você é? No que você é capaz?

– Mas é exatamente isso – digo agora em voz alta, apesar de ele não estar por perto para me ouvir. – Eu não tenho a mínima ideia do que sou capaz.

## Estou ficando preocupado

Eu sabia que ela iria resistir. Após uma infância humana, ela não poderia entender imediatamente tudo isso, mas esperava que a essa altura ela tivesse feito mais progressos. Foi muito rápida para identificar uma presença estranha em sua casa, mas nos meses que se passaram desde que eu os mudei para Ridgemont, ela tem lutado contra a próxima conclusão lógica.

Ela nem reconhece seus instintos pelo que são. Ela tem confortado o espírito inocente na casa, entendendo isso ou não, de maneiras que um humano jamais poderia.

Mas preciso que suas forças estejam não apenas em confortar, mas também na luta. Meu plano está destinado ao fracasso se ela não tiver a força de que preciso. E o que, então, irá acontecer com nossa espécie? Não apenas nossa espécie: o que será dos humanos, sem luiseach na Terra para protegê-los? A menos que minha teoria se revele correta...

O garoto não era parte do plano. Esses ajudantes não costumam se materializar até bem mais tarde na vida de um luiseach. E a última coisa que queria é que ela fosse apanhada por alguma distração. Tomei precauções extremas contra tais coisas anos atrás. E minhas precauções parecem estar funcionando. Eu as vejo no modo como ela reage quando ele a toca. O corpo dela se enrijece, e ela se afasta. Ela engole em seco, como se tivesse ânsias de vômito.

Mesmo assim, sua ligação é forte. As medidas que tomei não parecem estar mantendo-os afastados, nem mantê-la afastada dele. Isso, sem dúvida alguma, não era parte do plano.

Mas talvez tenha chegado o momento de alterar o plano.

## CAPÍTULO VINTE E TRÊS

### Pistas novas

*A garotinha de vestido esfarrapado* está outra vez em meus sonhos. Dessa vez, está agachada no canto do banheiro, chorando baixinho, com água caindo da bainha de sua roupa no chão aos seus pés. *Ping, ping. Ping, ping.* Rastejo pelos azulejos do piso para me aproximar dela, mas ela está além de meu alcance, escapando ao meu toque. O cheiro de mofo está pesado no ar, e ela não olha para mim, só para as lajotas do piso sob seus pequenos pés descalços.

– Por que você está chorando? – sussurro, mas ela não responde.

– Posso ajudar? – pergunto, sem resposta. Ela apenas fica ali sentada, com lágrimas pingando no chão com tamanha velocidade que aquilo mais uma vez me lembra uma parte de *Alice no País das Maravilhas,* quando Alice quase se afoga nas próprias lágrimas.

É a mesma garota que caminhou acima de Nolan e de mim, que ficou tão agitada que a lâmpada estourou sobre nós? Deve ser. E ela quer que eu descubra isso. Pelo menos, Nolan acha que sim.

Então, finalmente, pergunto:

– Você pode me ajudar? – Suas lágrimas param abruptamente. Ela ergue os olhos e posso ver que seus olhos são castanho-escuros, quase negros. A menina abre a boca, mas, se algum som sai, não consigo ouvi-lo.

– O quê? – pergunto a ela. – Desculpe, não consegui ouvir você.

Ela torna a abrir a boca. Há um murmúrio de sussurros, mas não consigo identificar nenhuma palavra.

— O quê? — torno a perguntar, e ela sussurra a resposta, mas ainda não consigo escutá-la. — Por favor! — digo em desespero. Agora estou à beira das lágrimas.

Ela volta a sussurrar. Mas ainda não consigo entender. A menina parece quase tão frustrada quanto me sinto. Tento outra vez me aproximar dela, chegar com o ouvido mais perto de seus lábios, mas ela desliza para ainda mais longe, até que me vejo sozinha no banheiro, com a água de suas lágrimas penetrando em meu pijama.

Acordo assustada.

Eu me levanto. A caminho do quarto de mamãe, paro e olho no banheiro. Não acredito que estou realmente torcendo para ver uma garotinha chorando com um vestido em farrapos encolhida no canto, exatamente como estava em meus sonhos. Que tipo de pessoa estranha *torce* para ver um fantasma?

Mas o banheiro está vazio, com a exceção de Lex, instalado em cima do vaso sanitário, seu novo lugar favorito para dormir.

— Você me diria se tivesse visto um fantasma, não diria, Lex? — pergunto, mas ele não responde. Em vez disso, abre os olhos e boceja, como se para dizer: *Este é o meu quarto. Por favor, vá embora.*

— Ajudou muito — resmungo. Ele pisca os olhos verdes. Ashley tinha razão, meus olhos meio que parecem os dele.

— Talvez eu seja parte gato — sussurro. — Quero dizer, não pode haver nada mais estranho do que o que Nolan acha que sou.

Vou na ponta dos pés pelo corredor e abro lentamente a porta de mamãe, ouvindo os sons regulares de sua respiração. Ela só chegou em casa às dez essa noite. Deve ter esquecido que era época de Natal, assim como eu.

Está dormindo com o uniforme do trabalho, cor de pêssego pastel com ursinhos de pelúcia dançando nas bordas da blusa de mangas curtas, do tipo que ela costumava se recusar a usar. Ela sempre reclamava que era difícil para enfermeiras neonatais serem levadas a sério quando estava usando uniformes cobertos com gatinhos e ursinhos de pelúcia. (O mesmo tipo de padrão que eu escolhia para dormir, mas isso não vem ao caso.) Ela insistia em usar uniformes sem estampas. Por que ela agora estava usando aqueles? Talvez o hospital estivesse sem uniformes simples. Ou talvez ela não lembre que costumava se importar com coisas assim.

Seu cabelo liso e castanho avermelhado está espalhado desordenadamente sobre o travesseiro sob sua cabeça. Sua respiração está meio entrecortada, como se talvez ela estivesse ficando resfriada, algo assim.

Entro em silêncio em seu quarto e me debruço sobre a cama. Espero que seus olhos abram de repente, espero que ela me pergunte o que estou fazendo ali. Eu não conseguiria inventar uma resposta que a satisfizesse. *Eu esperava que você tivesse superado essa sua história de fantasmas*, suspiraria ela, com a voz carregada de decepção.

*Não*, responderia eu. *Eu não superei. E ainda encontrei alguém com quem conversar sobre isso.*

Então eu contaria a ela tudo sobre Nolan, sobre esse garoto que é tão legal e inteligente e que ri de minhas piadas e não parece se importar que eu seja uma palerma total. Contaria que, quando eu o vi pela primeira vez, achei que ele era bem bonito, com uma característica meio nerd, de filme dos anos 80. Mamãe riria. E terminaríamos conversando sobre todos os filmes bobos que alugamos nas noites de sábado quando eu estava crescendo. Mas depois disso, mamãe ia ficar séria e sugerir que eu ligasse para Nolan para me desculpar. E eu faria uma careta, mas saberia que ela tinha razão.

Fecho os olhos. Uau, é a isso que fui reduzida? *Imaginar* conversas com minha mãe em vez de *conversar*?

Não acho que jamais me senti solitária. Ouvi outras pessoas reclamarem de solidão, li sobre isso em livros e vi em programas na TV, mas na verdade eu mesma nunca *senti*. Isso simplesmente não parecia se aplicar a mim. Quero dizer, claro que passei muito tempo sozinha, mesmo na época em que vivíamos em Austin. Assim que tive idade suficiente para não precisar de babá, eu me tornei uma criança independente: ia da escola para casa sozinha, fazia meu próprio lanche enquanto mamãe trabalhava, preparava o jantar quando ela tinha de trabalhar até tarde, fazia obedientemente o dever de casa sem um pai para me obrigar.

Mas durante todo esse tempo, nunca me senti sozinha. Mesmo com mamãe trabalhando, nem uma vez duvidei de que ela voltaria para casa se eu precisasse dela. Que sempre estaria presente para mim, acontecesse o que acontecesse.

Agora, aqui está ela. Apenas a centímetros de distância de mim, e eu nunca me senti tão sozinha.

Minha mãe dá um grunhido dormindo. Sacudo a cabeça: muita gente faz barulhos enquanto dorme. Eu devia apenas voltar para meu quarto, entrar embaixo das cobertas e conseguir dormir um pouco de sono tão necessário.

E estou prestes a fazer isso tudo, bem, tentar fazer isso tudo, quando minha mãe faz outro ruído. E mais um. E outro.

De repente, ela se senta na cama. Eu me afasto em um pulo, surpresa, esperando que ela grite comigo. Mas seus olhos estão fechados; seus músculos, rígidos. Suas costas estão retas; os dedos das mãos cerrados em punhos apertados e sua boca está aberta. Sons feios, horrendos, começam a sair dela. Sua voz não parece em nada o que costumava ser.

Não acho que sejam apenas ruídos. Acho que são *palavras*. Mas palavras que não reconheço. Palavras em uma língua que eu nunca vi, uma língua que minha mãe não fala. Uma língua que, pelo som gutural, rascante e horrível, não parece com nenhuma outra língua falada por qualquer outra pessoa no planeta.

— Mãe? – digo com delicadeza e dou um passo na direção da cama. Eu devia esperar. Ela vai acabar deitando de volta em seus travesseiros, certo? Ela está provavelmente apenas tendo um pesadelo, algo assim. Várias pessoas fazem ruídos quando têm sonhos ruins. Mas as palavras estranhas que saem de sua boca só estão ficando mais altas. Parecem sons desconexos, mas sons desconexos raivosos – gritos e protestos. Ela estende os braços a sua frente e aponta o dedo para algo do outro lado do quarto que não posso ver. Oscar e Lex estão parados na porta, perguntando-se o que aconteceu com sua amiga Kat.

Então ela solta um uivo, um grito que faz meu corpo se arrepiar inteiro.

— Mãe! – grito. Bato na cama e estendo a mão para agarrá-la, pronta para segurar seus braços e lutar com ela se precisar, pronta para bater em seu rosto se isso for necessário para despertá-la. Mas no instante em que meus dedos tocam seu braço, seu corpo relaxa por inteiro. Os sons horríveis param de sair de sua boca, e, em vez disso, ela solta uma espécie de suspiro sonolento enquanto deita de volta em seus travesseiros.

— É você, Sunshine? – pergunta ela, sonolenta. Sua voz, agora, está de volta ao normal.

— Sou eu – respondo.

— Minha Sunshine – diz ela.

— Acho que você estava tendo um pesadelo.

— Acho que estava – concorda ela, grogue. – Mas minha Sunshine o mandou embora. – Suas pálpebras piscam como se ela estivesse tentando despertar para falar comigo, mas o sono tem um domínio poderoso sobre ela.

— Não tente acordar – digo, estendendo a mão para afastar o cabelo de sua testa. Ela rola de lado e se enrosca como um gato. Espero até sua respiração ficar suave e regular, não entrecortada como estava antes, então me levanto da cama e volto na ponta dos pés de volta para meu quarto.

Eu fiz aquilo? Quero dizer, não a parte assustadora de falar com voz gutural, não sei quem ou o que fez aquilo, mas a parte boa e tranquila de voltar a dormir? *Minha Sunshine o mandou embora.* Será que meu toque, de algum modo, não sei, assustou e expulsou as palavras de sua garganta, tranquilizando seus músculos e os fazendo relaxar?

Nolan diria que sim. Porque sou uma luiseach. Eu estava trazendo luz ou o que quer que seja que nós, *eles*, fazem. Ele diria que meus poderes estão entrando em ação, exatamente como ele esperava que aconteceria.

Mas Nolan não está aqui para dizer nada.

Oscar chega a meu quarto antes de mim, aproveitando minha ausência da cama como sua oportunidade para se deitar em meu travesseiro, ocupando todo o espaço antes ocupado por minha cabeça. Eu me enrosco em torno dele e volto para baixo das cobertas.

Eu me pergunto se vou tornar a sonhar com a menina, sussurrando palavras que não consigo ouvir. Nada como os gritos de mamãe.

– Infelizmente não posso levar você para meus sonhos comigo – murmuro para Oscar. – Talvez você conseguisse ouvir aquela garotinha com sua audição supersônica de cachorro. Não que fosse me adiantar muita coisa, já que não falo língua de cachorro, e você não fala a minha.

Mas aí ouço sussurros mais uma vez, os mesmos sons abafados de meus sonhos. Eu me belisco para ter certeza de que estou acordada.

– Isso não foi você, foi, Oscar? – Eu só estou meio de brincadeira. Se ele de repente abrisse a boca e começasse a falar comigo em um sotaque britânico carregado, não tenho mais certeza de que acharia isso surpreendente.

O sussurro continua.

— Sinto muito — digo para a escuridão. — Ainda não consigo entender você.

Viro-me para o lado e acendo a luz na mesa de cabeceira, como se achasse que a iluminação fosse me fazer ouvir melhor por mágica.

Ali, olhando para mim de baixo de meu exemplar surrado de *Orgulho e preconceito*, está a pilha das fotos em preto e branco que tirei em agosto. (Caraca, isso agora parece ter sido há um milhão de anos.) Olho para minha câmera guardada na estante acima de minha cama. Eu não mexo nela faz muito tempo, apenas a deixei ali, com as engrenagens acumulando poeira; depois do jeito que ma mãe agiu, achei que todas as minhas fotos dessa casa eram inúteis.

Afasto o livro e olho para a foto no alto da pilha: uma fotografia desse quarto que devo ter tirado da cama. É uma foto de minha mesa e da janela, a prateleira com minha coleção de unicórnios. Eu nunca poderia me esquecer dessa foto. Porque quando a tirei, o unicórnio com o chifre quebrado estava no fundo, escondido atrás dos que permaneciam intactos. Mas quando vi a fotografia revelada, lá estava ele novamente, agora posicionado na frente e no centro.

— Como você conseguiu fazer isso? — digo em voz alta, pegando a foto e a examinando. — Você sabe usar Photoshop, ou algo assim? — Será que os poderes mágicos dela seguiram o filme até Austin? Será que eles penetraram nas máquinas quando as pessoas no Max o revelaram?

Não há resposta. O sussurro indistinto para.

A foto fica fria em minhas mãos, como se fosse feita de gelo em vez de papel. Quase a deixo cair, mas a seguro com mais força e me inclino para frente para olhar mais de perto. Há gotas de água se formando nas bordas, como se alguém com dedos molhados a estivesse segurando junto comigo.

Inclino-me para botar a foto embaixo do abajur da mesa de cabeceira. Os pelos de minha nuca começam a se eriçar e a formigar.

— O que é? O que você fez?

Ali. Há palavras rabiscadas em minha mesa. Não, não palavras. Um nome. Aperto os olhos para ver melhor, desejando ter uma daquelas lentes de aumento que se encaixam na órbita do olho como os joalheiros usam para examinar diamantes, à procura de falhas. Eu me levanto, atravesso o quarto e acendo a luminária de minha mesa. Como eu desconfiava, as palavras estão traçadas em água ali em 3-D, também. Os músculos de minha boca finalmente me permitem um sorriso mínimo.

— Anna Wilde — leio em voz alta, e a estante onde estão meus unicórnios começa a vibrar. — Anna Wilde — torno a dizer, dessa vez mais alto, e Oscar se levanta sobre a cama atrás de mim, agitando a cauda pequena de um lado para outro freneticamente; como se o tempo todo ele estivesse esperando que eu dissesse esse nome.

Talvez ele pudesse escutá-la, afinal de contas.

## CAPÍTULO VINTE E QUATRO

# Anna Wilde

*Sento-me a minha mesa* e abro o laptop. Pesquiso no Google: "Anna Wilde", com cuidado para não borrar as letras molhadas em minha mesa.

Surgem centenas de resultados. Isso deve ser o contrário do que Nolan encontrou quando pesquisou "luiseach" no Google pela primeira vez.

Pego meu telefone. É tarde da noite, mas não acho que Nolan vá se importar em ser acordado quando tenho um desenrolar tão importante para contar...

*Não.* Sacudo a cabeça. Por um segundo eu esqueci que tínhamos brigado mais cedo. Esqueço que ele talvez nunca mais queira tornar a ouvir falar de mim. Esqueci que eu fui a versão mais perversa de mim mesma que jamais existiu. Depois do que houve, ele poderia ser qualquer coisa menos legal comigo.

Esqueci que agora estou por conta própria.

Desci e vi os outros resultados na minha tela. Aparentemente, há mais de uma Anna Wilde no mundo. Faço outra busca, dessa vez digitando as palavras "Ridgemont, Washington" depois do nome de Anna. Surgiram menos resultados, mas ainda havia bastante para escolher.

Cliquei em um link do *Ridgemont Herald*. Pisquei diante da manchete enorme que ocupava a tela de meu computador: "Homem descobre filha afogada, morre com o choque".

Eu li isso dois anos atrás, uma menina de 10 anos chamada Anna Wilde se afogou no banheiro de sua casa em algum lugar em Ridgemont. Quando o pai descobriu o corpo sem vida, teve um ataque do coração e morreu no ato. A esposa do homem e mãe da menina, ao voltar de uma viagem de trabalho, descobriu os corpos depois.

Sinto outro nó se formar na garganta ao pensar no que aconteceu com aquela pobre família, com a menininha que brinca comigo agora há meses.

Eu me viro e olho para a porta de meu quarto, sabendo que o banheiro fica logo ali fora. Sinto um calafrio ao lembrar do som da menina, Anna, implorando pela vida, se debatendo enquanto alguém a segurava.

Volto-me para a reportagem. Ela diz que não houve suspeita de crime. Foi apenas um acidente terrível. Uma tragédia familiar.

Sacudo a cabeça. O que eu ouvi no banheiro naquela noite não foi acidente.

Desço mais a tela. Há uma foto de uma banheira vazia. Eu me aproximo de meu computador.

E o nó em minha garganta se revira. Ah, meu Deus. Vou vomitar. Literalmente.

Levanto-me tão rápido que derrubo a cadeira, e o barulho que ela faz ao bater no carpete faz com que Oscar pule de minha cama e se esconda embaixo dela. Mal consigo chegar a tempo ao banheiro. Não como nada há horas, por isso, na verdade não tenho muito dentro de mim para vomitar. Mesmo assim, meu corpo consegue se esvaziar, os músculos de meu estômago se contraem e apertam até tudo doer.

Eu me agacho ao lado do vaso sanitário e apoio a cabeça na louça fresca. Pela primeira vez em meses, tirando a presença de Nolan, estou aquecida. Não apenas aquecida. Estou *quente*. Meu rosto está coberto por uma camada brilhante de suor.

Eu fecho os olhos.

Eu me senti enjoada toda vez que Nolan se aproximou demais, mas não era nada em comparação a isso. Com Nolan eu costumava conseguir conter a ânsia de vômito e nunca realmente vomitei. Acima de tudo, com ele bastava eu me afastar um passo que a sensação aliviava.

Limpei a boca e dei a descarga. Eu me debrucei sobre a pia e joguei água fria no rosto. Quando o fantasma de Anna estava trancado nesse banheiro, será que ela estava reencenando a noite de sua morte? Será que, de algum modo, ela era forçada a revivê-la? Só a ideia me fez estremecer de horror.

*Não houve suspeita de crime.* Como a polícia chegou a essa conclusão? Talvez a polícia, assim como minha mãe no dia seguinte, *não tenha conseguido* ver o que eu vejo agora.

Respiro fundo antes de voltar para meu quarto. Pego o laptop na mesa e o levo para a cama comigo, eu me enfio embaixo das cobertas e ponho o computador no colo. Posso ouvir a respiração de Oscar vindo de baixo da cama, regular e reconfortante.

Olho outra vez.

Nas fotos da banheira onde Anna se afogou, há dezenas, não, centenas, de pequenos arranhões espalhados pelos azulejos. É difícil imaginar que uma menininha pudesse fazer aquelas marcas, mas acho que encontramos fontes ocultas de força que nunca sabíamos possuir quando estamos lutando por nossa vida. A morte de Anna não foi apenas um acidente terrível, uma menina deixada sozinha por tempo demais. Alguém a afogou. E ela lutou com todas as suas forças contra quem fez isso.

Penso nos sons que ouvi no quarto de mamãe esta noite. Não nas palavras, mas antes disso, no modo como sua respiração parecia difícil, como se de algum modo estivesse congestionada. Como se seus pulmões estivessem *com água.*

Continuo a ler. Há uma foto de Anna e uma de seu pai, imagino a polícia as pegando do console sobre a lareira onde ficavam em exibição à vista de todos. Estudo a foto de Anna, tentando ver se ela parece a menina dos meus sonhos. Consigo identificar o cabelo escuro, a pele branca, olhos quase negros. Meus olhos se enchem de lágrimas. Não é como se eu não soubesse que ela estivesse morta. Quero dizer, ela é, afinal de contas, um *fantasma*. Mas de algum modo, ler tudo isso, saber seu nome, ver seu rosto, a carga disso torna tudo de algum modo mais pesado: há uma garotinha morta. E seu pai também. Eu examino a foto. Ele não parece nada com ela, que deve se parecer mais com a mãe. Ele é louro, tem sardas, é bronzeado e é bonito. É a imagem da saúde. Dificilmente a pessoa que você imaginaria que tivesse um ataque do coração. Talvez seu coração tenha simplesmente se partido ao ver que a filha estava morta.

Apesar de a casa estar em silêncio, meus ouvidos ecoam com a lembrança da menina no banheiro, implorando pela vida por trás de uma porta trancada.

Segundo a reportagem, o pai de Anna era um homem de família dedicado. Amigos e vizinhos ficaram arrasados, mas não completamente surpresos que a perda da filha o tivesse destruído. Ele era um pai atencioso e carinhoso, nunca perdia uma apresentação de dança, era técnico do time de softball, ensinou-a a andar de bicicleta na entrada da garagem.

O último parágrafo da reportagem dizia que a mãe de Anna mandou cremar a filha e o marido.

A mãe de Anna. Quem era sua mãe? Minha nossa, essa pobre mulher perdeu tudo. Será que ela tinha alguma ideia do que realmente havia acontecido com a filha? Li a reportagem mais uma vez. Há menções rápidas por todo o texto.

*A mãe da menina estava em uma viagem de trabalho.*
*A mãe mandou cremar seu corpo.*
*Ela estava casada com o marido havia quinze anos.*

Só na última frase o nome da mãe de Anna é revelado: *A mãe da criança, Victoria Wilde, não foi encontrada para comentar.*

Victoria Wilde?
Como em *Eu sou Victoria Wilde*. *Vamos fazer um pouco de arte, hein?*
Como em *Toda essa morte, bom trabalho, Nolan?*
Como a furtiva, observadora e sempre à espreita Victoria Wilde?
Podia ser *aquela* Victoria Wilde?
– Victoria Wilde? – digo em voz alta, quase como se esperasse que ela respondesse. Está tão frio quando falo que posso ver meu hálito. Nem tinha percebido a queda de temperatura, talvez eu esteja me acostumando a isso.
– Victoria Wilde – repito devagar, me concentrando no modo como meus lábios articulam o *O* e o *W*. Seu nome tem um peso em minha boca, uma coisa sólida e certa. Fecho o computador, jogo as pernas para fora da cama e planto com firmeza os pés no chão.
– Victoria Wilde – digo mais uma vez. Talvez haja uma razão para que ela esteja sempre por perto, escutando, observando. Talvez ela saiba exatamente o que aconteceu em sua casa enquanto estava "em viagem de trabalho".
Talvez ela saiba de tudo.

# Ela encontrou Victoria

Eu estava me perguntando quanto tempo ia levar, quanto tempo ia se passar até Sunshine encarar a professora estranha que tem escutado suas conversas e descobrir que ela encontrou uma luiseach anciã. Estou satisfeito que ela tenha encaixado as peças sozinha, sem o rapaz.

Não, não sozinha – Anna a ajudou. Anna a guiou perfeitamente. Anna quer que Sunshine obtenha sucesso, agora, não só para o próprio bem, mas pelo bem de Sunshine, também. Anna gosta dela, um sentimento humano, verdade, mas é útil nessa situação.

Afinal de contas, é um sentimento humano – o medo de perder Katherine para sempre – que agora vai motivar Sunshine. Sem dúvida a menina precisava saber o que estava em jogo, descobrir que ela era a única criatura com o poder para salvar sua mãe, para salvar Anna, para ajudar Victoria e para aceitar o que ela realmente é.

Talvez tenha vivido tempo demais entre humanos. Se ela passar em seu teste, vou ajudá-la a obter algum distanciamento disso. Por mais motivadoras que possam ser, as emoções humanas são uma fraqueza. Não temos espaço para fraquezas. Nosso trabalho é importante demais. Uma ruptura para fechar. Um futuro para restaurar.

Ela logo vai aprender que há muito mais em risco que a vida de uma mulher, que a memória de uma garotinha.

Logo ela vai entender que esse teste é na verdade bem pequeno, bem simples em comparação com o trabalho que ela ainda tem de fazer. É preciso cuidar da ruptura. O futuro de nossa raça deve ser decidido.

Ainda há muito trabalho a ser feito.

## CAPÍTULO VINTE E CINCO

# Victoria Wilde

*Eu deixei minha mãe em casa sozinha.* Cheguei à conclusão de que o risco valia a pena depois de procurar o endereço de Victoria e descobrir que ela vive a apenas dez minutos a pé de nossa casa. Há alguns centímetros de neve no chão – Nolan estava certo quando avisou que vinha neve aí. Ela caiu à noite, e Ridgemont branca acordou para o quase Natal.

Só que, na verdade, dez minutos é muito tempo quando você está sozinha com seus pensamentos. Você se dá conta de que são sete da manhã da véspera de Natal, e você não sabe exatamente quais são os hábitos de sono de sua professora esquisita. Você percebe que está prestes a bater à porta de uma praticamente estranha e dizer a ela que sabe que sua filha está morta e que não acha que sua morte foi um acidente, como disse a polícia. Você se pergunta como ela vai reagir ao fato de que você não está ali para confortá-la nem oferecer compaixão. Em vez disso, está lá porque acha que a filha dela é um espírito preso entre dois mundos, aprisionado no interior de sua casa.

Você se dá conta de que, provavelmente, aquela mulher vai bater a porta na sua cara e expulsá-la de classe quando a escola recomeçar em janeiro.

Seguindo um mapa em meu telefone, viro na rua da srta. Wilde, depois decido imediatamente que cometi um grande erro. Não estou dizendo procurar a professora, quero dizer *literalmente* acho que fiz uma curva errada. Ninguém pode morar nessa rua. É tão desolada que faz nossa vizinhança parecer animada, simpática e movimentada.

Não há casas à vista, ali, apenas árvores. Sempre-verdes enormes, altíssimas que me fazem sentir pequenina como uma formiga. Olho para meu telefone. O endereço de Victoria é Pinecone Drive, nome de rua que faz menção a cones de pinheiros, número três. Há cones de pinheiros ali espalhados pelo chão o suficiente para justificar o nome, apesar de não haver placa com nome de rua para confirmar minha localização.

Caminho lentamente pela rua, e é como andar por uma trilha em uma floresta. Os arbustos são tão densos que alguns deles se tocam no topo, como se eu estivesse caminhando por um túnel. Em outras circunstâncias, eu provavelmente acharia aquele lugar bonito; não consigo ouvir um carro sequer das ruas próximas nem ver nenhum avião voando nos céus. Aquelas árvores provavelmente estão ali, crescendo altas e fortes, há cem anos ou mais. Mas estou preocupada demais em encontrar a srta. Wilde para aproveitar isso. Por fim vejo uma entrada de carros à direita. Se a casa dela é a número três, deve haver pelo menos uma número um e uma número dois, mas não há outras entradas, não há mais nenhuma casa à vista por trás das árvores.

Viro na entrada de carros e o que vejo é quase engraçado. Porque a casa de Victoria Wilde é bem vitoriana. A casa em si é estreita, com uma escadaria desproporcionalmente larga que leva a uma varanda enorme na entrada. O segundo andar tem um grande terraço por toda a volta, e o terceiro andar – talvez o sótão – é uma torre pontuda de telhado íngreme, como se a casa fosse um castelo pequenino. Parece uma espécie de bolo de casamento, mas, cercado pela floresta escura de árvores, não parece nem um pouco festiva. Quase parece a cabana de uma bruxa, do modo que é disposta bem nas profundezas da mata. Engulo em seco enquanto caminho pela entrada que leva até a casa, esperando que ela não esteja planejando me cozinhar nem nada. Eu não deixei exatamente uma trilha de migalhas de pão para poder encontrar o caminho de volta para casa.

Minha mão está tremendo quando bato à porta da srta. Wilde. Digo a mim mesma que é o frio, não o nervosismo, mas, sério, quem eu acho que estou enganando? A srta. Wilde, ou sra., eu acho, agora, atende rapidamente, como se estivesse esperando a chegada de alguém. Não preciso dizer nada. Ela simplesmente me convida a entrar.

– Desculpe pela hora... – começo, mas logo me detenho. A srta. Wilde está totalmente vestida em suas roupas longas e esvoaçantes de bruxa. Nada de pijamas ali, mas, em vez disso, uma saia cinza-grafite tão comprida que toca o chão em torno de seus pés. Ela está usando um xale negro de tricô com pontos bem largos, de modo que parece ser feito de renda, não de lã, sobre uma blusa larga. Há outro xale negro em torno de seu pescoço como um cachecol. De repente, sinto-me muito pouco vestida em meu jeans e jaqueta grossa de esqui. Seu cabelo negro comprido cai como uma cortina quase até sua cintura. Em outro momento, em outra época, eu teria inveja de como ele é liso. Quase como o de minha mãe, mas muito mais comprido e muito mais escuro.

Ela sorri. Seus olhos são castanho-escuros, quase negros, iguais aos de Anna.

– Vamos nos sentar na sala. – Ela vai na frente por um corredor até uma sala bem iluminada decorada em tons de creme e pêssego. Exatamente o oposto das cores escuras que ela veste. Aquela é a casa em que Anna foi morta? Aquela casa aconchegante e alegre?

– Desculpe, você estava me esperando? – digo, mas ela não responde. Há algo estranho em relação à casa, mas levo um segundo para perceber o que é.

Minha nossa. Ela é quente. Não apenas quente, mas *clara*, como se as janelas fossem inundadas por luz do sol em vez de névoas e brumas.

— Você tem uma casa linda — digo, como uma boba, porque não sei mais por onde começar. O interior não se parece em nada com o exterior. Victoria faz um gesto para que eu me sente em um sofá acolchoado coberto por pequenas flores rosa. (Um tipo de rosa bonito, por falar nisso, nada como o horrendo, isso mesmo, *horrendo*, não posso evitar se a palavra perfeita também é uma palavra no estilo de Jane Austen, rosa de meu quarto.)

— Você gostaria de um chá? — oferece ela, sentando-se em uma poltrona branca estofada demais em frente a mim. Entre nós há uma mesa otomana com uma bandeja com um aparelho completo de chá. Em outras circunstâncias, eu provavelmente teria adorado; é bem antiquado, o tipo de jogo no qual eu imagino que Elizabeth Bennett beberia seu chá. Mas não acho que tenha estômago para qualquer coisa nesse momento, nem mesmo chá, por isso sacudo a cabeça. A srta. Wilde serve para si uma xícara.

— Srta. Wilde — começo, mas ela ergue a mão para me interromper.

— Victoria — diz ela. — Por favor.

Tenho quase certeza de que não devo chamar minha professora pelo primeiro nome, mas provavelmente também não devo aparecer na porta dela, então acho que não importa.

— Está bem — recomeço. — Victoria, preciso perguntar uma coisa a você. — Ela ergue as sobrancelhas em expectativa. Agora, mais que nunca, ela parece uma professora, esperando que o aluno faça a pergunta certa. Mas eu não sei exatamente o que dizer.

Então, em vez disso, olho ao redor da sala. Meus olhos se detêm em uma coruja branca, não empalhada como Dr. Hoo, mas de pelúcia como um brinquedo. Tirando isso, é igualzinha ao Dr. Hoo.

— Bela coruja — digo sem jeito.

Victoria balança a cabeça afirmativamente.

— Era a favorita de minha filha.

— Isso explica muita coisa — digo baixinho. Não posso me lembrar da última vez em que entrei no meu quarto e encontrei Dr. Hoo na mesma posição que estava quando eu saí.

— É mesmo? — pergunta Victoria com os olhos escuros brilhantes e bem abertos.

— Anna Wilde era sua filha — começo lentamente. — Acho... — Faço uma pausa, tentando descobrir a maneira correta de dizer. Eu devia ter ido lá com algo planejado, um discurso ensaiado, uma coisa assim. — Acho que ela pode ter sido... quero dizer, não há mancira fácil de falar sobre isso, mas... Coço a cabeça, alisando o máximo possível a bola de frizz que está lá, como se eu achasse que cabelo despenteado fosse, de alguma forma, desrespeitoso.

— Acho que ela tem visitado, quero dizer, não visitado, é óbvio, mas ficado, não, essa não é a palavra certa. Uhm... ela está vivendo... — Ah, nossa, eu acabei mesmo de dizer *vivendo*? Meu Deus, estou fazendo tudo errado. A menina está morta. Seu fantasma pode estar habitando minha casa, mas isso não é a mesma coisa que *vivendo* lá. Minha nossa, qual é a palavra certa para isso? Talvez em todos aqueles livros que desapareceram do gabinete do professor houvesse alguma coisa que pudesse ajudar, um guia de etiqueta para conversas fantasmagóricas ou algo assim.

Mas então Victoria diz a palavra mais óbvia de todas:

— Minha filha está assombrando você.

— Não a mim, exatamente. Quero dizer, não só a mim. Minha mãe, também. — De repente, desejei ter tomado chá, também. Aí, pelo menos, eu teria algo a fazer com minhas mãos. Agora tudo o que posso fazer é apertá-las contra meu jeans. — Como você sabia?

Victoria põe a xícara de chá sobre a otomana estofada entre nós. Ela dá um sorriso triste.

— Eu sabia que era você. Seus olhos...

Eu sacudo a cabeça.

— Não entendo o que meus olhos têm a ver com alguma coisa — interrompo em voz baixa.

— Primeiro achei que fosse seu namorado, Nolan...

— Ele não é meu namorado — digo rapidamente. Por alguma razão, mesmo agora, especialmente agora, parece importante fazer essa distinção.

— Mas aí vi seus olhos, e tudo fez sentido — continua ela, como se eu não tivesse falado.

— Sinto muito, mas *o que* faz sentido? — Eu sacudo a cabeça. Em minha opinião, nada disso faz nada nem parecido com algum sentido.

— Tenho certeza de que é confuso para você. Antigamente, nós vivíamos juntos. Sabíamos o que esperar quando fazíamos 16 anos.

— Nós? — repito. Sinto um breve palpitar em meu estômago, mas é o suficiente para fazer minhas mãos tremerem em meu colo. Resisto à vontade de me sentar em cima delas. — O que quer dizer com *nós*?

Ela faz uma pausa, em seguida diz a palavra que até bem pouco tempo atrás soava apenas como sons sem sentido:

— Luiseach.

Ai, meu deus. Encontrei um. Um luiseach de verdade. Será por isso que ela via morte até nos projetos de arte mais alegres? Era por isso que estava sempre à espreita e à escuta? Por ser uma luiseach?

Ou é mais que isso? Talvez ela estivesse à procura de algo. De alguém.

De mim?

— Você é minha mentora? — *Minha* mentora. Isso simplesmente saiu, essa admissão tácita de que sei ser o que Nolan diz que sou. Se não acreditasse que era um luiseach, eu não esperaria ter um mentor.

— Não. — Ela dá aquele mesmo sorriso triste. — Mas seu mentor a está observando há bastante tempo.

Bem, isso é assustador, quero dizer, a ideia de uma pessoa me observando. Espere, é mais que assustador. É *horrível.*

— Bem, se ela, ou ele, está observando, por que não fez nada para ajudar? Por que ele ou ela não entra em cena e ajuda minha mãe antes que as coisas piorem? — Em vez de rouca e seca, agora minha voz está aguda e esganiçada.

A voz de Victoria está perfeitamente calma quando responde. Na verdade, sua voz está calma desde o instante em que apareci em sua porta, suave e quase melódica.

— Seu mentor é incrivelmente poderoso, Sunshine, mas ele não vai intervir nesse momento. — *Ele.* Agora, pelo menos sei alguma coisa sobre meu mentor: é um homem. — Sabe — prossegue Victoria. — Luiseach são uma espécie de anjos guardiões...

— Eu sei — interrompo com voz trêmula. — Eles protegem humanos de espíritos das trevas — digo como se tivesse falado isso um milhão de vezes antes. Como se eu não tivesse negado sua existência, muito menos que eu pudesse ser um. — Todos têm um mentor e um protetor, e eles se tornam adultos aos 16 anos.

Pela primeira vez no dia, Victoria pareceu realmente surpresa, com olhos arregalados e o cenho franzido.

— Você sabe mais do que eu esperava — diz ela lentamente.

— Nolan. Ele tem me ajudado. Ele é bom em buscas, esse tipo de coisa.

Uma espécie de sorriso sagaz surge em seu rosto enquanto ela permanece em silêncio.

Está bem, sei que estou no meio de alguma coisa, aqui, mas preciso parar e reclamar por um segundo. Odeio, *odeio,* quando adultos olham para adolescentes desse jeito, como se achassem que estamos envolvidos em alguma espécie de amor infantil, e isso não é a coisa mais fofa do mundo?

— Ele não é meu namorado — torno a dizer, dessa vez em voz baixa.

— Acredito em você — responde. Ela se recosta em sua poltrona. — A pesquisa de Nolan também revelou que todos os luiseach são testados por seus mentores aos 16 anos? Eles só podem começar o treinamento depois de passar pelos testes.

— Você está dizendo que isso tudo o que está acontecendo em minha casa é uma espécie de teste que eu devo passar?

— Sim.

Torço o nariz, como faz minha mãe.

— E meu mentor não vai me ajudar, porque ele quer ver como eu vou lidar com isso sozinha, certo? — Ela assente. — Bem, então *você* pode me ajudar, por favor?

— É seu teste, Sunshine, não o meu.

— Juro que não me importo se sua ajuda significar que eu não passe no teste. — Será que ela não entende que minha mãe é muito mais importante do que se eu começo ou não o treinamento de luiseach? — Você não pode apenas, não sei, fazer sua melhor magia de luiseach com minha mãe? — Respiro fundo, tentando organizar os pensamentos. — É minha *mãe*. E ela já se machucou uma vez. Só me diga o que Anna quer. Por favor.

— Não é minha filha que está causando seus problemas — intervém Victoria. — Bem, não exatamente.

— O que você quer dizer com isso?

Ela toma um gole de chá devagar.

— Fiz um acordo — diz ela baixo, olhando para o interior de sua xícara. — Um acordo para ajudar minha filha a seguir adiante.

— Não entendo. Se você é uma luiseach, *você* não pode ajudá-la? Quero dizer, não é isso que os luiseach fazem? Mandar espíritos para o outro lado?

Victoria sacode a cabeça.

— Eu fracassei com ela. Ela precisava de um luiseach mais forte que eu. Por isso, abri mão de meus poderes. Esse foi o preço que ele exigiu, e eu fiquei muito feliz em pagar.

– O preço exigido por quem? – pergunto.
Em vez de responder, Victoria diz:
– Primeiro, preciso lhe contar como minha filha morreu.
– Você não precisa – digo em voz baixa. Entrelaço os dedos e os pouso sobre o colo. Não quero fazer aquela pobre mulher reviver o que deve ter sido o pior dia de sua vida.
– Preciso, sim. – Victoria ergue a mão. – Você precisa saber que tanto Anna quanto meu marido foram assassinados.

## CAPÍTULO VINTE E SEIS

# Possessão

— *Pensei que seu marido tivesse* sofrido um ataque cardíaco. — Imagino como ele deve ter ficado chocado ao ver a filha sem vida na banheira. Isso seria suficiente para fazer com que o coração de qualquer pai parasse de bater.

— Pode parecer um ataque cardíaco — reconhece Victoria.

— Como um *assassinato* pode parecer um ataque cardíaco?

— Deixe-me explicar — diz ela com sua voz delicada e melódica.

— É complicado.

— Imagino — suspiro, e Victoria dá mais um de seus sorrisos tristes. Ela serve um pouco de chá em uma xícara de porcelana e a entrega para mim. Tomo um gole e escuto sua história.

— Eu sabia o que era desde o momento em que nasci — começa Victoria. — Eu aguardava ansiosa meu décimo sexto aniversário. No momento em que fiz 16 anos, tomei consciência dos espíritos a minha volta. Podia senti-los como nenhum mortal, podia interagir com eles como nenhum mortal. Mal podia esperar para passar por meu teste e começar o trabalho de ajudá-los a seguir adiante.

Não consigo imaginar aguardar com ansiedade um teste desses.

Talvez ao menos uma vez tenha havido um luiseach que disse: *Não, obrigado, prefiro não passar a vida ajudando espíritos e exorcizando demônios. Prefiro ir para a faculdade, ter um emprego normal das nove às cinco, ter plano de saúde e um plano de aposentadoria.*

Talvez apenas uma vez ao longo dos séculos um luiseach tenha dito: *Não.*

Victoria prossegue:

— Passei muito bem em meu teste e comecei a trabalhar imediatamente com meu mentor. Ele me iniciou devagar — explica ela. — No início, eu apenas ajudava espíritos de luz a seguir adiante.
— Como você sabia se um espírito era de luz ou não?
— Os espíritos são atraídos por nós. No instante em que deixam seus corpos mortais, um espírito de luz sai à nossa procura, ansioso por seguir em frente.
— E se não houver um luiseach por perto quando eles morrem?
— As distâncias não são exatamente a mesma coisa no mundo espiritual como são aqui no físico. Um espírito de luz a mil quilômetros de distância poderia me sentir na época, se eu fosse o luiseach mais próximo. Ele seria atraído por mim como uma mariposa por uma chama. — Ela sorri, como se a lembrança de todos os espíritos que ajudou a seguir adiante fosse reconfortante para ela.
— Como você faz isso? Os ajuda a seguir em frente?
Victoria inclina a cabeça para o lado.
— É difícil explicar — começa. — Você meio que apenas... *sente* isso. — Ela para por um instante, em seguida pergunta: — Conte-me, Sunshine, você passou a maior parte de sua vida em meio aos humanos se sentindo de algum modo diferente, uma outra coisa?
— Não exatamente — respondo. — Quero dizer, minha mãe e eu somos muito próximas. Fui para a escola como todo mundo, fiz amigos. — Bem, dois amigos, Ashley e depois Nolan.
— É, mas você nunca sentiu que essa vida na verdade não se encaixava direito?
Fecho os olhos para pensar. Eu nunca me *encaixei*, se é isso o que Victoria quer dizer. Não me visto exatamente como todo mundo, não leio exatamente os mesmos livros nem tenho os mesmos hobbies. Mas muitas pessoas não se encaixam, certo? De repente, penso na voz de minha mãe: *Você é capaz de tropeçar nos próprios pés.* Seria por isso que eu sempre tinha sido tão desajeitada? Não por

ter nascido atrapalhada, mas porque simplesmente não me encaixava no mundo cotidiano?

Abro os olhos. O olhar de Victoria está focalizado em meu rosto, esperando por minha resposta com paciência.

– Talvez – admito por fim, com voz não muito firme.

– Luiseach existem para lidar com espíritos. Conseguimos lidar com o mundo dos humanos, até criar laços poderosos com amigos e familiares humanos, mas, na verdade, nada jamais será tão *natural* para nós quanto ajudar um espírito a seguir deste mundo para o próximo. Da mesma maneira que um espírito de luz é atraído por você, você é levada a recebê-lo. Enquanto ele desejar seguir adiante, você vai sentir necessidade de ajudá-lo em sua jornada.

Você não sabe o que vou sentir, penso eu, mas não digo.

– E os espíritos das sombras?

– Espíritos das sombras são uma história diferente. Normalmente são espíritos que foram levados cedo demais, vidas que foram interrompidas inesperadamente. Eles negam seus instintos naturais, lutam contra a força que os atrai para o luiseach mais próximo. Em vez disso, se escondem de nós. Após alguns anos de treinamento, depois de ajudar milhares de espíritos de luz a seguir em frente, meu mentor me considerou pronta para o nível seguinte do trabalho dos luiseach: procurar espíritos resistentes e forçá-los a seguir em frente antes que eles fiquem ainda mais sombrios.

– O que quer dizer com mais sombrios?

Victoria responde com delicadeza:

– Um espírito que permanece na Terra por tempo demais se transforma. Ele passa tanto tempo lutando contra seus instintos que se transforma em algo completamente diferente, sem qualquer semelhança com o humano que foi antes. Com o passar do tempo, o espírito do humano mais bondoso que você conheceu se transforma em uma criatura maligna. Esses espíritos ameaçam vidas humanas, e é a missão sagrada dos luiseach evitar essa ameaça. Esses espíritos são consumidos por uma única coisa, apenas: reunir as forças de que precisam para permanecer aqui, por quaisquer meios necessários.

– O que isso significa? – pergunto quase em um sussurro, sem saber ao certo se quero conhecer a resposta.

Victoria sacode a cabeça.

– Estou me adiantando demais. – Ela para e bebe um pouco de chá. – Preciso terminar de lhe contar minha própria história. Eu era excelente em meu trabalho – explica, com uma espécie de orgulho triste na voz. – Foi isso o que nasci para fazer. Eu era tão boa que meu mentor permitiu que eu participasse de seu *verdadeiro* trabalho, sua tarefa secreta. Isso exigia muito trabalho, viagens, longos períodos longe da família, mas era emocionante.

– O que quer dizer com o verdadeiro trabalho? Achei que ajudar espíritos a seguir adiante era o que faziam os luiseach.

– É o que fazemos. – Victoria balança a cabeça afirmativamente. – Mas, para que possamos continuar a fazer isso, é preciso restaurar o equilíbrio. Meu mentor estava investigando como restaurar esse equilíbrio.

– Por que isso era segredo?

– Nem todo mundo na comunidade luiseach teria concordado com suas teorias de restauração.

Tento lembrar tudo o que Nolan me contou sobre luiseach. É hereditário. Eles têm mentores e protetores. Eles costumavam viver em comunidades isoladas. Nada sobre equilíbrio. A menos...

– Espere – digo repentinamente. – Seu trabalho tinha algo a ver com a ruptura? Com o fato de menos luiseach estarem nascendo?

– Sim.

– Nolan acha que eu fui a última luiseach a nascer.

Os olhos de Victoria se arregalam.

– Nolan é um garoto esperto.

Eu me seguro para não dizer nada. Ela está dizendo que Nolan tem razão, que nenhum luiseach nasceu depois de mim? E se a ruptura realmente estiver relacionada a baixas taxas de nascimento...

– Espere, você está dizendo que, de algum modo, eu estou ligada à ruptura?

– Tudo será revelado no tempo certo – responde Victoria e retoma sua história. – Anos depois que começamos nosso trabalho juntos, meu mentor e eu tivemos uma briga.

– Por quê?

– Primeiro, eu me apaixonei por um humano. Não fui a primeira luiseach a se casar com um mortal. Com números cada vez menores, era inevitável que isso fosse acontecer de vez em quando. Nós viemos morar aqui em Ridgemont, cidade natal dele. Depois do nascimento de minha filha, eu tive de implorar a meu mentor que me deixasse retomar o trabalho que estava fazendo antes.

– Por quê? Se você era tão boa nele, por que ele não a queria de volta?

– Bem, essa foi a razão de nossa discussão. Eu tinha prometido a ele que não teria filhos.

– Por que não?

– Qualquer filho que eu tivesse com meu marido seria humano. São necessários dois pais luiseach para ter um filho luiseach.

– Que sorte a minha – murmuro para mim mesma.

– Mas finalmente eu o convenci a me receber de volta. O trabalho que estávamos fazendo era importante demais para ele guardar ressentimentos.

– Seu marido sabia o que você era?

Victoria sacode a cabeça, quase sorrindo com a lembrança.

– Não. Ele achava que eu era uma espécie de representante de vendas que viajava muito. Eu não mentia, não exatamente. Dizia a ele que viajava pelo mundo salvando vidas. Ele achou que isso significava que eu vendia produtos farmacêuticos. Nunca o corrigi. Ele não teria acreditado em mim se o tivesse corrigido. Ele era professor de química. Acreditava em ciência, não em espíritos.

Balanço a cabeça demonstrando compreensão. Sei como é conviver com uma pessoa que não acredita.

– O inverno em que minha família foi morta veio após um outono com recorde de chuvas. Nossa rua encheu; a casa de nosso vizinho foi destruída. Não foi difícil para o demônio entrar, ele apenas seguiu o fluxo da água e penetrou em nosso porão, depois subiu pelos canos enferrujados e entrou em nossos quartos.

– O demônio? – repito. Sei que não deveria estar surpresa por haver um demônio envolvido em tudo isso, mas a informação faz com que eu sinta palpitações na boca do estômago.

Victoria balança a cabeça afirmativamente.

– Um demônio de água.

– Há tipos diferentes de demônio? – pergunto, mas mesmo ao dizer isso, sei que faz sentido: o cheiro de bolor e umidade em nossa casa, as impressões digitais molhadas em minhas damas, o carpete úmido sob meus pés.

Nós também devemos ter um demônio de água.

– Eles não são tão raros assim nessa parte do mundo, apesar de se acreditar que têm origem nas florestas tropicais sul-americanas. Eles prosperam em climas úmidos. Ele devia estar vivendo aqui há meses antes de decidir que iria usar meu marido para tirar a vida de minha filha.

Victoria faz uma pausa e respira fundo. Percebo que ela está tentando engolir um nó em sua garganta. Debruço-me para a frente e ponho a mão em seu joelho. Essa parte da história, pelo menos, eu entendo completamente. Sei como é o amor entre mães e filhas.

– O demônio fez meu marido afogar nossa filha.

— Seu marido afogou Anna? — Minha voz não passa de um murmúrio. De repente, fico muito satisfeita por ter bloqueado a casa da Companhia das Águas no meu tabuleiro de Banco Imobiliário. Eu queria ter feito antes.

— Não — responde Victoria com firmeza. — O *demônio* afogou Anna. Apenas usou o corpo de meu marido para fazer isso, como agora está usando o de sua mãe.

Sacudo a cabeça. Quero dizer, minha mãe não tem sido exatamente ela mesma nos últimos tempos, ela tem agido com raiva e distante, mas eu na verdade nunca fiquei com *medo* dela. O que quer que esteja fazendo isso com ela, não posso acreditar que tenha força suficiente para levá-la a me matar.

Porém, nesse momento lembro que, segundo Nolan, um luiseach está protegido de espíritos das trevas. Então se é um espírito das trevas que está controlando minha mãe, ele não tem poder para fazê-la me matar.

— A polícia não detectou sinais de luta, os arranhões nos ladrilhos ao lado da banheira, os hematomas em seus braços e no pescoço eram invisíveis para eles.

Fecho os olhos e imagino o pescoço de Anna com um hematoma roxo e escuro.

Eu torno a abri-los quando Victoria diz:

— Mas essa não é a pior parte.

Eu não posso sequer imaginar algo pior que um demônio obrigar um pai amoroso a ferir a própria filha. Não tenho certeza se quero ouvir o que vem em seguida, mas acho que não tenho escolha.

— Quando uma vida humana é tirada por um demônio, o espírito dele ou dela fica aprisionado em um mundo de angústia.

— É por isso que Anna não pode seguir adiante?

— Ela vai continuar a ser atormentada até o demônio ser totalmente exorcizado, conduzido para o além por um luiseach. O demônio a segue por toda parte, sempre alguns passos atrás.

Espere, isso significa que o outro espírito em minha casa é *esse* demônio, a criatura que matou Anna e seu pai? Lembro os sons que ouvi sair da boca de minha mãe na noite passada. Não é apenas minha *casa* que está habitada pelo demônio.

— Ele está *dentro* de minha mãe? — Eu mal consigo pronunciar as palavras.

Victoria balança a cabeça lentamente.

— E meu teste é destruí-lo antes que ele faça com minha mãe o que fez com seu marido? — As palavras que não digo ficam presas em minha garganta, me sufocando... *antes que ele a mate, também.*

De repente, o papel de Victoria em tudo aquilo se torna claro.

— E você fez um acordo com meu mentor para fazer do demônio de Anna meu teste? Porque ele precisa ser totalmente exorcizado antes que o espírito dela possa seguir em frente?

Dessa vez, quando Victoria assente, parece que sua cabeça pesa uma tonelada, como se ela só conseguisse movê-la com muito esforço.

— Não foi exatamente uma coincidência sua mãe receber a oferta do emprego de seus sonhos em uma cidade com um dos climas mais úmidos do país.

— Meu mentor arranjou esse emprego para minha mãe? — pergunto com incredulidade. — Há quanto tempo isso está acontecendo?

— Ele está preparando seu teste há meses. Estou ajudando o máximo que posso.

— Como? — pergunto ansiosa.

— Luiseach podem guiar espíritos, mas não podem movê-los, não sem grande esforço. Quando abri mão de meus poderes, isso liberou a energia de que ele necessitava para pôr o teste em ação, para botar Anna em sua casa. Aí só precisei esperar para que você se revelasse para mim.

– Você é mesmo professora de arte?

– Não – responde ela com um sorriso. – Ele arranjou esse emprego para mim. Tudo o que me falou era que um de meus alunos seria o jovem luiseach morando com minha filha.

– Isso explica muita coisa – digo com delicadeza.

– É mesmo? – pergunta Victoria, cansada, mas quase rindo. – Eu fui mesmo tão mal assim?

– *Vamos fazer um pouco de arte, hein?* Você não foi exatamente a professora do ano. – Eu me forço a sorrir em meio a toda aquela angústia, e Victoria também.

Eu não devia estar sorrindo para ela. Eu devia estar com *raiva* dela – esse teste pôs a vida de minha mãe em perigo –, mas não consigo. Apesar de seu sorriso, a dor de Victoria está escrita nitidamente em seu rosto. Ela é uma mãe tentando salvar a filha.

– Por que minha mãe não consegue ouvir Anna, perceber que estamos vivendo em uma casa assombrada?

– O demônio ficou esperto. – Victoria aperta os lábios em uma linha reta. – Ele deve ter bloqueado a habilidade de sua mãe perceber espíritos para provocar conflito entre vocês, para tornar mais difícil para você protegê-la.

Eu finalmente estou começando a entender. Assim que nos mudamos para nossa casa nova, Anna estava feliz, rindo, implorando para brincar, sussurrando boa noite. O demônio estava alguns passos atrás, como disse Victoria, mas ainda não tinha chegado. Mas naquela noite horrível em que a porta do banheiro estava trancada, quando mamãe e eu ouvimos a voz de Anna implorando piedade, o demônio de Anna chegou. Nolan tinha razão mais uma vez: havia mais de um espírito na casa. Até Victoria sentiu sua chegada;

lembro que na manhã seguinte ela nos contou que tivera pesadelos e mal havia dormido.

Quase imediatamente após aquela noite, minha mãe passou de negar que os ruídos que eu ouvia eram paranormais (*não existem coisas como fantasmas, Sunshine*) a ser totalmente incapaz de ouvir os ruídos. Ela deixou de estar ocupada e cansada e passou a estar tão distante que às vezes parecia nem estar presente.

De algum modo, mesmo com o demônio em nossa casa, em *mamãe*, Anna encontrou forças para entrar em contato comigo. Ela queria se assegurar de que eu soubesse que ela ainda estava ali, que eu não estava sozinha. Não era de espantar que a casa tivesse tremido quando Nolan e eu finalmente começamos a juntar as peças, não era de espantar que a lâmpada tenha explodido acima de nós. Nolan tinha razão. Anna estava *agitada*. Talvez ela compreendesse o tempo todo que aquele era meu teste. Talvez ela estivesse tentando me ajudar, do único jeito que podia.

E não era de espantar que o demônio tenha tentado nos deter quando mamãe chegou em casa e viu o que estávamos tramando. Minha nossa, será que o demônio tem acesso aos pensamentos e lembranças de mamãe? Será que ele vasculhou seu cérebro, descobriu que tenho medo de aranhas e plantou aquele bicho lá só para mim?

– Acho óbvio, agora, que não fui feita para passar nesse teste, certo? – Esfrego as mãos com ansiedade. Se meu mentor tem me observado como diz Victoria, sem dúvida ele pode ver isso. – Então você não pode simplesmente dizer a meu mentor para sair das sombras ou de onde quer que esteja escondido, fazer sua melhor feitiçaria de luiseach e se livrar do demônio e salvar minha mãe?

– Não é assim que funciona – responde com tristeza Victoria.

– Como é que funciona?

– Você mesma tem de exorcizar o demônio.

— E se eu não conseguir? Quero dizer, meu mentor vai entrar em cena para salvar o dia, certo? — As palmas das minhas mãos estão molhadas de suor.

Victoria não responde.

— O que acontece, então? — Minha voz sai tão baixa que não sei se ela consegue me ouvir. — O espírito de minha mãe vai ficar atormentado, assim como o de Anna? — Mal consigo dizer a palavra *espírito*. Pronunciar essas quatro pequenas sílabas parece como dizer que mamãe vai morrer.

— A própria Anna não estava possuída pelo demônio. Em vez disso, foi uma vítima da possessão de meu marido. Por mais atormentada que esteja, seu espírito sobreviveu. O mesmo não pode ser dito das pobres almas que o demônio realmente habita. Como ele habitou meu marido.

O calor da casa de Victoria vai de aconchegante para opressivo. Puxo a gola de meu suéter como se estivesse me sufocando e afasto o cabelo da testa. O suor na palma das mãos as deixa grudentas. Minha garganta está seca, então pego o chá e tomo um gole, apesar de a xícara ameaçar escorregar de meus dedos suados. O líquido está tão quente que me queima. Juro que não estava tão quente assim alguns minutos antes.

— Como o demônio fez com que a morte de seu marido parecesse um ataque do coração? — pergunto com voz rouca.

— Quando um demônio de água, ou na verdade qualquer demônio, deixa de possuir uma pessoa, esse corpo torna-se apenas peso morto para eles. Eles querem se livrar dele o mais depressa possível.

Sinto um nó na garganta que me sufoca enquanto ela prossegue.

— Possessão significa que o demônio está literalmente vivendo dentro de outro corpo, e dentro desse corpo ele pode se mover livremente. O demônio tinha um objetivo quando possuiu meu marido: usar seu corpo para afogar minha filha.

— Por quê? — sussurro, a pergunta diminuta se esforçando para passar pelo nó em minha garganta.

— Eu disse que, depois que um espírito fica totalmente sombrio, depois que se transforma em demônio, ele faz o que for preciso para permanecer forte o bastante para ficar na Terra. Liberar um espírito de um corpo mortal torna um demônio mais forte.

*Liberar um espírito.*

— Você quer dizer matar alguém?

Ela balança a cabeça afirmativamente.

— Se tivesse sido um demônio de fogo, ele teria matado Anna queimada. Um demônio de terra costuma enterrar suas vítimas vivas. E um demônio de água as afoga.

Sacudo a cabeça, pensando na garota que está determinada a me vencer no Banco Imobiliário. Como alguém poderia machucá-la?

— Depois que Anna morreu, o demônio não tinha mais utilidade para meu marido. Então ele enfiou sua mão líquida no interior do peito de meu marido e apertou seu coração até que ele parasse de bater.

Fecho os olhos, tentando não imaginar uma mão fria e molhada pairando próxima do coração de minha mãe, só esperando para agarrá-lo. Lágrimas começam a correr por meu rosto.

— E o espírito dele? — consigo sussurrar. — O que acontece com as almas das pessoas que os demônios habitam?

Victoria afasta o olhar por um instante e respira fundo antes de virar de volta e dizer:

— Esses espíritos não sobrevivem. O demônio os destrói completamente.

## CAPÍTULO VINTE E SETE

# O longo caminho para casa

– *O que isso significa?*
   – Significa que eles não seguem adiante. Eles simplesmente... deixam de existir.
   – Não entendo. – O nó em minha garganta está grande demais, e eu me surpreendo por ainda conseguir dizer alguma palavra.
   – Lentamente, com o passar do tempo, toda pessoa cuja vida eles tocaram vai começar a esquecê-los. Até ninguém se lembrar sequer de tê-los conhecido.
   – Mas você lembra de seu marido.
   – Lembro. Mas é apenas questão de tempo. – Victoria se remexe com desconforto, como se estivesse sentada em uma cadeira de madeira dura, não em uma poltrona estofada. – Eu já não consigo lembrar como nos conhecemos, como ele me pediu em casamento, a cor de seus olhos.
   – Você tem fotos dele – tento.
   – É, mas um dia, vou simplesmente jogar essas fotos fora, me perguntando por que tenho fotos de um estranho em casa.
   Penso em minha mãe, nossas piadas internas e roupas compartilhadas, seu jeito de rir, seu cabelo castanho-avermelhado perfeitamente liso e a pele sardenta. Eu nunca poderia esquecer tudo isso.
   *Poderia?*
   Eu fico de pé e me dirijo à porta.
   – Eu tenho que ir. – Pego meu casaco no cabide de madeira retorcida ao lado da porta, tentando ignorar o fato de haver embaixo de minha própria jaqueta uma menor, que devia ter pertencido

a Anna antes de morrer. Eu me pergunto que outras relíquias permanecem naquela casa. Eu me pergunto se o andar superior em forma de torre era seu lugar favorito de brincar. Será que ela brincava lá com o pai? Será que o fantasma de Anna vai se lembrar dele mesmo depois que as memórias de Victoria desaparecerem? Talvez fosse melhor se Anna o esquecesse, esquecesse que seu corpo a afogou, mesmo que estivesse apenas obedecendo aos desejos do demônio. Será que ele sabia o que estava fazendo? Fecho os olhos e aperto a base da mão sobre a testa, extenuada.

Giro bruscamente para trás.

– Como você pode falar tão naturalmente sobre esquecer seu marido? Como você pode ficar tão *resignada* em relação a isso? Se fosse comigo, eu ia cobrir minha casa com fotos enormes. Ia escrever todas as minhas recordações para poder me lembrar de cada detalhe.

Victoria põe as mãos em meus ombros. Sua voz ainda frustra de tão calma.

– Infelizmente não faria nenhuma diferença, Sunshine. Com o tempo, você acabaria jogando tudo fora, chegando a se perguntar como tinham ido parar ali. Acredite em mim. Já vi isso acontecer.

– Posso sentir o calor de seu toque através de minha camiseta, meu suéter e meu casaco.

Eu me desvencilho de suas mãos.

– Bem, isso não vai acontecer comigo. Vou para casa ficar com minha mãe. Eu nunca devia tê-la deixado sozinha. – Lágrimas quentes transbordam de meus olhos e escorrem por minha face. – Ela já se machucou uma vez. – Passo o dedo pela cicatriz na base de meu polegar esquerdo.

Victoria me olha direto nos olhos.

– Mas não seriamente, certo?

O nó em minha garganta aumenta a cada segundo.

– Ela cortou os pulsos com uma faca. Então apontou a faca para mim. Isso me pareceu bem sério.

– Sei que isso deve ser demais para você, Sunshine, mas preciso que me escute, agora. Pense bem. Sua mãe é uma *enfermeira*. Ela tem conhecimento médico. Se quisesse causar algum dano real, ia saber como. O demônio só a fez fazer aquilo para chamar sua atenção, não para provocar nenhum dano sério.

– Por que o demônio queria minha atenção?

– Para um demônio, isso é parte da diversão, provocar o caos, assustar pessoas, destruir suas vidas. Ele sabia que a maneira mais segura de assustar você era deixá-la preocupada com a segurança de sua mãe, criar uma divergência entre duas pessoas que sempre foram tão próximas.

Como Victoria sabe tanto sobre nós? Talvez ela esteja mentindo para mim esse tempo todo. Talvez ela *seja* minha mentora. Talvez isso seja parte de meu teste.

– Como sei que você está dizendo a verdade? – Minha voz estremece quando um pensamento ainda mais terrível me ocorre.

– Como sei que você também não está possuída pelo demônio? Talvez você só esteja me mantendo aqui para que eu não possa voltar para casa a tempo de salvar minha mãe! – Eu abro a porta da frente, grata pela lufada de ar frio que sopra do exterior. Saio para a varanda da entrada e começo a correr pelas escadas e pelo jardim da frente.

– Você tem até a noite de Ano-Novo! – grita ela, falando depressa para dizer todas as palavras antes que eu saia de seu alcance.

Eu viro para trás.

– Por que a noite de Ano-Novo?

– Foi quando ele matou minha família, à meia-noite do dia 31 de dezembro do ano passado. O demônio atormentou muita gente nesse ano que passou, mas não destruiu ninguém desde então. Ele extrai força da virada do ano. A força de que precisa para realmente tirar uma vida.

A noite de Ano-Novo. Daqui a uma semana. Os tênis em meus pés se movem irrequietos sobre o jardim salpicado de neve de Victoria. Sem erguer os olhos, digo:

– Então eu tenho algum tempo para descobrir como salvá-la?

– Tem – balança a cabeça afirmativamente. – Garanto que ela estará em segurança até lá. Porém, tem mais uma coisa – acrescenta Victoria com delicadeza, e então eu ergo os olhos. – Se um ano inteiro da morte de Anna passar sem que o demônio seja exorcizado, seu espírito... – Ela faz uma pausa. Agora eu acho que é ela quem vai começar a chorar. Mas ela engole as lágrimas e aperta os lábios em uma linha reta longa o suficiente para dizer: – O espírito de Anna vai ser destruído, também. Eu vou esquecer...

– Entendo – digo depressa para que ela não tenha de dizer em voz alta: *Vou esquecer que um dia tive uma família. Que um dia fui mãe.*

– Posso ajudar você – começa Victoria, mas sacudo a cabeça.

– Achei que você tinha dito que era meu teste, não o seu.

– E é. Mas tenho permissão de ajudar agora que você me encontrou.

Eu assinto com a cabeça.

– Vou voltar – prometo. Eu preciso de toda a ajuda que possa conseguir.

Apesar de ansiosa para ver nossa casa cheia dos objetos pessoais de mamãe, suas roupas, suas impressões digitais, todas as provas de que ela é uma pessoa real e sólida, não uma memória evanescente, caminho devagar de volta, repassando na cabeça tudo o que Victoria acabara de me contar. Ela disse que eu tinha tempo, então posso muito bem aproveitá-lo. Estou a cerca de meio caminho de casa quando pego meu celular no bolso e começo a digitar:

*Você nunca vai acreditar no que descobri.*

Apagar.

*Tenho muita coisa para contar a você!*

Apagar.

*Você estava certo e eu errada.*

Apagar.

É impossível achar a coisa certa a dizer para Nolan. Rascunho e apago dezenas de mensagens de texto no caminho entre a casa de Victoria e a minha. Finalmente digito *Desculpe* e aperto o *enviar*. Está nevando muito de leve, só uma nevada repentina. Pego um chapéu no bolso do casaco e o enfio na cabeça, mas não faz nenhuma diferença. Ainda estou com frio, talvez com mais frio do que jamais senti em toda minha vida. E isso não é pouca coisa, porque passei a maior parte dos últimos meses congelando.

Sou tentada a reenviar o texto dez vezes, mas fico com uma só. Então espero. Devo ter checado o telefone vinte vezes antes de entrar em nossa rua. Estou tão ocupada olhando para baixo que tropeço e caio quase de cara na frente da entrada da garagem de alguém.

– Ai – digo em voz alta, apesar de não haver ninguém por perto para me ouvir. Ainda é cedo, e pela primeira vez a neblina não está densa demais para impedir a visão. Faz frio demais para neblina, como se o congelamento tivesse deixado tudo nítido como cristal.

Sou um luiseach. Um anjo guardião. Uma guerreira sobrenatural. Uma portadora da luz. Exatamente o que Nolan disse que eu era. E depende de mim salvar minha mãe.

Não só minha mãe. E não só o espírito de Anna e as memórias de Victoria. Depende só de mim salvar *a mim mesma*. Pois quem serei se não tiver minha mãe? Se não puder nem *lembrar* que a tive? Ela é a minha única família.

No entanto, não consegui evitar me perguntar se Victoria sabe quem são meus pais verdadeiros. Os dois luiseach que me abandonaram. Talvez ela saiba o porquê.

Sacudo a cabeça. Não me importa se Victoria sabe. Não me importa se ela oferecer me levar até eles. Eles não são meus pais. Minha mãe é o único "pai" que jamais vou precisar. O único que quero.

Ainda de joelhos, com neve derretendo em meu jeans, olho ao redor para ver se não há ninguém por perto e tento dizer em voz alta, como se quisesse saber qual a sensação de enunciar a frase:

– Eu sou um luiseach.

Sinto palpitações no estômago, mas, fora isso, nada acontece. Eu torno a dizer, dessa vez, mais alto:

– Eu sou um luiseach.

Nada, ainda, nem mesmo uma ave ou um esquilo para se assustar com o som de minha voz. Quase como se eu não estivesse dizendo algo de abalar a terra, algo que – apenas alguns meses antes, em Austin, quando Ashley e eu estávamos discutindo que filme veríamos, que menino era mais bonito, qual o sabor de sorvete mais gostoso – soaria inacreditável, incrível, mesmo para uma pessoa esquisita como eu.

Ashley diria que eu tinha perdido a cabeça. Diria que mamãe provavelmente só precisa de terapia, e eu também, por acreditar nisso tudo. Sua resposta seria completamente *normal*. Limpo a terra e as agulhas de pinheiro das palmas das minhas mãos e me levanto. Os joelhos do jeans estão molhados da queda, e a perna direita rasgou. Acho que digitar andando é uma ideia quase tão ruim quanto digitar e dirigir. Dou um suspiro. Todas as palavras ditas por Victoria estão dançando dentro da minha cabeça, girando e revirando umas sobre as outras, formando uma enorme bola de angústia.

Por apenas alguns minutos, quero pensar sobre outra coisa, qualquer coisa. Algo que seja um pouco mais fácil de compreender.

Até o luiseach mais experiente provavelmente tem de dar um tempo de vez em quando, certo? Parada em pé, mando outra mensagem de texto, essa para Ashley.

*Feliz Natal*, escrevo. *Saudade.*

É verdade. Nessa época, no ano passado, Ashley e eu estávamos enviando uma para outra fotos de nossas árvores de Natal, discutindo qual de nós fizera o melhor trabalho em prender as luzes e rindo dos enfeites que tínhamos feito uma para a outra de palitos de picolé aos 6 anos de idade.

Ashley responde imediatamente.

*Feliz Natal! Também sinto saudades.*

Respondo: *Como estão as coisas com Cory Cooper?*

*Maravilhosas. Nem posso acreditar que dessa vez vou mesmo ter alguém para beijar à meia-noite no Ano-Novo!*

Quase ri alto com a resposta dela mostrando a diferença entre os planos de Ano-Novo de Ashley e os meus. Ashley ainda está vivendo a vida de uma adolescente normal. Ainda tentando fazer com que eu seja normal como ela, como ela fez por anos, dizendo que eu fosse fazer compras em lojas normais, usasse roupas normais, tentasse hobbies normais. Pelo menos, agora sei que não era totalmente minha culpa nunca ter sido nada boa em ser normal. Eu não nasci normal. Aparentemente, eu nem nasci *humana*.

Não conseguia evitar: amo animais empalhados e roupas antigas e livros escritos há dois séculos. Mas a verdade é que, apesar de nunca me importar em me encaixar, sinto falta das coisas normais que Ashley e eu costumávamos fazer juntas. Só coisas *comuns* como ir ao cinema ou a uma festa. Ficar deitadas à beira da piscina nos fundos da casa dela. Ouvir música. Estudar vocabulário para o exame do fim do ensino médio. Comer pizza vendo TV.

Ashley escreve: *Como você está? E Kat?*

E eu que queria pensar em outra coisa. Não tenho ideia de como responder essa pergunta. Podia dizer a Ashley que minha mãe está doente. Ela ia se preocupar, ela adora minha mãe. Quando éramos pequenas, passávamos tanto tempo na casa uma da outra quanto em nossas próprias casas. Ela provavelmente ia oferecer para implorar aos pais dela por uma passagem de avião para voar até aqui e me ajudar a cuidar de minha mãe. Claro que provavelmente ia achar que esse cuidado ia envolver fazer sopa e comprar remédios na farmácia, não espíritos malignos e exorcismos.

Sacudo a cabeça. Como isso vai funcionar, esse esquecimento? Será que vou lembrar de Ashley, mas não do fato de que ela amava minha mãe? Mas como posso me lembrar de Ashley sem lembrar de minha mãe e de nossa vida em Austin? Todas essas coisas estão ligadas de maneira muito próxima. Isso significa que vou me esquecer de minha vida em Austin, também? Só vou me lembrar da vida assombrada aqui em Ridgemont?

Quanto tempo vou levar para esquecer? Victoria ainda não se esqueceu do marido, não completamente, e ele morreu apenas há um ano. Talvez aconteça lentamente. Primeiro, vou apenas me perguntar de onde veio minha camiseta favorita com o cavalo, mas, com o tempo, não vou saber quem me criou até que, no fim, vou acreditar não ter sido criada por ninguém. Que nunca fui parte de uma família, nem uma pequena, composta apenas por duas pessoas.

Meu telefone toca com outro texto de Ashley: *Alô? Terra para Sunshine?* Então respondo: *Estamos bem.* Digo isso na esperança de que em alguns dias isso seja verdade. Talvez assim não seja tecnicamente uma mentira.

Ao que ela respondeu: *Algum progresso com aquele garoto gato?*

*Nós brigamos,* digito com honestidade.

*Ah, não! Acha que consegue resolver isso?,* foi a réplica de Ashley.

*Não tenho certeza,* disse eu.

*Bem, me mantenha informada*, Ashley, mais uma vez.

*Eu vou*, disse eu.

*E me diga se quiser conversar sobre isso.*

Dou um sorriso leve e meio entristecido. Não posso falar sobre isso sem falar sobre dezenas de outras coisas. Ashley não vai acreditar nem entender. A verdade é que, apesar de Ashley e eu sermos íntimas desde o primário, nunca na verdade tivemos muita coisa em comum, e agora – com tanta distância entre nós, indo a escolas diferentes, vivendo em climas tão diferentes que podíamos muito bem estar em planetas diferentes – temos ainda menos sobre o que conversar. Os três mil quilômetros entre Austin, Texas, e Ridgemont, Washington, acabaram ficando entre nós duas. Agora parece absurdo que nós um dia tenhamos achado que nossa amizade fosse mais forte que isso.

Guardo o telefone de volta no bolso e retomo a caminhada para casa. Mesmo depois da desolação da rua de Victoria, nossa vizinhança hoje parece mais desolada que o normal. As luzes decorativas no exterior da casa em frente à nossa não estão acesas. Parece que não tem ninguém em casa. Esse não é o tipo de bairro para o qual as pessoas vêm nas festas de fim de ano. É o tipo de lugar de que as pessoas saem.

CAPÍTULO VINTE E OITO

## Desculpas e agradecimentos

*Mamãe está na cozinha* bebendo café quando entro. Ela ainda está com o mesmo uniforme com o qual dormiu, o cabelo castanho-avermelhado caindo despenteado e embaraçado por suas costas. Ela provavelmente pediu para ter o dia de folga meses atrás, antes da chegada do demônio, na época em que ela ainda ligava para feriados e férias. Ela não parece surpresa em me ver, não pergunta o que eu estava fazendo àquela hora da manhã no primeiro dia de férias de inverno, não pergunta como meu jeans sujou e rasgou.

– Estava só dando uma volta – digo. Mesmo que ela não esteja perguntando, sinto a necessidade de inventar algum tipo de desculpa.

Se olhasse por tempo e com atenção suficientes, será que conseguiria ver o demônio sob sua pele? Estreito os olhos, lembrando-me da sombra que a seguiu de um quarto para outro, tão maior do que deveria ser. Será que aquela que vi era a sombra do demônio?

Respiro fundo, sentindo o travo de bolor que satura nossa casa. Tiro o chapéu, as luvas e o casaco, depois os ponho cuidadosamente no armário de casacos junto da porta da frente. Passo os dedos pela bola de frizz que é o meu cabelo e massageio o couro cabeludo com as pontas dos dedos, como mamãe fazia quando eu era pequena e não conseguia dormir.

Se eu falhar, acho que não vou me lembrar disso. Talvez eu esfregue a cabeça e me pergunte por que é tão reconfortante.

Subo lentamente as escadas para tomar banho e trocar de roupa. Pego o celular do bolso do jeans, impressionada por ter força de vontade para ter ficado cinco minutos sem olhar para ele. Nada, ainda, de notícias de Nolan.

Talvez eu devesse mandar outra mensagem para ele.

Talvez ele estivesse em algum lugar sem sinal, e minha mensagem tenha se perdido pelo ciberespaço e ele esteja apenas caminhando pela mata por aí, totalmente alheio a meu pedido de desculpas.

Ou talvez esteja apenas com tanta raiva de mim que um pedido de desculpas não tenha sido suficiente. Eu me obrigo a guardar o telefone.

Em meu quarto, não há nenhum objeto fora de lugar – nenhum brinquedo espalhado pelo chão, nenhum unicórnio virado para o lado errado. O tabuleiro de damas está exatamente como o deixei: Anna não fez seu movimento seguinte. Até o Dr. Hoo está imóvel e seco em seu poleiro.

– Anna Wilde – digo em voz alta. As paredes estremecem em resposta. – Conversei com sua mãe. Ela sente sua falta. E sei quanto você sente a dela.

Eu não digo, mas com certeza sinto falta da minha.

– Sinto muito por todas as vezes que quis que você fosse embora – acrescento com delicadeza. – Sei que você ainda está aqui e que não é por sua culpa. Que nada disso é sua culpa.

A culpa é minha, porque eu nasci diferente.

Depois de um banho de chuveiro, visto um pijama (sem pés, mas com cores de Natal, vermelho e verde com gatinhos brancos dançando em meus ombros como as Rockettes). Pego o computador, boto-o no colo e faço uma busca por exorcismos e demônios e luiseach até que as palavras todas começam a se embaralhar. Não consigo entender nada do que aparece. Ter mais uma semana não vai me ajudar em nada se eu não conseguir fazer mais progresso que isso. *O que eu vou fazer?* Milagrosamente, acabo dormindo, com a mão ainda no mouse.

Não sei quanto tempo se passou quando acordo ao som de uma batida em minha porta.

– Entre, mãe – chamo, fechando bruscamente o laptop.

– Não é sua mãe – responde uma voz masculina. Uma voz que conheço bem. Eu me levanto e me sento e tento ajeitar o pijama e alisar o cabelo enquanto Nolan entra em meu quarto. Apesar do fato de estar muito mais frio agora do que no dia em que o conheci, ele ainda está usando a mesma jaqueta de couro, apesar de agora ter um cachecol preto em volta do pescoço e um gorro de tricô preto puxado até cobrir as orelhas, deixando o cabelo louro aparecer por baixo dele.

– Recebi sua mensagem – diz. Ele tira o gorro e se senta na beira da cama. O colchão afunda sob seu peso. Sinto uma onda de calor em sua presença, não o calor opressivo que senti na casa de Victoria, e sem dúvida não o frio amargo que senti a caminho de casa. Não quero soar como Cachinhos Dourados nem nada assim, mas sua temperatura está perfeita.

– Não sabia o que pensar. Você não respondeu.

– Não pude – disse ele. – Estava dirigindo.

– Para onde?

– Para cá.

– Seus pais não vão ficar com raiva de você por perder o Natal com sua avó?

Nolan dá de ombros como quem sabe que eles podem ficar, mas isso não foi suficiente para segurá-lo lá.

– Não consegui ficar longe. Não quando sabia que você precisava de mim.

Ashley estava errada. Nem o rosa nem a ave empalhada vão fazer Nolan dar as costas e sair correndo o mais rápido possível. Não se ele voltou depois de todo o resto que aconteceu. Se isso fosse um filme, agora seria quando ele se aproximaria para me beijar. Ou talvez apenas pegaria minha mão, e o calor de sua pele contra a minha faria meu coração palpitar e talvez os nossos lábios se encaixassem juntos como se fossem feitos um para outro.

Mas isso não é um filme, e apesar de eu gostar de como ele está sentado perto de mim, ainda me sinto estranha. Eu me pergunto se Nolan pode sentir isso também. Talvez a assombração: talvez Anna e o demônio sejam a razão disso. Talvez a sensação se dissipe se eu derrotar o demônio e salvar Anna e minha mãe. Coisa que eu *preciso* fazer. *Tenho* que fazer. *Vou* fazer.

Ou, pelo menos, vou tentar.

— Você estava certo — digo.

— Sobre o quê?

— Sobre tudo — suspiro. — Mas, principalmente, sobre mim. — Respiro fundo e digo: — Eu sou uma luiseach.

— Ah, agora você sabe como pronunciar? — Nolan sorri, mas sei que ele está falando sério.

— Cale a boca — digo, empurrando-o para longe com delicadeza, com cuidado para que a palma de minha mão toque apenas sua jaqueta, não sua pele. Um acesso de ânsia de vômito sem dúvida iria arruinar aquele momento.

— Eu fiz alguma pesquisa por conta própria. E descobri provas novas. — Conto a ele tudo sobre Anna Wilde, sobre correr até a casa da srta. Wilde logo ao amanhecer. Sobre o fato de Victoria Wilde ter confirmado aquilo em que Nolan já acreditava: eu sou uma luiseach.

— Tem mais uma coisa — acrescento com urgência. Eu explico o que vai acontecer com o espírito de minha mãe e com o de Anna também, se nós fracassarmos. Eu engulo o nó em minha garganta. Não quero mais chorar. Posso chorar o quanto quiser assim que tudo isso terminar, mas, nesse exato momento, preciso manter o foco.

## Desculpas e agradecimentos

— Mas nós só temos uma semana — acrescento com urgência. — E preciso aprender muita coisa até lá.

— Eu sei. — Nolan aquiesce. — Mas vou ajudar você. E a srta. Wilde pode ajudar também. Foi bom você ter achado uma luiseach, não?

— Deixei essa parte de fora. Ela não é mais. Teve de abrir mão de seus poderes para que esse teste pudesse ser realizado.

— Você pode deixar de ser um luiseach? — pergunta Nolan. — Achei que era um tipo de coisa para a vida inteira.

— Parece que não. — Tento parecer indiferente, mas a verdade é que quero saber mais sobre o que Victoria fez. Para que quando tudo isso acabar, quando minha mãe estiver segura, eu também possa fazer a mesma coisa. Abrir mão de meus poderes e voltar a ser uma garota normal de 16 anos. Bem, tão normal quanto sempre fui.

— Está bem, mas ela *era* um luiseach, pelo menos. Ela deve lembrar o que fazer, certo?

— Espero que sim — sorrio. — Desculpe.

— Você já se desculpou.

— Por mensagem de texto não conta. Eu precisava dizer em voz alta.

— Desculpas aceitas.

— Tem certeza? — torno a sorrir. — Quero dizer, você está em posição de poder, aqui. Você poderia provavelmente me fazer rastejar um pouco mais. Não precisa desperdiçar essa oportunidade.

Nolan inclina a cabeça para o lado como se estivesse avaliando suas opções.

— Não — diz ele por fim.

— Tem certeza de que vai me deixar sair dessa assim, fácil?

— Não é sua culpa. Você não podia lutar contra um demônio, por isso você brigou comigo. Eu entendo.

— Você com certeza entende muito mais que eu.

— Briguei muito com meus pais depois que meu avô morreu. — Ele faz uma pausa e fica passando os dedos para cima e para baixo sobre meu edredom, como se fosse um teclado. — Posso lhe contar uma coisa?

— É claro.

— Estava falando a verdade quando disse que voltei aqui para ajudar você, mas também voltei porque odeio estar na cabana de meus avós sem ele estar lá.

Nolan engole em seco. Seu pomo de adão move-se para cima e para baixo. Ele olha ao redor do quarto, e seus olhos param no tabuleiro de damas e no jogo de Banco Imobiliário.

— São esses os jogos que você está jogando com Anna? — pergunta ele, e eu balanço a cabeça afirmativamente. Ele se abaixa sobre o tabuleiro. — Você está com as pretas ou as vermelhas?

— Vermelhas — respondo. Ele começa a mover uma de minhas peças pelo tabuleiro, bem para junto de uma de Anna. Quando ele tira a mão, a peça volta para o lugar de onde havia saído.

— Estranho — diz ele, tornando a movê-la. E outra vez, ela retorna ao lugar.

— Talvez ela não queira jogar com você — digo, tentando fazer uma piada, mas na verdade estou pasma.

— Talvez — diz Nolan, esfregando as mãos pelo cabelo. — Ou talvez eu *não consiga* jogar com ela.

— O que você quer dizer com isso?

— Eu não sou um luiseach. Por isso não posso interagir com fantasmas como você.

— É um tabuleiro de damas, não uma mesa ouija — protesto, mas sei que ele tem razão. — Estou feliz que você tenha voltado.

— Eu também.

Eu me seguro para não demonstrar o que sinto.

— Devo a você mais que desculpas.

– Deve? – Nolan baixa os olhos. Seu cabelo cai sobre o rosto.

– Eu lhe devo um agradecimento. Quero dizer, devo a você uns dez mil. Por toda sua pesquisa e sua ajuda. Por acreditar em mim. Por acreditar em *mim*, mesmo quando eu não acreditava.

Puxo minha manga para baixo, de modo que ela cobre a palma da minha mão, e pouso a mão sobre a de Nolan sobre a cama e a aperto com delicadeza. Ele vira a mão e envolve seus dedos em torno dos meus. Apesar da estranheza, tenho a sensação de que nossas mãos se encaixam.

– Você disse que eu não podia lutar contra um demônio, por isso briguei com você?

– É?

– Na verdade, eu *posso* enfrentar um demônio. Eu *preciso* fazer isso. Só tenho de descobrir como.

CAPÍTULO VINTE E NOVE

# Uma professora sábia e confiável

*No dia seguinte ao Natal,* Nolan e eu fomos caminhando de minha casa até a de Victoria. Diferente de minha visita anterior, essa ocorre em horário razoável, quase meio-dia.

– Na última vez que tivemos ajuda de um especialista, as coisas não correram tão bem – digo enquanto caminhamos pela rua cheia de árvores e mato de Victoria, encolhendo-me de medo ao me lembrar do escritório vazio e congelante do professor Jones, o prédio que ameaçava desmoronar a nossa volta.

– Claro que correram – rebate Nolan. – Nunca teríamos descoberto a palavra *luiseach*. Nunca teríamos descoberto o que você é.

Balanço a cabeça, sem muita certeza, enquanto caminho ao seu lado pelo frio. A neve se transformou em gelo e faz barulho quando é esmagada por nossos pés. Parece que estamos quebrando algo a cada passo que damos.

Nolan está usando a jaqueta de couro do avô, e um gorro de lã cobre seu cabelo louro-sujo. Meu próprio capacete de frizz está enfiado dentro de um chapéu velho de mamãe, com um cachecol combinando enrolado em volta do pescoço. Quando chegamos à casa de Victoria, não tiro o cachecol. Ele tem o cheiro de minha mãe.

Victoria está sorrindo quando abre a porta.

– Bem-vinda de volta – diz ela, então se vira para Nolan e acrescenta: – Bem-vindo. – Acho que ela já esperava que ele viesse comigo.

As roupas escuras de Victoria se destacam contra sua casa decorada com tons claros. Eu me pergunto se ela se vestia assim antes da morte de Anna ou se ela passou a usar roupas escuras como sinal de luto.

– Você disse que poderia ajudar – começo com avidez enquanto ela nos leva para a sala de estar. Não me sinto como faz Nolan quando Victoria gesticula na direção do sofá. Em vez disso, respiro fundo e faço o pedido que tenho ensaiado pelas últimas vinte e quatro horas.

– Preciso que você me ensine tudo o que sabe sobre como exorcizar um demônio. Você pode ser minha mentora? – Quando ela não responde de imediato, acrescento um desesperado: – Por favor?

Victoria sacode a cabeça.

– Sinto muito, Sunshine. As coisas não funcionam assim. Você já tem um mentor.

– Não tenho, não! – Estou tentada a bater os pés como uma criança pequena, mas o carpete de Victoria é tão grosso que quase não faria barulho nenhum. Em vez disso, levanto as mãos em desespero, implorando por ajuda. – Se tivesse um mentor, então ele estaria aqui, me ajudando, me ensinando. Não é isso o que fazem os mentores?

Procurei a palavra mentor no dicionário de manhã: *Um conselheiro ou professor sábio e de confiança.* Victoria pode não ser uma professora de arte qualificada, mas ainda é a coisa mais próxima que tenho dessa definição.

– Ele *está* ajudando você – insiste Victoria.

– Como?

– O professor – diz Nolan em voz baixa, e eu me viro para encará-lo. Ele parece deslocado demais naquela sala, os móveis estofados de Victoria parecem engolir seus braços e pernas compridos. – Seu mentor deve tê-lo trazido de volta para nos ajudar.

O que Nolan disse fazia sentido: alguém devia ter posto aquele espectro de professor lá para que nós o encontrássemos.

— Então meu mentor hackeou o sistema de computadores da universidade com uma lista de horários no escritório de um professor morto há muito tempo? Mobiliou um escritório vazio em um prédio abandonado que ele de algum modo enfeitiçou para parecer só um pouco menos abandonado?

— Talvez ele tenha até plantado a reportagem sobre ele nos papéis de meu avô — pensa em voz alta, com intensidade na voz.

Eu mordo o lábio inferior. Tudo bem, certo, isso é *alguma* ajuda. Mas não é nem de perto ajuda *suficiente*. Não quando a vida de minha mãe está em risco.

— Ele vai aparecer, Sunshine. Você só precisa esperar. — Victoria leva seus dedos longos e brancos à boca, como se tivesse falado demais. Sinto como se ela mal estivesse dizendo coisa alguma.

— Mas eu *posso* ajudar você — oferece lentamente com voz suave e melódica enquanto se levanta e desaparece na cozinha.

— Por que você não se senta? — sugere Nolan com delicadeza, e me sento no sofá ao lado dele, mas não perto demais. Na verdade, não preciso de seu calor, não nessa casa.

Espero que Victoria volte com uma bandeja cheia de chá, mas em vez disso ela retorna com um lenço envolvendo algo.

— Aqui — diz ela, entregando o embrulho para mim.

Desembrulho o objeto e imediatamente o deixo cair em meu colo.

— Uma faca velha e enferrujada? — Não é nem uma faca grande. Quero dizer, não parece uma faca de manteiga, nem nada assim, mas não é exatamente uma espada nem um machado, também. É o tipo de faca que mamãe usa para cortar cebolas ou cenouras ou aipo. O tipo de faca que você encontra na maioria das cozinhas.

— Isso não é uma faca velha e enferrujada — retruca Victoria. — Você não consegue ver o que ela realmente é?

Eu sacudo a cabeça.

– O que ela devia parecer?

– É uma arma – diz ela em voz baixa. – Uma arma que apenas um luiseach pode usar. Concentre-se. Você não consegue ver?

– Ver o quê?

– Ver algo mais que apenas uma faca comum?

Pego a faca e a ergo diante de mim, girando-a em minhas mãos. Aperto os olhos e a encaro fixamente, em seguida a aperto com firmeza. Eu a largo no chão, e ela cai com um baque surdo e vazio no carpete. Durante todo o tempo ela permanece como uma faca velha e comum.

– O que você vê quando olha para ela? – pergunto.

– Não importa o que eu vejo – responde Victoria. – A arma se manifesta de maneiras diferentes para cada um de nós, com base em nossa força e nossas necessidades, e com base na força e no poder do demônio contra o qual a estamos usando, é claro.

– O que quer dizer com força e poder? Você está dizendo que à meia-noite do dia 31 de dezembro minha mãe vai ficar forte como o Superman?

– Não exatamente. Sua mãe estará incapacitada, mas seu corpo, possuído pelo demônio, estará poderoso.

– Mas se o corpo dela vai ter força super-humana, como eu poderei derrotá-lo? Você disse que não podia destruir esse demônio, e faz isso há muito mais tempo que eu. Completei 16 anos há apenas alguns meses. – Lágrimas brotam em meus olhos. Se ela não podia destruir esse demônio, como eu poderia fazer isso? Que tipo de mentor dá a seu pupilo uma tarefa que nem um luiseach tarimbado poderia superar? Sinto-me como se estivesse destinada a fracassar.

– Fiz 16 há 51 anos – diz Victoria.

– Mas... – Nolan faz a conta automaticamente. – Com isso você teria 67 anos de idade.

Victoria balança a cabeça afirmativamente, e eu me debruço para frente e examino seu rosto. Mal há uma ruga em sua testa. Seus olhos estão cercados por olheiras escuras, acho que ela não dorme muito, assim como eu, mas não há pés de galinha no seu rosto. Ela sorri, e vejo que seus lábios são cheios e grossos, seus dentes brancos e brilhantes. Ou Victoria tem o melhor cirurgião plástico do mundo, ou... lembro-me de algumas das primeiras pesquisas de Nolan. *Luiseach vivem vidas longas*. Eles, nós, devem envelhecer a um ritmo diferente, também.

– É verdade que não consegui derrotar esse demônio, mas não foi porque eu não era forte o bastante. Eu estava viajando a trabalho quando o demônio assassinou minha família. – Ela faz uma pausa. – Eu deveria estar lá. – Suas palavras saem tensas e entrecortadas.

– Nos meses anteriores aos assassinatos, Anna andava reclamando que o pai estava distante. Achei que ela estivesse apenas aborrecida por eu estar viajando demais e estivesse tentando fazer com que eu passasse mais tempo em casa. Prometi que ia compensar minha ausência quando terminasse o serviço. – Victoria engole em seco: a dor de fazer uma promessa para a filha que ela não pôde cumprir está escrita em seu rosto. De repente, posso ver cada um de seus 67 anos marcados em sua face.

– Distante como? – pergunta Nolan.

– É difícil explicar. No início, eram detalhes. Pequenas coisas que apenas Anna e eu conseguíamos perceber. Ele ainda ia trabalhar, fazia seu serviço, pegava Anna depois da escola, fazia as compras, providenciava o jantar. Anna dizia que ele parecia apenas, de algum modo... – Ela fez uma pausa à procura da palavra certa.

– Ausente – sugiro.

– Isso. – Victoria balança a cabeça seriamente. – Anna reclamava de sentir falta dele quando ele estava bem ao lado dela.

– Assim como minha mãe?

– Assim como sua mãe – concorda Victoria.
– Mas você não podia, quero dizer, luiseach podem sentir espíritos, não podem? – Você não podia ter sentido que havia um demônio na casa? Quero dizer, quando você estava em casa?
– Muitos espíritos me seguiam por toda parte. Meu mentor havia me treinado a me desligar deles, a deixar que outros luiseach os ajudassem a seguir em frente, para que eu pudesse me concentrar em nosso trabalho.

Victoria se levanta e vira, ficando de costas para nós. Sua respiração está entrecortada. Ela inspira, como se estivesse tentando não chorar. Olho de relance para Nolan. Talvez todas essas perguntas sejam demais para ela. Estamos praticamente forçando-a a reviver o assassinato de sua família.

– Sinto muito... – Começo, mas Victoria ergue a mão e me interrompe.

Ela se vira e fica de frente para nós. Seu rosto pálido está corado.
– Você é mais forte que o demônio. Eu lhe garanto isso.

Sacudo a cabeça. Nunca me senti forte. Fico sem ar só de subir alguns lances de escada. Sempre fui a última a ser escolhida em todos os times na aula de educação física desde o jardim de infância.

– Não consigo nem matar uma aranha – insisto, com um calafrio. – Acredite em mim, eu sou meio fracote.

– Você é mais forte do que sabe – diz Victoria, e isso parece uma ordem. – Seus pais... – Ela faz uma pausa. – Você descende de dois dos luiseach mais poderosos da história.

Agora é minha vez de me levantar e dar as costas para todo mundo. Afinal, Victoria sabe quem são meus pais biológicos! Talvez todos os luiseach saibam, se meus pais são dois pilares tão poderosos e importantes da comunidade.

– Quem são eles? – Não tenho certeza se quero saber, mas preciso perguntar. Sinto palpitações no estômago e seguro a respiração enquanto espero por uma resposta.

– Não posso contar isso a você.

Eu solto o ar.

– Você sabe que eles me abandonaram?

– É complicado...

– Na verdade, não é complicado. Você não abandona um bebê indefeso.

– Um dia você vai entender. Seu pai...

– Eu não tenho pai – digo com firmeza, me segurando para não chorar. – Eu tenho mãe, só *uma*, e o nome dela é Katherine Griffith. Ela é a *única* mãe que eu quero. Acredite em mim, não estou interessada em conhecer a mãe que me abandonou sozinha para ser encontrada no hospital.

– Não foi sua mãe que abandonou você. Seu pai... ele estava tentando protegê-la. – Ela diz isso como se fosse perfeitamente razoável.

– Esse é um modo bem patético de proteger um bebê. – Limpo teimosamente as lágrimas que escorrem pelo meu rosto.

Ouço Nolan se aproximar e parar atrás de mim. Eu me afasto antes que ele tente me envolver em seus braços. Mesmo assim ainda posso sentir o calor de seu corpo a apenas centímetros de mim. Não tão reconfortante quanto um abraço, mas, mesmo assim, uma sensação boa. Bem, na verdade, não *boa*; nesse momento, nada parece *bom*, mas, de algum modo, melhor.

– Sinto muito – diz Victoria. – Tudo vai se esclarecer...

– Quando? – respondo, virando-me de costas, com as lágrimas escorrendo quentes pelo rosto e o queixo. Mas não estou mais triste. Estou com raiva. – Quando vai se esclarecer? Depois que o demônio for exorcizado usando alguma espécie de arma mágica de luiseach que eu não possa ver? Quando meu mentor finalmente sair das sombras e se revelar e explicar por que o teste que ele preparou para mim pôs em perigo a única família que tenho, a única família que *quero*, a pessoa que *nunca ia escolher me abandonar?*

Mais uma vez, o calor da casa de Victoria parece opressivo. Puxo o cabelo em um rabo de cavalo e tiro o cachecol de mamãe de volta do pescoço. Vou até a janela e a abro. As cortinas são sopradas para dentro, e eu fico ali parada, deixando que o vento de Washington sopre sobre mim.

– Estou começando a achar que os luiseach, luiseaches, ah, seja lá qual for o plural, são os vilões. Eles *abandonam* os filhos. Eles põem em risco pessoas inocentes. – Na verdade, é uma boa sensação quando a brisa provoca arrepios em meus braços e minhas pernas, eu me viro para encarar Victoria, com o vento pelas costas. – Não quero ter nada a ver com nada disso. – Eu fungo, engolindo o nó em minha garganta e apertando a base da palma da mão contra a testa.

– Sei que é difícil – diz em voz baixa Victoria. – Há muitas perguntas que não posso responder.

– Não *quer* responder – murmuro, esfregando as lágrimas que restavam com a manga.

– Mas posso lhe dizer que o primeiro passo na direção do esclarecimento vai chegar com a libertação de sua mãe do domínio do demônio, e mesmo que você não queira ter nada a ver com isso, sei que acima de tudo você quer salvá-la.

Ela tem razão. Talvez meu mentor tenha planejado tudo dessa maneira com um propósito. Você não consegue exatamente evitar um teste quando os resultados são tão importantes para você. Baixo a mão da testa e cubro os olhos.

Respiro fundo, solto as mãos, fecho a janela e volto para o sofá. Pego a faca no chão e olho para ela mais uma vez.

Ainda vejo apenas uma faca velha e enferrujada.

CAPÍTULO TRINTA

# Heavy metal

– *Talvez ela precise ser ativada* para que Sunshine possa ver – sugere Nolan.
– O que você quer dizer com ativada? Eu acho que ela não tem um botão de ligar e desligar.
Ele dá de ombros.
– Talvez como... sei lá. Talvez como você ainda não tenha passado pelo teste, você não seja capaz de ver.
– Mas como eu posso passar no teste se não consigo ver a arma que preciso para passar no teste? – pergunto esgotada.
– Talvez ela se revele quando você precisar dela.
Olho para Victoria, que balança a cabeça atentamente.
– Nolan pode ter razão – diz ela lentamente. – Talvez quando o demônio enfrente você, com toda a sua força e seu poder, você encontre a motivação de que precisa para ver a arma.
– Foi assim que você a viu?
– Ela me foi dada em um período de grande necessidade. Eu a vi imediatamente. Mas, na época, eu precisava dela imediatamente.
– E depois você passou a conseguir vê-la, precisando dela ou não?
– Eu sempre a vejo na forma em que estava da última vez em que a usei.
– Mas então você não pode usá-la em minha mãe? Quero dizer, sei que a princípio você não é mais uma luiseach, mas se você consegue ver a arma...
– Não funciona assim. – Victoria sacode a cabeça. – Não é meu teste para que eu seja aprovada. Enfim, seria inútil tentar agora.

— O que quer dizer?

— Enfrentá-la agora seria inútil. Você precisa esperar até que o demônio se apose completamente dela.

— À meia-noite do Ano-Novo — diz lentamente Nolan.

Victoria balança a cabeça afirmativamente.

— Em qualquer outro momento, você estará atacando apenas sua mãe, não o demônio.

— Qual a aparência da arma para você? — pergunta Nolan a Victoria.

Victoria hesita antes de responder, como se não tivesse certeza se devesse compartilhar aquela informação. Por fim, ela responde:

— É uma corda.

— Uma corda? — repito. — Isso não parece especialmente sobrenatural.

Victoria dá um sorriso quase saudoso, como se lembrasse dos dias em que usava a corda com prazer.

— Não era apenas uma corda qualquer. Era uma corda mais forte que ferro. Com bordas afiadas como aço, de modo que o mais leve toque era como ser cortado por uma faca.

— Você cortou muita gente em seu trabalho como luiseach? — pergunto, desconfortável com a ideia de todo o sangue, outra razão para desistir de meus poderes quando tudo isso acabar.

— Só uma — responde ela com delicadeza. — Meu marido.

Eu afrouxo de leve minha pegada na faca.

— O quê?

— Quando eu cheguei em casa, era tarde demais. — Sua voz, normalmente melódica, perde um pouco de musicalidade enquanto prossegue. — Meu marido e minha filha já estavam mortos. Mesmo assim, peguei minha arma e a envolvi em torno de meu marido, e apertei com toda a força. Achava que poderia espremer e extrair o demônio, estrangulá-lo de dentro dele. Mas um ataque pós-morte se revelou inútil. O demônio já havia partido e levado o espírito de minha filha com ele.

— Sinto muito — sussurro, piscando para segurar as lágrimas.

Imagino Victoria abrindo a porta da frente de sua casa, tirando o casaco, chamando sua família e se perguntando por que eles não estavam respondendo. Eu a imagino subindo as escadas sem pensar sequer por um segundo nos horrores que a aguardavam no banheiro da filha. Talvez o corpo de Anna estivesse boiando na banheira, o rosto ainda corado com vida; talvez a carne de seu marido ainda estivesse quente quando ela envolveu sua corda em torno dele. Visualizei minha professora de arte elegante e composta uivando de pesar. Não consigo pensar em nada mais terrível. Isso me dá vontade de largar a faca e nunca mais tornar a pegá-la.

Em vez disso, obrigo-me a apertá-la com mais firmeza.

— E se ela não... — Faço uma pausa, lutando para me lembrar da palavra usada antes por Victoria. — Se *manifestar* para mim a tempo?

— Ela vai — diz com firmeza Nolan.

— Como você sabe?

— Porque você estará pronta para a luta. Você não vai estar com medo e não vai estar fraca. As pessoas encontram todo tipo de reserva oculta de força quando estão lutando pela vida. Elas fazem coisas que nunca imaginaram ser capazes de fazer.

Eu sacudo a cabeça.

— Mas o demônio não pode me matar, lembra?

— Eu sei — Nolan balança a cabeça afirmativamente. — Mas ele pode me matar.

— O que você quer dizer com isso?

— À meia-noite da noite de Ano-Novo eu vou estar bem do seu lado. O demônio vai me atacar, um humano, do mesmo modo que atacou Anna, certo? — Ele olha para Victoria em busca de confirmação. Ela inclina a cabeça gravemente.

– Quando sua mãe tentar me ferir – prossegue ele. – A arma vai se manifestar. Porque você vai precisar dela para me proteger.

– Você não pode ter certeza disso.

– Não posso pedir a você para correr esse tipo de risco.

– Não é nenhum risco. Pense nisso. Que motivação maior você poderia ter? Você vai salvar a vida de sua mãe... e a minha. Duas pessoas que você... – Nolan para abruptamente. – Duas pessoas de quem você gosta – conclui com delicadeza. – E o espírito de Anna também. Já são três. Além disso, você vai saber exatamente quando o demônio vai tomar posse completamente de Kat, porque vai ser quando ela tentar me machucar. Pode funcionar. – Ele olha para Victoria, seu cabelo louro-sujo despenteado como o de uma criança pequena. – Srta. Wilde, o que você acha?

Nolan não perguntou o que eu achava, mas, se tivesse feito isso, eu diria que, se foi o que meu mentor planejou, então quem quer e onde quer que ele esteja, é uma pessoa muito doente.

– Por favor, me chame de Victoria, Nolan. – Ela se senta na poltrona a nossa frente. – Não é o ideal. Mas – acrescenta ela lentamente – o que Nolan diz faz sentido. Talvez você seja o tipo de pessoa cuja força se manifesta apenas quando encara a motivação certa.

– Talvez – repito. – Mas não temos certeza disso.

– Não – concorda Victoria. – Não temos.

CAPÍTULO TRINTA E UM

# Feliz ano-novo

*Na manhã da véspera de Ano-Novo,* tenho dificuldade para me vestir. Eu sei, eu sei, esse é o problema mais bobo que eu poderia ter considerando as circunstâncias. Mesmo assim, é muito frustrante não encontrar nada em meu armário que pareça apropriado para usar em um exorcismo.

Não que eu tenha a mínima ideia do que uma pessoa na verdade *deva* usar em um exorcismo, não acredito haver um guia de etiqueta que cubra esse evento em especial, mas todas as minhas roupas são de cores muito vivas, e parece a coisa para a qual você deve usar cores escuras. Como se você fosse para um enterro. Ou roubar uma casa.

Ou entrar em combate.

Eu queria ter uma armadura ou camuflagem, mas finalmente me decido por uma calça Levis que roubei de mamãe em agosto e uma blusa azul-marinho que encontrei em meu brechó favorito de Austin. Ela tem flores minúsculas bordadas nos punhos de suas mangas compridas, mas, fora isso, é literalmente a peça mais escura e simples que tenho. O que parece uma espécie de camuflagem.

Tiro a faca de Victoria de seu esconderijo embaixo do pedestal do Dr. Hoo. Victoria fez com que a trouxesse para casa comigo, só para o caso de estarmos errados sobre toda a história da meia-noite do Ano-Novo. Mas ela ainda não se manifestou como uma arma poderosa que apenas luiseach podem brandir. Ela ainda é apenas uma faca.

Agora caminho ao redor de meu quarto com a faca na mão, segurando-a a minha frente como se fosse uma espada, e eu uma mestra da esgrima.

– *En garde!* – grito para mim mesma.
Devo parecer uma pessoa louca, esgrimindo sozinha com uma faca pelo quarto. Se mamãe entrasse agora, com certeza ia mandar me internar.
Mas sei que ela não vai entrar. Minha mãe não põe o pé no meu quarto há semanas. Talvez tenha esquecido que eu moro aqui.
Golpeio mais uma vez com a faca, e juro ouvir um risinho vindo do ar, acima de mim.
– É melhor você estar rindo de mim! – murmuro para Anna, mas não posso evitar dar um leve sorriso. Esta manhã terminamos tanto nossas partidas de damas (ela ganhou) quanto de Banco Imobiliário (eu ganhei).
Agora que a diversão acabou, digo para ela:
– Vamos torcer para sua mãe saber do que está falando.

Nolan chega às oito da noite, segurando nos braços junto ao peito um embrulho em um saco de papel.
– Para você. – Ele o estende a sua frente.
Eu espio em seu interior.
– Fogos de artifício?
– *É* noite de *Ano-Novo* – responde com um misto de nervosismo e esperança na voz. – Se tudo correr bem, vamos ter mais de uma razão para comemorar depois da meia-noite.
Tento sorrir também, mas minha boca não coopera. Talvez depois desta noite eu nunca mais torne a sorrir outra vez. Se falhar, que motivo terei para sorrir, com minha mãe morta e esquecida?
– Você é otimista demais – consigo dizer, por fim.
O que posso dizer? Acredito em você.
Eu fico corada sob seu olhar, e ele me segue até a cozinha, onde ponho os fogos de artifício cuidadosamente sobre a bancada.

— E mais uma coisa — acrescenta ele, tirando a jaqueta do avô.

— Para dar sorte. — Ele retira os braços das mangas. Está usando uma camisa de manga comprida verde-escura por baixo, jeans e botas marrons surradas. Ele estende a jaqueta para mim, e, quando eu não a pego, ele a põe sobre meus ombros. Sinto que aquilo é tão certo que de repente sei por que tive tanta dificuldade em me vestir de manhã: estava esperando para vestir aquilo.

— Para dar sorte — concordo, enfiando os braços nas mangas. A sensação da jaqueta é familiar, como se fosse eu quem a estivesse usando pelos últimos nove meses, não Nolan.

— Aqui — diz Nolan, estendendo as mãos para enrolar os punhos além de meus pulsos. — Não vamos querer correr o risco de... — Ele se interrompe.

— Risco de quê? Que minhas mãos se percam em mangas longas demais e eu não consiga brandir minha arma mágica mística como deveria?

Nolan não responde, concentrado em enrolar as mangas em torno de meu braço. Já há tantas sensações desagradáveis pairando em torno de meu corpo — nós em meu estômago, boca seca, mãos suadas — que pela primeira vez seu toque mal faz alguma diferença.

— Você não está com medo? — pergunto com delicadeza.

— É claro que estou — responde Nolan.

— Você não parece estar com medo.

Nolan olha para mim e sorri.

— Eu disfarço bem.

Sacudo a cabeça. Se eu falhar, Nolan pode acabar como Anna, não só morto, mas seu espírito ligado ao demônio, aprisionado em um mundo de tormentos, sob risco de ser esquecido para sempre. Respiro fundo e digo:

— Prometa que vai fugir se as coisas começarem a ficar feias. Se parecer que vou fracassar, você simplesmente vai embora daqui, o mais rápido possível. Antes que o demônio possa... – O nó em minha garganta impede que eu diga a palavra *matar*. Em vez disso, digo: – Antes que ele possa machucar você.

– Eu não vou deixar você...

– Apenas prometa. Por favor.

– Está bem – diz por fim Nolan, assentindo com a cabeça. – Prometo.

Ele me segue até a sala de estar, onde mamãe está sentada em uma poltrona diante da TV como um zumbi. (Eu me pergunto se zumbis também são reais. Vou ter de perguntar a Victoria quando tudo isso terminar.) Mamãe mal reage à presença de Nolan, apesar de ele educadamente dizer:

– Olá, srta. Griffith. – Eu me pergunto se ela sequer lembra que disse a ele que lhe chamasse desse modo. Ela está usando jeans preto e um suéter grafite, como se talvez eu não fosse a única a ter achado que cores escuras eram o figurino mais adequado para a noite.

Victoria chegou às nove, vestida em suas roupas escuras de bruxa habituais. Quando abro a porta para que ela entre, ouço trovões ao longe. Mesmo assim, acho que talvez esteja mais quente fora que dentro de casa. Pelo menos, para mim.

– Estamos apenas sentados na sala, assistindo ao relógio. – Gesticulo para que ela me siga até o aposento ao lado. Mas, quando eu me viro, mamãe está parada às nossas costas, impedindo a passagem. Ela mal se moveu quando Nolan chegou aqui. Por que ela se importa agora que Victoria está ali?

– Mãe – digo, tentando soar como se aquela não fosse a noite mais esquisita de toda a minha vida. – Esta é minha... – Não sei como chamá-la. Minha amiga? Minha professora? Minha não mentora? Por fim, eu digo: – Essa é Victoria Wilde. Ela é da nossa escola.

Outro ribombar de um trovão. A chuva começa a vergastar as janelas e o terraço.

Mamãe estreita os olhos.

— Nós já não nos conhecemos? — pergunta ela, estendendo a mão para apertar a de Victoria.

— Não exatamente — respondeu Victoria com um sorriso trêmulo. Levo um segundo para entender o que ela quer dizer. Minha mãe nunca conheceu Victoria, mas o demônio que vive dentro dela, sim.

Victoria aperta a mão de minha mãe com movimentos largos e animados. Quando finalmente a solta, vejo que as bordas de seu suéter de manga comprida estão molhadas onde minha mãe as tocou. Onde o demônio as tocou.

Mamãe nos conduziu de volta à sala de estar. Na TV, a bola da Times Square está descendo em Nova York; lá, já é quase meia-noite.

Aqui os segundos vão passando. Eu me sento no meio do sofá. Nolan e Victoria se sentam comigo, um de cada lado, como se eu fosse a carne no meio de um sanduíche de luiseach. Estou sentada em cima da faca. Quando o que quer que aconteça começar, vou pegá-la e torcer para que ela faça o que quer que ela deva fazer.

— Como vamos saber que é a hora? — sussurro para Victoria. Minha boca está tão seca que mal consigo pronunciar as palavras. Eu tusso.

— Acredite em mim — diz Victoria. Ela toma minha mão e a aperta. — Você vai saber.

Posso sentir o frio da lâmina através de meu jeans.

Às 23:48, mamãe se levanta. Em uníssono, como se estivéssemos interpretando alguma espécie de dança cuidadosamente coreografada, Nolan, Victoria e eu nos levantamos e viramos. Nós a observamos sair da sala.

– Devemos ir atrás dela? – murmuro. Victoria balança a cabeça afirmativamente com ansiedade. Enfio a faca no bolso de trás, com a lâmina para baixo, de modo que o cabo fica metade para fora, e sigo minha mãe até a cozinha.

– O que está fazendo? – pergunto, tentando parecer natural.

– Pensei em fazer pipoca para você e seus amigos – diz mamãe animada. Ela não se dá ao trabalho de acender a luz quando abre a despensa.

– Legal – respondo. Mamãe faz a volta na bancada no centro da cozinha e põe um pacote de pipoca dentro do micro-ondas; a máquina acende e começa a fazer barulho quando ela a liga. O som de grãos estourando enche a cozinha.

*Pop-pop. Pop-pop.*

– Por que você não se senta com seus amigos? – diz mamãe. – Eu levo quando estiver pronto.

– Está tudo bem. Não me importo de esperar. – Uma espécie de cheiro amanteigado emana do micro-ondas. Normalmente, ele me daria água na boca, mas esta noite minha garganta está seca.

*Pop-pop. Pop-pop.*

– Sunshine, é sério. Não seja boba. Vá para a sala. – Mamãe se apoia contra a pia da cozinha, e a água começa a correr.

A pia não escoa, em vez disso, enche, como uma pequena banheira de aço.

– Seu amigo Nolan pode me ajudar – acrescenta ela, com olhos mirando além de mim, focalizando algo às minhas costas.

Viro-me e vejo Victoria e Nolan parados na porta entre a cozinha e a sala de estar, nos observando. Prestando atenção a cada palavra. O olhar de minha mãe se fixa no de Nolan, a vítima pretendida pelo demônio.

Victoria sacode lentamente a cabeça, mantendo os olhos concentrados em mamãe. Sua maneira de me dizer: *não tire os olhos dela*.

O micro-ondas apita. A pipoca está pronta. Mas nem mamãe nem eu fazemos nenhum movimento para pegá-la. A máquina torna a apitar, lembrando-nos de que nossa comida está pronta. O cheiro de manteiga muda, agora cheira a algo queimando. A pia começa a transbordar.

O que acontece em seguida acontece tão rápido que posteriormente nem tenho certeza de como aconteceu.

Nolan está ao lado de minha mãe do outro lado da bancada. Os braços de minha mãe estão a sua volta. Os olhos dela não se parecem em nada com seus olhos. Em vez de quase cinza, estão totalmente negros, de modo que não se distingue a íris das pupilas. Seu cabelo, de repente, está completamente encharcado.

Nolan é muitos centímetros mais alto que minha mãe, mas ela o está segurando por trás com apenas um braço. Ele está lutando contra ela, mas não parece conseguir se soltar. Ela leva a sua cabeça na direção da pia. A cabeça se detém apenas poucos centímetros acima da água.

Acho que é isso o que Victoria queria dizer quando falou que eu saberia quando começasse.

Pego a faca, mas minhas mãos estão tremendo tanto que mal consigo envolvê-la em meus dedos. Meus músculos são quase tão úteis quanto um pote de gelatina. Consigo brandir a lâmina a minha frente, mas ela ainda parece apenas uma faca velha enferrujada. Mamãe enfia o rosto de Nolan na pia. Ele luta contra sua pressão, espalhando água e encharcando a bancada da pia, mas não é páreo para a força dela.

– Vamos lá! – grito para o teto, para os deuses dos luiseach ou meu mentor ou quem quer que esteja no comando disso tudo. Olho fixamente para a faca e imploro: – Manifeste-se agora! – Minha mão está tremendo tanto que estou com medo de deixar a arma cair.

Feliz ano-novo

— Não solte, Sunshine! — grita Victoria da porta. Mamãe vira os olhos de mim para Victoria, como se estivesse percebendo pela primeira vez a presença da mulher em nossa casa.

Mamãe sorri, mas seu sorriso não parece com nenhum sorriso que vi em seu rosto antes. Na verdade, não parece em nada com um sorriso. Sorrisos são quentes, amistosos, alegres. Isso é algo completamente diferente. Seus dentes são sobrenaturalmente brancos, praticamente brilham no escuro da cozinha. Escorre água de sua boca aberta. Seus olhos se transformaram em uma espécie sinistra de azul, como se não fossem olhos, mas em vez disso pequenas piscinas.

Ela ergue a cabeça de Nolan da pia e bate seu crânio contra a bancada. Ela o solta e ele cai no chão, inconsciente. O cheiro de bolor é tão forte que acho que vou sufocar com ele.

— Nolan! — grito. Eu me jogo no chão, rastejo ao redor da bancada de centro e me inclino sobre seu corpo. Oscar surge ao meu lado e começa a lamber o rosto de Nolan, uma versão canina de respiração artificial. Posso ouvir os miados de Lex da bancada acima de nós.

Ponho a faca no chão ao lado de Nolan e me debruço sobre meu amigo. Posso sentir seu hálito em meu rosto, pelo menos ainda está respirando. Pela primeira vez, estar assim tão perto dele não faz com que minha pele se arrepie. Há um corte sangrando em sua testa. Ele agora não poderia fugir nem que quisesse.

Oh, não, e se a proximidade com Nolan não está me incomodando porque ele está morrendo? E se o que quer que provocasse aquela sensação horrível de lado errado do ímã estiver desaparecendo?

De repente, um estrondo terrível de algo se quebrando faz a casa estremecer. O teto acima de nós está se abrindo, com a mesma facilidade como se fosse feito de pano. Eu grito quando o segundo andar desaparece e uma lufada de ar congelante sopra no interior da casa. A chuva da tempestade no exterior – não há mais exterior, todos estamos no exterior – está nos encharcando. Oscar e Lex saem correndo para a sala de estar, na esperança de escapar daquela confusão. Tento me posicionar sobre Nolan como um guarda-chuva, mas é inútil. Eu tremo como uma folha; nesse momento, estar perto dele não está me aquecendo nem um pouco.

Do outro lado da cozinha, ouço uma voz que não se parece em nada com a de minha mãe:

– Eu não esperava ver você aqui. – Ela está falando com Victoria, não comigo. Espero para ouvir Victoria responder, mas não há nada: apenas o barulho do vento e da chuva, depois uma risada horrenda saída da boca de minha mãe. Em seguida, o barulho de algo espalhando água quando o corpo de Victoria cai no chão.

Outro estrondo, e a parede entre nós e a entrada de carros desaparece. Mais água entra violentamente. Nolan está deitado em pelo menos cinco centímetros dela, que sobe sem parar a nossa volta. Viro a cabeça dele, tentando pôr sua boca e seu nariz em um ângulo acima da linha da água, com medo de que ele se afogue.

Nesse exato momento, tomo consciência do peso de uma sombra pairando sobre mim. Ergo os olhos e vejo minha mãe, com seus estranhos olhos líquidos, me encarando.

– Um amor jovem despedaçado – diz ela, com uma voz, porém, muito mais grave, maligna e feia. Como é estranho ouvir a voz de outra pessoa sair de sua boca. – Que tragédia. – Ela estala a língua.

– O que você fez com Victoria? – pergunto em desespero. Não consigo vê-la do lugar onde estou, no chão, atrás da bancada central. O demônio apenas ri em resposta, e eu sei que, não importa o que ele fez, Victoria agora não pode me ajudar. Sinto um calafrio, tão molhada quanto se tivesse acabado de sair do chuveiro.

Nolan está inconsciente.

Ele também não pode me ajudar.
E minha mãe está ausente, aprisionada em algum lugar no interior de seu próprio corpo. Será que ela sequer sabe o que está acontecendo? Será que ela está assistindo a isso de algum lugar sob o demônio, gritando para ser libertada? Estou totalmente sozinha. Somos apenas o demônio eu e e nossa casa destruída e sem teto. Bilhas de chuva se rompem contra meu rosto e escorrem em meus olhos, até que o corpo de minha mãe parado acima de mim não passa de um borrão. Sinto tanto frio que meus dentes estão batendo, golpeando uns aos outros furiosamente. Não estou mais nem segurando a faca. Ela está parada, inútil ao lado do corpo de Nolan. Grande arma que devia se manifestar quando você precisasse dela.

Com sua força sobre-humana de demônio, minha mãe estende apenas o braço esquerdo e vira Nolan para baixo. Tento rastejar para longe. Tento pegar novamente a faca, mas escorrego e caio de costas presa sob o peso do corpo de Nolan, agora inteiro em cima de mim, a faca se afundando em minhas costas sob nós. Pelo menos, ainda sinto a respiração de Nolan contra meu rosto.

Tento arquear as costas para enfiar o braço por baixo e pegar a faca. Mas mal consigo tocá-la com a ponta dos dedos. Abro a boca para gritar, mas um jato de água jorra em seu interior, me sufocando.

Minha nossa, Victoria e Nolan estavam ambos errados.

Não sou o tipo de pessoa que descobre uma reserva oculta de força quando se depara com uma crise.

Sou o tipo de pessoa que se debate no chão, espalhando água demoníaca.

– Socorro! Ajuda! – grito. Será que meu mentor está me vendo naquele exato momento? Será que pode me ouvir? Ele vai mesmo ficar só observando e deixar todas aquelas pessoas morrerem se eu fracassar?

— Por favor! — imploro, cuspindo água com cada sílaba, mas ninguém responde. Lágrimas escorrem por meu rosto, misturando-se com as gotas de chuva.

Mamãe, o demônio, pisa com força nas costas de Nolan, prendendo a nós dois no chão. O sangue das feridas de Nolan se mistura à água da chuva e pinga em meu rosto. Respiro com dificuldade, esforçando-me para encher os pulmões com ar enquanto a água não para de subir. Sei que não importa a profundidade que ela atinja: ela na verdade não pode me afogar, o demônio não pode me matar. Mas pode afogar Nolan.

Vou me retorcendo e me esticando até conseguir envolver os dedos em torno da faca sob mim. Está fria como gelo, por isso segurá-la dói. Contorcendo-me sob todo aquele peso, finalmente consigo sacar a arma de baixo de nós.

Ainda é apenas uma faca, mas eu a ergo assim mesmo, golpeando a perna de minha mãe. Ela só dá aquele seu sorriso horrendo brilhante. Meus braços não são longos o suficiente. Não consigo alcançá-la.

Um trovão ribomba no céu, seguido imediatamente pelo brilho de um relâmpago tão forte que por um segundo ele me cega. A tempestade está bem acima de nós. O vento está uivando, mas entre as lufadas ainda posso ouvir o som de comemoração da TV na sala.

— Agora, todo mundo — grita um apresentador. — Faltam dez segundos para o Ano-Novo!

O telhado ainda deve estar no lugar na sala. Talvez ainda esteja seco. Talvez eu consiga arrastar Nolan e Victoria até lá, afastá-los do perigo.

Uma multidão começa a contar: *10, 9...*

A quem estou querendo enganar? Não consigo nem sair de baixo de Nolan, muito menos arrastar dois corpos para a sala ao lado. Mamãe enfia o salto nas costas dele, apertando a nós dois. Respiro com dificuldade, mas minha boca se enche de água; é a coisa mais nojenta que já provei na vida, podre e azeda.

*8, 7...*

É assim que isso vai acabar. Todo mundo de quem gosto está prestes a morrer. Victoria está indefesa, deitada inconsciente na cozinha. Nolan vai se afogar da mesma maneira que Anna. Será que vou sentir seu espírito quando deixar o corpo dele? O espírito de minha mãe vai ser destruído. E o de Anna junto com o dela. O de Nolan vai em seguida, assim que o demônio seguir para sua próxima vítima.

Victoria vai esquecer que algum dia foi mãe, vai esquecer toda troca de fralda, toda vez que deu uma mamadeira. Esquecer que ajudou Anna com o trabalho de casa, esquecer a primeira vez que a filha leu um livro sozinha, esquecer as mãos de Anna e sua risada e seu sorriso.

*6, 5...*

Fecho os olhos, tentando livrá-los da água congelante. Vou me esquecer de minha mãe. Não imediatamente, como disse Victoria. Vai acontecer devagar, inevitavelmente, mesmo se eu cobrir a casa com fotografias. Talvez em alguns meses eu vá esquecer o som de sua voz, seu jeito de rir. Depois não vou saber como ela cheirava. Poderia demorar dois anos para eu me esquecer dos jantares com pizza e das brigas pelo controle remoto. Depois de uma década, eu teria esquecido até por que ela me chamara de Sunshine.

Eu havia fracassado totalmente. Tínhamos perdido, e o demônio, vencido. O que acontece com luiseach que não passam em seus testes? Será que meu mentor ia continuar a me testar até que eu passasse? Ou ele ia desaparecer e me deixar completamente sozinha, uma luiseach sem seus poderes, assim como Victoria?

*4, 3...*

— Amo você, mãe! – grito direto para ela quando trovão e raio explodem simultaneamente acima de nós. Ela tem de estar ali em algum lugar, ela deve estar ali em algum lugar, talvez ainda possa me ouvir. Talvez eu vá lembrar que amei alguém tanto assim, mesmo que eu não lembre quem.

De repente, alguém está segurando meus pulsos com as mãos. Abro os olhos e olho ao redor freneticamente: Nolan ainda está inconsciente, e Victoria está fora de minha vista em algum lugar do outro lado da bancada. A pegada se aperta. Estou sendo puxada de baixo do corpo de Nolan, puxada de pé por um ajudante fantasma.

– Anna? – balbucio, com água escorrendo por meu rosto. Ouço uma voz baixa e distante responder:

– Sou eu. – Ela fecha meus dedos em torno do cabo da faca.

A casa começa a tremer, um terremoto localizado. De manhã, geólogos em um raio de quilômetros vão conferir seus sismógrafos, se perguntando o que poderia ter acontecido.

Aperto a faca e sinto o aço frio espetar minha pele.

Espere, não é uma faca, e não está fria. Não mais.

É uma *tocha*.

Uma tocha de madeira enorme com uma chama quente e laranja saindo da ponta. Uma chama que só fica mais forte sob a chuva que cai. Eu a aponto na direção de minha mãe, mas ela pula para longe, dançando para fora de meu alcance.

2, 1...

As chamas ficam mais altas e me aquecem. De repente, estou mágica e magnificamente seca. Ergo a tocha acima de mim como um guarda-chuva; ela cria uma bolha de calor ao meu redor. Uma bolha cujas beiradas estão crescendo, centímetro a centímetro. Mesmo assim, minha mãe salta para longe dela. Sem a parede da cozinha, ela consegue recuar para a entrada de carros, bem longe de meu alcance. Ela dá seu sorriso molhado pouco além da bolha.

– Qual a utilidade de uma tocha que não pode alcançá-la? – berro. Como posso atingi-la?

O som de papel se rasgando faz com que me vire de minha mãe para a bancada da cozinha. Mãos invisíveis estão rasgando o saco com os fogos de artifício de Nolan.

Sei exatamente de quem são as mãos.

– Anna, você é um gênio! – grito. Pego as estrelinhas e as puxo para o interior de minha bolha, onde secam magicamente assim como eu. Uso a tocha para acender uma; ela ilumina a cozinha, parecendo festiva até nesse momento. Eu a jogo na direção de minha mãe. Ela chia ao tocar sua pele. O brilho da chama aumenta, mas, quando mamãe olha para ela, se apaga imediatamente.

Acendo mais um punhado e as jogo todas. Mesmo assim, os fogos se apagam ao atingir sua pele. Mesmo assim, ela consegue saltar para fora de meu alcance.

Raios tornam a brilhar, mas dessa vez o trovão ocorre quase um minuto depois. A tempestade deve estar se afastando.

*Está funcionando!*

Acendo outra estrelinha. Essa, jogo na entrada de carros atrás dela. Apesar de o chão estar coberto de água, ela ainda queima, essa chuva não consegue apagar o fogo de minha tocha. Eu acendo e jogo outra, e mais outra, até formar um U brilhante de fogos em torno do corpo de minha mãe, bloqueando o demônio para que ele não possa mais fugir para longe de mim.

Dou um passo em sua direção. Saio da cozinha para a entrada de carros. Depois dou mais um passo, para ainda mais perto. O demônio sibila para mim, mas não recuo. Em vez disso, chego tão perto que o corpo de minha mãe é envolto por minha bolha de calor e calidez. Sua pele molhada fervilha ao secar. Ela se agacha no chão, gritando de dor.

Não, não ela. *Ele*. É o demônio que estou encarando, não minha mãe. Ergo a tocha acima de seu corpo, e sua pele não está mais fervilhando. Está *fervendo*. Vapor emana de sua pele como um cobertor grosso; é tão denso que eu mal consigo vê-la.

Ela grita. Agora sua voz parece com a dela mesma.

– Por favor, pare, Sunshine! Você está me machucando!

Meu coração se acelera com o som da voz de minha mãe. Será que ela pode sentir o que estava acontecendo, mesmo estando possuída pelo demônio? Minha nossa, será que deveria parar? E se eu a estiver machucando tanto quanto estou machucando o demônio?

Eu hesito e, ao fazer isso, sinto Anna botar um último fogo de artifício em minha mão. Olho para ele: sob a luz projetada pela tocha, vejo a cicatriz onde minha mãe me cortou já desaparecendo. O fogo de artifício não é uma estrelinha, mas uma chuva de prata.

Victoria disse que espíritos sombrios costumam ser aqueles cujas vidas foram tiradas cedo demais. Eles podiam ser os humanos mais bondosos, mas o desejo de ficar aqui na Terra os transformava em algo irreconhecível, maligno. Eu me pergunto quem teria sido aquele demônio. Eu me pergunto se exorcizá-lo vai permitir que ele finalmente siga adiante, para onde ele deveria ir.

Sinto os dedos de Anna apertarem meus ombros, sua maneira de me dizer que sei exatamente o que fazer. E que agora é a hora de fazê-lo.

Minha mãe torna a gritar e chama meu nome.

– Sunshine, por favor! – implora, mas sacudo a cabeça com lágrimas escorrendo pelo rosto. Ela me disse uma vez que o corpo não pode se lembrar da dor. Eu só espero que seja verdade.

Acendo o fogo de artifício e o atiro sobre o corpo encolhido de minha mãe. Ele explode em chamas coloridas aos meus pés, a coisa mais horripilante e linda que eu já vi.

CAPÍTULO TRINTA E DOIS

## Encharcados

*Baixo a tocha*, mas permaneço seca. Minhas mãos estão escuras de fuligem e meus ouvidos, zunindo devido ao barulho das explosões. De volta à cozinha, o corpo de minha mãe aos meus pés. Parece que ela desmaiou. Acima de mim, o teto está negro, e o segundo andar, acima de nós, bem onde deveria. A parede entre a cozinha e a entrada de carros voltou ao seu lugar, sem nem um arranhão nas bordas para mostrar que não estava ali apenas alguns segundos atrás. O chão ainda está alagado, mas as lajotas em torno de mim e de minha mãe secaram.

Da TV, gritos de *Feliz Ano-Novo!* ecoam pela casa, que parou de tremer. Os primeiros versos tristes de *Auld Lang Syne* penetram na cozinha.

Como isso é possível? Parece que ouvi a contagem de 3, 2, 1 horas atrás. Está bem, não horas, mas pelo menos há muitos minutos. Olho para a tocha em minha mão; ela está encolhendo, voltando a se transformar em faca. Eu me pergunto no que ela poderia ter se manifestado se eu estivesse enfrentando outro tipo de demônio.

Mas quanto essa arma é mágica? O tempo parou quando eu a brandi? A terra congelou enquanto estava trancada naquela bolha, quente e seca?

Estudo a arma em minha mão: é apenas uma faca sem gume outra vez, apesar de agora, quando olho de perto, perceber sombras da tocha que ela era apenas segundos atrás. Talvez ela sempre tenha essa aparência para mim, do mesmo modo que era uma corda para Victoria.

— Sunshine? — Minha mãe parece grogue, como se estivesse despertando de um sono profundo. Olho para ela, ainda enroscada aos meus pés. — O que aconteceu?

— Você não se lembra?

Mamãe sacode a cabeça. Ela olha ao redor da cozinha como se a estivesse vendo pela primeira vez, estende o braço além do círculo seco a nossa volta e toca o piso molhado. — Por que a cozinha está alagada?

— Qual é a última coisa de que você lembra?

— Eu ia fazer pipoca — responde. Lentamente ela se levanta e começa a caminhar pela cozinha, até os calcanhares de água.

Não tenho certeza do que contar a ela. Não quero mais mentir, mas não tenho muita certeza se agora é a hora ou o lugar.

— Houve um alagamento — respondo por fim. — A chuva esta noite estava uma loucura. Um cano deve ter estourado, algo assim.

Antes que mamãe possa fazer outra pergunta, e ela devia ter muitas, ela vê Victoria deitada de rosto para baixo na porta entre a cozinha e a sala, com a saia longa enroscada nas pernas e os cabelos molhados.

— Ela está inconsciente! — grita mamãe, e corre pelo piso espalhando água cor de ferrugem ao fazer isso. Ela vira Victoria para cima e começa a fazer respiração boca a boca nela.

— Ligue para a emergência, Sunshine — diz mamãe entre respirações. Mas, antes que eu possa telefonar para alguém, Victoria está tossindo e cuspindo água. Mamãe a faz se sentar e bate em suas costas.

— Anna! — exclama Victoria com voz rouca, apontando com a mão molhada esticada. Eu viro.

Ela está apontando quase exatamente para o mesmo ponto onde eu estava parada apenas alguns segundos antes.

— Anna — repete, com o braço estendido.

– Não tem ninguém ali – diz mamãe com sua voz carinhosa e reconfortante de enfermeira.

Victoria lança para mim um olhar pleno de significado. Talvez ela veja algo que eu não consiga ver, talvez algo que eu ainda não saiba ver.

Eu me ajoelho ao lado de minha professora de arte e tomo suas mãos nas minhas.

– Eu sei, Victoria – digo com delicadeza. – Ela nos ajudou. – Eu nunca poderia ter passado por esse teste sem ela.

– Anna – diz mais uma vez Victoria, dessa vez em um sussurro. Então ela torna a desmaiar.

– Ligue para a emergência – ordena outra vez mamãe enquanto volta a fazer respiração boca a boca.

Faço a volta na bancada, rastejando pela água demoníaca, até onde jaz o corpo de Nolan. Ele não recobrou a consciência desde que o demônio bateu sua cabeça contra a bancada, mas ainda está respirando. Debruço-me sobre ele e enfio a mão no bolso de seu jeans, largo em torno de seus quadris magros. Eu pego com cuidado seu celular e ligo.

– Emergência. Qual o seu problema?

Olho freneticamente ao redor da cozinha. Não tenho ideia de como responder a essa pergunta.

Recito nosso endereço.

– Nossa casa, alagada – digo de modo afobado. – Minha amiga... caiu na água – acrescento, à procura de uma explicação razoável e não paranormal. – Ela perdeu a consciência. E meu outro amigo...

– Olho para Nolan, tentando pensar em uma segunda desculpa. Ele escorregou no chão molhado e bateu a cabeça na pia? Mas, antes que eu possa contar outra mentira, Nolan geme no chão ao meu lado.

– Nolan! – grito. – Você está bem?

— Ai — diz ele em resposta, apertando a base da mão contra a testa. O sangue de seu machucado secou sobre seu rosto, queixo e pescoço, fazendo com que ele ficasse parecendo um vampiro depois de um frenesi alimentar.

— Nolan — repito, dessa vez com mais delicadeza. Ele olha para mim e balança a cabeça, dizendo em silêncio que está bem.

— Senhora? — insiste a telefonista do serviço de emergência. — Enviei uma ambulância para seu endereço. Preciso que me diga se vai ser necessário mais de uma. Sei que é difícil, mas pode me dizer quantas pessoas precisam de ajuda?

— Uhm... — Faço uma pausa, olhando para Nolan e depois para minha mãe. — Eles não parecem exatamente *bem*. Mamãe está coberta de suor do esforço de ressuscitar Victoria por tanto tempo, mas fora isso parece bem, não tem nem um arranhão. Devagar e com cuidado, Nolan consegue se sentar. O ferimento de Nolan já parou de sangrar, e, fora o sangue em seu rosto e as roupas encharcadas, ele parece praticamente normal, com os cabelos louros caindo no rosto. Ele não parece perfeito, mas também não tenho certeza se precisa de uma ambulância só para ele.

Por fim, respondo:

— Acho que só uma.

Os médicos nem examinam mamãe e a mim. Eles não perguntam como a cozinha se alagou. Só nos dão uniformes hospitalares secos para trocar e nos cobrem com cobertores. Eu jogo a jaqueta úmida de Nolan sobre meu uniforme.

Victoria ainda está inconsciente quando os socorristas a levam para o hospital. Seu pulso está fraco, e a respiração, entrecortada, mas ela está viva. Eles a conectam a um milhão de aparelhos e nos mandam para casa, pois ela só vai despertar de manhã.

– Mas ela vai acordar? – pergunto. Os médicos não respondem, mas novamente insistem para irmos para casa.

– Descansem um pouco – orientam os médicos de plantão. – Vocês passaram por muita coisa.

Sacudo a cabeça. Ele não tem ideia. Nolan e eu ficamos a noite inteira acordados. Quando chegamos em casa, já são quase quatro da manhã. O médico deu pontos no corte na testa de Nolan e disse que ele não devia dormir por 24 horas, caso houvesse uma concussão. Faço café para nós, e começamos a enxugar o que restava da água na cozinha. Apesar do fato de aquele lugar nunca ter ficado mais molhado, o cheiro de mofo está mais suave do que antes. Quando a cozinha ficou seca, o cheiro desapareceu completamente.

Às oito da manhã, Nolan diz que é melhor ele ir para casa.

– Ainda não deu 24 horas – argumento.

– Prometo que volto esta tarde – diz ele, em seguida gesticula para o uniforme verde que os socorristas lhe deram. – Só quero trocar essas roupas. E talvez tomar um banho – acrescenta. Seu cabelo louro fino está sujo de sangue seco, caindo por cima do curativo que cobre seus pontos.

– Boa ideia – concordo. Eu não olhei no espelho recentemente, mas tenho quase certeza de que não pareço nem um pouco apresentável. Posso sentir meus cachos eriçados para cima no alto da minha cabeça, como uma espécie de coroa emaranhada.

Ofereço de volta a jaqueta a Nolan. Tentei secá-la no banheiro do hospital, apertando toalhas de papel contra cada gota e respingo. Mas ela ainda está bem molhada.

– Espero que não a tenha destruído – digo.

– Fique com ela – insiste ele. Ele estende as mãos a sua frente; mais uma vez, quanto mais perto chega de mim, mais calor eu sinto. E mais enjoada fico, mas nesse momento estou me concentrando nas sensações boas.

Sacudo a cabeça negativamente.

— Não posso. Sei quanto ela significa para você.

— É só uma jaqueta, Sunshine — diz Nolan com uma espécie de sorriso triste. — Quero dizer, eu a adoro, mas não é meu avô, por mais que ela me lembre dele.

— Eu sei, mas...

Ele me interrompe antes que eu possa continuar a discutir.

— E devo isso a você... considere um presente de obrigado.

— Não existe uma coisa como presente de obrigado. Além disso, por que você tem de me agradecer? Por botar sua vida em risco? Se alguém deveria dar um presente de agradecimento a alguém, esse alguém sou eu.

— Por sua causa, sei que meu avô... — Nolan faz uma pausa.

— Que ele não estava apenas falando teorias malucas sobre fantasmas e espíritos? Nós agora já sabemos disso há um bom tempo.

— Não é só isso. Quero dizer, é, mas agora eu sei que, onde quer que ele esteja, ele não está sozinho. Quando ele morreu, algum luiseach, de algum modo, estava lá para ajudá-lo a conduzir seu espírito para o além. — Ele sorri. — E é bom saber isso. Então... obrigado.

Sorrio e abraço a jaqueta junto ao peito como se fosse um urso de pelúcia.

— Você sabe que ela ainda tem o cheiro dele? — diz Nolan.

Sacudo a cabeça, levo o rosto à jaqueta e inspiro. Devia ter um cheiro molhado e mofado, mas não.

— Não para mim — digo. — Para mim ela cheira como você.

Nolan sorri.

— De qualquer jeito, ela fica melhor em você.

— Não posso ficar com ela.

— Então considere um empréstimo.

Assinto com a cabeça.

— Está bem. Só por enquanto. E, ei — acrescento, antes que ele feche a porta ao sair.

— O quê?

— Obrigado pelos fogos.

— Eu sabia que teríamos alguma coisa a comemorar.

— Pelo menos alguém tinha. Eu na verdade não achava que ia passar por esse teste idiota.

Nolan dá um sorriso largo.

— Eu não duvidei de você nem por um segundo.

## CAPÍTULO TRINTA E TRÊS

## Flores

*Depois que Nolan vai embora*, vou até meu quarto. Todos os meus brinquedos estão guardados – não há tabuleiro de damas, não há Banco Imobiliário – e o Dr. Hoo está exatamente onde o deixei. Achei que ficaria aliviada quando o teste terminasse, e, acredite em mim, estou, mas meu quarto parece muito vazio sem Anna ali. Meio que sinto falta dela.

– Aonde você foi, menininha? – pergunto, mas pela primeira vez estou falando sozinha.

Entro no chuveiro. Acho que é meio estranho eu estar usando água para lavar água. Mas a que cai do chuveiro tem uma sensação de limpeza; a água que secou sobre minha pele e meu cabelo na noite passada era imunda. Fecho os olhos e imagino que o que quer que tenha restado do demônio está desaparecendo pelo ralo.

– Sunshine! – grita minha mãe assim que saio do banheiro. – Vista-se.

Enrolo o cabelo em uma toalha enquanto ela me segue até meu quarto.

– Por que a pressa, mãe? É primeiro de janeiro. Não tem nada aberto, mesmo.

– Vamos ao hospital visitar Victoria. É o mínimo que podemos fazer.

Eu ergo as sobrancelhas. Quero dizer, claro que quero visitar Victoria, mas o que mamãe quer dizer com *é o mínimo que podemos fazer*? Ela nem mesmo lembra o que aconteceu na noite passada, não sabe sequer o motivo por que Victoria precisa de visitas. A menos que... será que ela está começando a se lembrar?

Antes que eu possa perguntar, minha mãe diz de modo grave:

– Ela era uma convidada em nossa casa quando se machucou. Enfim, quero que um dos meus amigos médicos dê uma olhada nela.

– Você tem amigos no hospital?

– Estou trabalhando lá há meses, agora. Claro que tenho amigos, ou você achava que eu tinha me tornado alguma espécie de pária social? – Ela cruza os braços sobre o peito e sorri. Apesar do fato de ter passado a maior parte da noite acordada, as olheiras escuras sob seus olhos estão mais claras do que em meses. Há alguma cor em sua face, e mesmo seu cabelo parece ter mais brilho do que tinha alguns dias, algumas horas, atrás. Ela está usando jeans e um suéter cinza de gola rulê que valoriza seus olhos. Ela está bonita. Na verdade, para mim, ela está absolutamente linda.

– Claro que não – digo com um sorriso, não totalmente pronta para explicar que, como ela estava possuída por um demônio da água maligno, eu imaginei que ela não estivesse particularmente sociável no trabalho ultimamente. Naquele exato momento, estávamos provocando uma a outra do jeito que sempre fazíamos. A sensação é familiar e maravilhosa.

Mamãe olha ao redor do quarto.

– Eu tenho mesmo que chamar o senhorio sobre esse tapete. Não sei como você conseguiu viver com esse rosa por tanto tempo.

– Ele não me incomoda tanto. – Eu dou de ombros. – Pensando bem, vamos parar e levar umas flores para Victoria, tão rosa quanto as desse papel de parede.

– Querida, eu não acho que esse tom de rosa em especial exista de verdade na natureza.

– O que você diz faz sentido.

Mamãe sorri, depois de repente estende os braços e me dá um abraço apertado. Ela pode não entender completamente que estava ausente por todos esses meses, mas ela me abraça como se talvez ela sentisse tanta falta minha quanto eu dela.

Estou agarrando um buquê com uma dúzia de rosas quando entramos no hospital. Eu me decidi por rosa-claro no final, tão claro que é quase branco. A cor me lembrou da sala de Victoria. Encostei o rosto contra as pétalas frescas e inspirei.

O hospital parece estar bem abaixo do ponto de congelamento. Sei, agora, que esse frio de algum modo está conectado a meus poderes de luiseach. Afinal de contas, estou em um hospital, um lugar onde pessoas nascem e morrem todos os dias, o que significa que provavelmente há toneladas de espíritos chegando e partindo, forçando minha temperatura a cair enquanto mamãe não sente nem um pouco de frio.

Mamãe me conduz até a UTI.

– UTI? – pergunto nervosa. – É onde eles botam as pessoas que estão muito mal, não é?

– Não se preocupe, querida. Eles a botaram lá pois era o lugar onde podiam monitorá-la mais de perto.

Mas Victoria não estava em nenhum dos leitos da UTI.

– Com licença? – diz mamãe, estendendo o braço para segurar uma enfermeira pelo braço enquanto ela passa por nós. – Você pode nos dizer onde podemos encontrar Victoria Wilde? Eles a transferiram para a recuperação?

A enfermeira nos olha sem demonstrar qualquer reação. Talvez ela não saiba de quem estamos falando.

– Cabelo comprido escuro – digo. – Pele bem branca. Roupas esvoaçantes de bruxa.

A enfermeira franze o cenho como se eu fosse louca. Acho que na verdade não posso culpá-la. Sem dúvida não é a primeira vez que alguém olhou para mim desse jeito. Tenho o hábito de dizer coisas inapropriadas muito tempo antes de ouvir falar na palavra luiseach.

– Vocês são da família dela? – pergunta ela. Olho para o crachá pendurado em seu pescoço e vejo que seu nome é Cecilia.

– Não exatamente... – começo, mas mamãe me interrompe.

– Eu sou Kat Griffith, da neonatal. – Um vislumbre de reconhecimento passou pelo rosto de Cecilia. – Nos conhecemos há alguns meses!

– Não reconheci você com roupas normais – diz Cecilia com um sorriso tímido. Seu uniforme é azul, bem diferente das cores pastel da unidade neonatal. Seu cabelo louro claro está preso em um nó emaranhado em sua nuca.

– Cecilia, precisamos muito saber onde está Victoria.

Cecilia balança a cabeça afirmativamente. Acho que há uma espécie de acordo tácito entre enfermeiras que basta para que ela nos dê informações que normalmente seriam liberadas apenas para membros da família.

– Eu sinto muito – diz ela em voz baixa. Em seguida, sua boca volta a uma linha reta e simpática, e os olhos azuis se estreitam de leve. A expressão em seu rosto me assusta, talvez tanto quanto o demônio da noite passada. Apesar do frio no ar, uma gota minúscula de suor se forma em minha nuca, logo abaixo de meu rabo de cavalo. Seguro com mais força as rosas, apertando-as mais contra o peito.

*Ai.* Um dos espinhos me espeta no polegar. Deixo o buquê cair abruptamente. Ele acerta o chão com um baque surdo e suave, as belas pétalas rosa se espalham pelo piso de linóleo do hospital.

O aroma de rosas está pesado no ar quando Cecilia finalmente confirma meus temores:

– Victoria faleceu esta manhã. – Mamãe segura minha mão enquanto caminhamos de volta pelo hospital.

– Eu sinto muito, querida – diz ela, mas eu não digo nada em resposta. Acho que não consigo. Não entalada com esse nó em minha garganta. – Eu olhei sua ficha – prossegue mamãe. – Ela ficou sem oxigênio por tempo demais.

Balanço a cabeça como se isso explicasse as coisas, mas nada disso faz o menor sentido. Eu passei no teste, não passei? Eu me livrei do demônio! Como ainda assim Victoria poderia morrer?

Preciso sair desse hospital. A sensação assustadora está mais forte que nunca. Não estava assim ontem à noite na emergência, do outro lado do prédio – Victoria era um dos únicos pacientes, e os outros eram principalmente pessoas que estavam em festas de réveillon e tinham exagerado um pouco, nada que ameaçasse vidas. Mas nesse momento, caminhando pela UTI, é avassaladora. Tantas pessoas pairando no limite entre a vida e a morte. Agora tenho certeza de que essa sensação – a que senti no meu décimo sexto aniversário, a que senti em nossa casa com a presença de Anna, no gabinete do professor – é o jeito de meu corpo me dizer que um espírito está próximo.

Caminho mais depressa na direção da saída, na direção do carro que mamãe vai dirigir para longe daqui. Mas, de repente, eu paro.

– Querida? – pergunta mamãe, mas sacudo a cabeça. A sensação desagradável mudou. Em vez do peso de mil espíritos que entraram e saíram daquele prédio, eu sinto apenas um.

Fecho os olhos e me concentro, focalizando na sensação: o frio no ar, o cabelo se arrepiando em meus braços e em minha nuca. Então eu engasgo em seco ao compreender e abro os olhos. Apesar de mamãe não poder ver, há uma mulher idosa de cabelos brancos e pele fina como papel e coberta de sardas apoiada no muro em frente ao local onde estou parada. Imediatamente sei que ela estava dormindo dois andares acima de nós apenas dois segundos atrás, mas então seu coração simplesmente parou. Seu espírito foi atraído para mim, como uma mariposa para uma chama, como disse Victoria. Um espírito de luz. Um espírito pronto para seguir adiante.

Estendo os braços para ela, e quando começa a se mover em minha direção, posso sentir seu espírito, todas as suas memórias, tudo o que ela fez e viu e sabia, correr para mim.

As pontas de seus dedos tocam as pontas dos meus, e de repente eu sei que ela teve uma vida boa: dois filhos, quatro netos, um marido amoroso que morreu apenas seis meses atrás. Ela está pronta para revê-lo. Sou tomada por uma sensação maravilhosa. Não é nem um pouco assustadora, é o contrário de assustador.

É paz.

Eu sorrio.

– Querida? – repete mamãe. Viro-me para ela. – Você está bem?

– Ela torce o nariz como fez mil vezes antes, sempre que tentava entender o que a filha pateta estava aprontando.

A sensação de paz vai se dissipando, substituída pela tristeza pela perda de Victoria. Apesar disso, de algum modo ela é mais administrável agora do que antes.

– Não muito – respondo. – Mas vou chegar lá.

Mamãe toma minha mão na dela mais uma vez. De braços dados, deixamos o hospital para trás.

# Ela conseguiu

Assisti a seu confronto com o demônio. Estava parado em seu jardim, com um artefato que eu mesmo fiz, mantendo-me escondido e seco, mesmo quando o demônio de água alagou sua casa com chuva, inundou-a com água que parecia surgir do nada, de baixo das lajotas do piso de sua cozinha, do próprio ar que ela respirava.

A criatura havia saturado a casa por meses, vicejando em seu clima úmido. O demônio que Victoria não pôde vencer, que assassinou sua família humana. A criatura pela qual ela abriu mão de seus poderes para ajudar a destruir. Senti a necessidade de Victoria por toda a noite: ela queria que a garota conseguisse tanto quanto eu, seus sentimentos eram igualmente intensos. Mas, ao contrário de mim, ela estava concentrada apenas em salvar a filha. Eu estou tentando determinar o futuro de toda a nossa raça.

Eu observei Sunshine a cada passo do caminho. Mesmo enquanto seus poderes estavam apenas começando a se manifestar, eu podia sentir que ela estava esperando que outro luiseach surgisse para acabar com o serviço. Senti isso quando ela abandonou toda a esperança, depois senti a mudança nela quando ela descobriu reservas de força que não sabia ter. Mesmo assim, até agora, ela está tentando encontrar um modo de escapar de seu destino.

Mas é impossível escapar do destino. Eu vou lhe ensinar isso. Talvez essa seja nossa primeira lição.

A arma demorou mais a se manifestar do que eu gostaria. A menina simplesmente não conseguia se concentrar. Facilmente distraída por sua preocupação com Katherine, com o rapaz, até com Victoria e Anna, *que ela mal conhecia e era impossível que já amasse. Ela precisa de uma vontade mais forte, de mais concentração. Sempre haverá distrações. Ela precisa resistir a tais coisas. Se não tomar cuidado, elas serão sua maior fraqueza.*

*Talvez essa seja nossa segunda lição.*

*Hoje ela ajudou seu primeiro espírito a seguir adiante. Ela confiou em sua intuição por tempo suficiente para permitir que o espírito fluísse através dela. Ela deu ao espírito paz e, ao fazer isso, encontrou para si mesma um instante de paz.* Senti o momento em que o espírito foi liberado no éter. Senti o sorriso no rosto de Sunshine.

*Ela está pronta. É hora de anunciar minha presença.*

## CAPÍTULO TRINTA E QUATRO

# A chegada do mentor

*A volta para casa do hospital* é (obviamente) nebulosa. A chuva da noite passada lavou praticamente toda a neve. Restam apenas faixas estreitas de branco. Encosto a cabeça na janela e olho para as casas enquanto passamos. Um homem de neve encolhido derrete no jardim da frente de alguém, com aspecto patético e derrotado.

O que exatamente eu fiz lá atrás? Eu ajudei aquela mulher a... seguir adiante? Aquilo pareceu natural, como Victoria disse que pareceria.

Não apenas natural. Foi uma sensação *boa*. Eu *gostei* de ajudá-la a encontrar a paz. Por um instante, eu fiquei em paz, também. Pela primeira vez, como disse Victoria, eu não me senti estranha nem desajeitada nem deslocada. Eu me senti como se estivesse fazendo exatamente aquilo que deveria, como se estivesse exatamente onde deveria. Talvez Victoria tivesse razão: eu nunca tinha me encaixado porque, em vez de fazer o que fazia, eu *devia* estar sendo um luiseach. Se eu abrir mão de meus poderes, será que isso significará que nunca mais vou sentir aquele tipo de paz, aquele tipo de *certeza* outra vez?

Eu queria estar lá quando Victoria morreu. Eu queria que tivesse sido o dela o espírito que ajudei a seguir em frente.

Talvez, finalmente livre dos confins de minha casa, Anna estivesse com Victoria quando ela morreu. Talvez elas nunca mais tenham de ficar separadas outra vez.

Eu realmente torço por isso.

Finalmente as lágrimas fazem sua descida lenta e triste pelo meu rosto.

# A chegada do mentor

– Ah, querida – diz mamãe. – Os médicos fizeram tudo o que puderam.

Balanço a cabeça afirmativamente, mas a verdade é que não sei se os médicos tiveram alguma chance. Eles não faziam ideia de com que estavam *realmente* lidando. Achavam que era uma mulher submersa em chuva e água de enchente. Não que teria feito muita diferença se eles *soubessem*. Nem se o hospital dispusesse de um médico especializado em ferimentos demoníacos poderia ter salvado o dia, mesmo se nós tivéssemos simplesmente contado a verdade sobre o ocorrido na noite passada.

Meu mentor não devia estar aqui, a essa altura? Odiei esse teste, mas passei. Eu me livrei do demônio, salvei a vida de minha mãe e protegi o espírito de Anna. Estou pronta para conhecê-lo, pronta para fazer um acordo, assim como Victoria fez. Pronta para abrir mão de meus poderes, não importa o quanto foi boa a sensação de usá-los esta manhã.

Mamãe vira na entrada de carros. Através da neblina, vejo Nolan sentado na varanda diante de nossa porta. Ele está sem sua jaqueta, eu a estou usando e não planejo tirá-la tão cedo, por isso ele está enrolado em um moletom cinza com cachecol, e sua respiração sai em nuvens. Seu cabelo louro sai pelas bordas de seu gorro cinza, puxado bem para baixo, pouco acima de seus olhos âmbar.

– O que ele está fazendo aqui? – pergunto. Seu grande Chrysler não está na entrada de carros. Ele deve ido de sua casa até ali a pé.

Tentando melhorar o clima, mamãe dá um sorriso.

– Acho que ele simplesmente não consegue ficar longe.

– Não é assim – insisto, mas estou corando. Porque talvez não seja assim, mas também não é totalmente *não* assim, e tenho quase certeza de que mamãe percebe isso.

Acho que essa foi a única coisa boa em sua ausência nos últimos meses. Ela teria me provocado por causa de Nolan o tempo todo.

Nolan se levanta quando eu me aproximo. Ele estende uma folha de papel dobrada.

– O que é isso? – pergunto sem pegá-la. De dentro de casa, Oscar late. Mamãe abre a porta da frente, e ele sai correndo para a varanda, pulando de alegria. Acho que não somos os únicos que estão felizes com a partida do demônio. Mamãe se abaixa para fazer carinho nele, que começa a cobrir o rosto dela com beijos caninos, seu modo de dizer: *Senti sua falta, senti sua falta, senti sua falta.*

– Victoria me pediu para dar isso a você.
– Victoria? – repito. – Quando? Antes da noite de ontem?
– Não. – Nolan sacode a cabeça. – Ela passou em minha casa hoje de manhã.

Mamãe vira de Oscar para nós.

– O quê? – diz ela, se ajeitando para ficar de pé.
– Você quer dizer que seu espírito o visitou? – digo com cuidado, e Nolan olha para mim como se eu estivesse doida. Sinto palpitações em meu estômago enquanto espero por uma resposta.
– Claro que não. Victoria deixou isso e me disse para entregar a você. Além disso, se fosse seu espírito, eu não teria sido capaz de receber a carta. Eu não sou o luiseach aqui, você é.
– O que é um luiseach? – pergunta mamãe.

Nolan e eu trocamos um olhar intenso, e as palpitações em meu estômago ficam ainda mais fortes. Sacudo a cabeça. Sei que não posso manter isso em segredo para sempre, mas simplesmente ainda não estou pronta para contar a mamãe. Ela é uma cientista, e não vai ser fácil convencê-la de que sua filha é uma espécie de anjo da guarda paranormal. Eu não quero mesmo começar a discutir com ela tudo de novo. Não agora que acabei de recuperá-la.

– Depois eu explico tudo – prometo.
– Isso tem a ver com aquelas coisas assustásticas da qual você não para de falar desde que nos mudamos para cá? – pergunta ela.

– Eu nunca chamei de assustásticas, mãe. Foi você.

– De que você chamava?

– Eu preferia o bom e velho assustador.

– Bem, eu prefiro assustásticas. – Mamãe dá um sorriso, e eu resmungo. Debruço para frente e a envolvo nos braços. Inalo profundamente, sentindo o cheiro familiar da mistura de seu perfume e do xampu. Ela me balança de um lado para outro como se eu fosse um bebê. O que, acho, pelo menos para ela, ainda sou.

– Desculpe por não ter sido eu mesma nos últimos tempos – sussurra mamãe com o rosto enfiado em meus cabelos. Sacudo a cabeça, porque ela não tem nada de que se desculpar. Nada disso é sua culpa. Meu mentor fez isso com ela, fez isso *conosco*. Botou minha mãe em risco, Victoria em risco. O espírito de Anna em risco, tudo só para me testar.

Se um dia ele aparecer, vou mostrar a ele o que minha cabeça pensa disso, como diria mamãe. Pela primeira vez, a expressão me soa terrível, desnecessariamente *explícita*, como se eu fosse literalmente abrir meu crânio ao meio e oferecer um pedaço de meu cérebro. Esse sujeito já bagunçou o suficiente com minha cabeça. Não estou disposta a dar a ele livre acesso a ela.

Minha mãe me solta.

– Vou deixar você e Nolan conversarem – diz ela e entra solenemente em casa. Oscar vai trotando atrás dela.

Assim que a porta da frente fecha, Nolan pergunta:

– Como o espírito de Victoria podia ter me visitado, afinal? Ela teria de estar...

– Morta – termino por ele. Mais uma vez um nó se ergue em minha garganta. – Acabamos de chegar do hospital. Eles nos disseram que ela morreu de manhã cedo.

Eu espero que ele fique arrasado, mas em vez disso ele sacode a cabeça calmamente.

— Não é possível. Eram mais de dez quando ela tocou minha campainha.

Sinto calafrios percorrerem minha espinha de cima a baixo, mas não os mesmos congelantes que senti no hospital. Esses são arrepios de outra coisa. De compreensão. Mordo o lábio inferior e puxo as mangas da jaqueta para baixo e cubro as mãos, tentando entender o que tudo aquilo significa.

— Mas... Victoria não era mais um luiseach — começo com delicadeza.

Nolan entende imediatamente o que eu estou pensando. Afinal de contas, foi ele quem me contou: *o espírito de um luiseach, diferentemente do espírito de meros mortais, não pode ser levado, atingido ou destruído por um fantasma ou demônio.*

— Ela abriu mão de seus poderes — diz ele lentamente. — Mas ainda era um luiseach de *nascença*.

Ela devia ter preservado algumas das qualidades de ser um luiseach apesar do que abriu mão. Afinal, de algum modo ela viu Anna na noite passada. E sua casa era tão quente e aconchegante, como se ela tivesse o poder de manter espíritos, e o frio que os acompanha, distantes.

— Então o demônio podia atingi-la — digo, pensando em voz alta —, mas não *destruí-la.*

— Ela deve ter ficado sem sinais vitais no hospital — resume Nolan. — Eles a declararam morta e a enviaram para o necrotério.

— E então, quando ninguém estava olhando, ela simplesmente se levantou e foi embora — concluo. O nó em minha garganta desaparece.

— Foi até minha casa, onde pôde me entregar isso. — Ele estende a carta de Victoria a sua frente. Eu a tomo com cuidado de suas mãos. Nolan e eu nos abaixamos e sentamos nos degraus da varanda da frente enquanto desdobro as páginas.

# A chegada do mentor

A letra de Victoria é antiquada, algo saído de outro século. Parece ter sido escrita com uma velha pena, o tipo que sempre quis encontrar para mim.

– Leia em voz alta – diz Nolan.

– *Querida Sunshine* – começo. – *Parabéns. Você passou em seu teste. Fico feliz por ter dado uma pequena ajuda para seu sucesso.*

– Uma pequena ajuda? – Eu me interrompo. – Eu não poderia ter conseguido sem ela.

– Continue – insiste Nolan.

– *Obrigada por salvar minha filha. Apesar de memórias de meu marido continuarem a se apagar, saber que minha filha viverá para sempre em meu coração vai aliviar a dor de perdê-lo. Por fim, Anna tem a chance de encontrar a paz.*

*"Por favor, agradeça a Nolan por sua ajuda. E ajude-o a entender sua parte em tudo isso."*

– Minha parte? – repete Nolan. Eu continuo a ler.

– *Acho que nenhum de vocês dois percebeu ainda que Nolan é seu protetor. Vocês dois estão inextricavelmente ligados para o resto de suas vidas.*

– Isso é ridículo – protesta imediatamente Nolan, pulando de pé. Ele começa a andar de um lado para outro na varanda às minhas costas. – Eu fui *inútil* ontem à noite. Foi você quem nos protegeu, não o contrário. – Ele tira o gorro e passa a mão com nervosismo pelo cabelo fino. Ele fica quase em pé devido à eletricidade estática, me fazendo sorrir. – Eu sou só um adolescente estudioso que gosta de fazer pesquisas.

– E eu sou só uma garota desajeitada que gosta de comprar roupas velhas – rebato. – Se posso ser uma luiseach, então você pode ser meu protetor.

Talvez isso explique tudo: o modo como me sinto aquecida quando ele está por perto, a forma como a sensação assustadora diminui. Pode ser meu corpo me dizendo para manter Nolan por perto.

Mas então por que parece tão errado quando ele se aproxima demais? Por que não parece certo abraçá-lo, segurar sua mão?

Volto para a carta, torcendo para que Victoria tenha explicado, mas não há menção para o jeito com que Nolan faz com que eu me sinta. Em vez disso, leio:

— *Um protetor não protege apenas seu luiseach. Ele protege o saber. Nolan, você vai ser responsável por ajudá-la a aprender.* — Ergo os olhos outra vez para meu amigo. — Parece que você é *exatamente* o que deve ser um protetor.

O sorriso sagaz que Victoria deu quando falei de Nolan não foi porque ela estava divertida por nosso adorável romance juvenil. Era porque tinha acabado de descobrir que ele era meu protetor.

Continuo a ler:

— *Por favor, cuide de Anna enquanto eu estiver ausente...* ausente? — pergunto, tornando a me interromper. — Para onde? Por quê?

Nolan acrescenta:

— Por que Anna não seguiu adiante? Agora que o demônio se foi, o que a está impedindo?

— Não sei — respondo com ansiedade. Se Anna não seguiu adiante, será que eu realmente passei no teste? Isso não fazia parte dele? Eu volto para a carta. — *Minha filha ainda tem trabalho para fazer neste mundo, mas espero que um dia todos nós estejamos na presença uns dos outros novamente. Por enquanto, saiba que seu mentor, que também foi meu antigo mentor, ficará satisfeito e orgulhoso de trabalhar com você.*

— Você e Victoria têm o mesmo mentor?

— Parece — respondo, tentando lembrar de tudo o que ela me contou sobre ele. Pelos primeiros anos em que eles trabalharam juntos, ela só ajudou espíritos de luz a seguir adiante. Isso não parece tão mau. Eu não me importaria com isso, acho, lembrando o modo como me senti naquela manhã. Eu poderia até gostar.

Mas se esse é o caso, por que meu teste envolveu um espírito das trevas, não apenas um espírito sombrio, mas um demônio? Eu retorno à carta.

— *Juntos, você e ele vão retomar o trabalho que nós dois estávamos fazendo.*

Largo o bilhete sobre os degraus úmidos da nossa entrada como se ele estivesse quente. Agora sou eu que começo a andar de um lado para outro.

Retomar o trabalho que eles estavam fazendo? Eu aperto os dedos sobre a testa. Victoria disse que eles não estavam fazendo trabalho normal de luiseach. Que ele tinha um projeto secreto para restaurar o equilíbrio. Que equilíbrio? E por que eu tinha de mergulhar direto no trabalho secreto quando Victoria teve antes anos de treinamento? Qual a pressa comigo?

Aperto os lábios e me concentro. Victoria também disse que eu era descendente de dois dos luiseach mais poderosos da história, que Nolan estava certo: eu tinha sido a última luiseach a nascer. Que meu pai verdadeiro havia me abandonado para minha própria proteção...

Tudo isso tinha de estar conectado de algum modo, não?

Olho para Nolan, certa de que ele sabe que há cerca de um zilhão de perguntas pulando em meu cérebro.

Mas não vou precisar de nenhuma das perguntas. Não se eu fizer um acordo e abrir mão de meus poderes como planejava. Mas... e se meu mentor disser não? E se eu for, de algum modo, não sei, *necessária*? E se for, como posso recusar se há tanta coisa em jogo?

— Sunshine? — pergunta Nolan. — Você está bem? — Ele dá um leve sorriso, como se soubesse que a pergunta parece ridícula naquele momento.

Abro a boca, segura de que Nolan, meu protetor, pode me ajudar a encaixar todas aquelas peças do quebra-cabeça. Mas antes que eu possa dizer uma palavra, um carro negro elegante vira em nossa entrada de automóveis, reluzente mesmo em meio à neblina. A cerca de alambrado em torno do jardim estremece quando o carro passa por ela, derrubando anos de ferrugem sobre a grama falhada. O carro anda em passo de tartaruga, como se alguém tivesse posto por mágica o mundo em câmera lenta. As janelas do carro têm filme escuro, e não consigo ver quem está em seu interior. O carro reduz e para bem atrás do nosso, que não está nem de perto tão limpo nem tão reluzente, e seu motor mergulha em silêncio quando o motorista retira a chave da ignição.

Sem intenção, prendo a respiração, esperando para ver quem vai emergir da porta do lado do motorista. O mundo ainda está em câmera lenta quando um homem alto e magro desce do carro. Ele está usando um terno escuro, uma gravata grafite com nó perfeito no pescoço. Ele não sorri enquanto caminha pela entrada de carros em nossa direção.

Quando ele se aproxima, eu levo um susto. Nolan olha do estranho para mim, tentando descobrir qual o problema, mas eu só consigo sacudir a cabeça e apontar.

Os olhos do estranho são de uma espécie de verde leitoso, com pupilas pequenas, apesar de ser um dia escuro e nublado. Ninguém tem olhos como aqueles. *Quase* ninguém. Eles parecem olhos de gato.

Eles parecem exatamente iguais aos meus.

# Agradecimentos

Desde o início, *Sobrenatural* foi uma aventura. E como com a maioria das grandes aventuras, não é algo que eu poderia ter realizado sozinha. Muitas pessoas maravilhosas participaram da jornada de Sunshine até agora, e sou tremendamente grata a todas elas. Valeu, Equipe Sunshine!

Para começar, obrigada a Nick Hagen, o homem da ideia desde o comecinho e a força motriz responsável por tornar o mundo de Sunshine cada vez maior e melhor. E depois ainda maior e melhor que isso. (E Nick me pediu para agradecer a sua mulher, Niki, em nome dele!)

Obrigada a Alyssa Sheinmel por levar a voz e o mundo de Sunshine de modo tão vivo para as páginas. (Alyssa pediu que eu agradecesse por ela a seus amigos e a sua família, especialmente a J. P. Gravitt.)

Obrigada à incomparável Mollie Glick por acreditar em Sunshine, em Nick e em mim. Ela viu o potencial nesse projeto desde o começo e soube nos levar exatamente aonde nós sonhávamos ir. (E Alyssa disse para dizer obrigado a vocês por convidá-la a se juntar à equipe!) Obrigada a todos na Foundry, especialmente a Jessica Regel e Emily Brown.

Gratidão enorme, grande, para a turma da Weinstein: Amanda Murray, Georgina Lewitt, Kathleen Schmidt e, é claro, Harvey e Bob Weinstein. Obrigada a todos vocês por sua fé enorme e maravilhosa e pelo apoio a esse projeto.

Obrigada a Cindy Eagan por seu entusiasmo, sua simpatia e sabedoria editorial. Obrigada a David Davoli, Christine Marra e Levy Moroshan.

Obrigada a minha família maravilhosa: vovô, vovó e Greta, por me ajudarem de tantas maneiras. Para meu irmão e minha irmã, dois de meus escritores favoritos, por toda a inspiração. A meu pai, 2 ½ %. E um viva especial para minha mãe por estar comigo em todos os passos do caminho.

Acima de tudo, obrigada aos maravilhosos sunshiners em toda parte. Sem vocês, as aventuras de Sunshine, e minhas junto com ela, não seriam possíveis.

Este livro foi impresso na Editora JPA Ltda.,
Av. Brasil, 10.600 – Rio de Janeiro – RJ,
para a Editora Rocco Ltda.